Meu nome era Eileen

Ottessa Moshfegh

Meu nome era Eileen

tradução
Ana Ban

todavia

Para X

1964

Eu parecia aquele tipo de garota que a gente costuma ver no ônibus lendo um livro emprestado da biblioteca com encadernação de tecido sobre plantas ou geografia, talvez usando uma redinha por cima do cabelo castanho-claro. Alguém poderia me confundir com uma estudante de enfermagem ou uma datilógrafa, reparando nas mãos nervosas, um pé batendo no chão, o lábio mordido. Eu não tinha nada de especial. É fácil para mim imaginar essa garota, uma versão estranha, jovem e acanhada de mim, carregando uma bolsa de couro anônima ou comendo um pacotinho de amendoins, rolando cada um deles entre os dedos enluvados, sugando as bochechas, olhando cheia de ansiedade através da janela. O sol da manhã iluminava a penugem rala do meu rosto, que eu tentava cobrir com pó compacto rosado demais para o meu tom de pele pálido. Eu era magra; meu perfil, sinuoso; meus movimentos, bruscos e hesitantes; minha postura, rígida. A superfície da minha pele era carregada de marcas de espinha suaves e estrondosas que distorciam qualquer camada de deleite ou loucura que pudesse existir por baixo daquele exterior frio e mortal típico da Nova Inglaterra. Se eu usasse óculos, poderia passar por inteligente, mas eu era impaciente demais para ser inteligente de verdade. Seria de esperar que eu fosse do tipo que aprecia a imobilidade de quartos fechados, que me reconfortasse no silêncio enfadonho, com os olhos passando devagar por papel, paredes, cortinas pesadas, os pensamentos fixos naquilo que meus olhos identificassem — livro, escrivaninha, árvore, pessoa. Mas eu desprezava o silêncio. Eu desprezava a imobilidade. Eu detestava quase tudo. Eu me sentia infeliz e irritada o tempo todo. Tentava me controlar, e isso só fazia com que me sentisse mais inadequada, mais infeliz e mais irritada. Eu era parecida com Joana d'Arc, ou com Hamlet, mas nascida na vida errada: a vida de uma ninguém, uma destituída, invisível. Não tem nenhum jeito melhor de colocar: eu não era eu mesma naquela época. Eu era uma outra pessoa. Eu era Eileen.

E naquela época — isso foi há cinquenta anos —, eu era pudica. Olhe só para mim. Eu vestia saias de lã pesadas que se estendiam abaixo dos joelhos, meias-calças grossas. Sempre abotoava os casacos e as blusas o mais alto possível. Eu não era uma garota que chamava a atenção. Não havia nada assim de muito errado nem de horrível com a minha aparência. Eu era jovem e normal, na média, acho. Mas, na época, eu me considerava a pior de todas: feia, repulsiva, inadequada para o mundo. Nesse estado, parecia-me ridículo chamar a atenção para mim mesma. Eu raramente usava joias; perfume, nunca; e não pintava as unhas. Durante um tempo, cheguei a usar um anel com um pequeno rubi incrustrado. Tinha sido da minha mãe.

Meus últimos dias na pele da pequena Eileen cheia de raiva se deram no final de dezembro, na cidadezinha de frio brutal em que eu nasci e cresci. A neve do inverno tinha caído um bom metro, um metro e vinte de altura. Ela se acomodava firme em todos os quintais, derramava-se de todos os peitoris das janelas de primeiro andar como se fosse uma enchente. Durante o dia, a camada superior da neve derretia, o gelo aguado nas calhas se soltava um pouco, e a gente lembrava que a vida de vez em quando era alegre, que o sol de fato brilhava. Mas, quando chegava a tarde, o sol já tinha desaparecido e tudo voltava a congelar, e durante a noite se formava um verniz tão espesso sobre a neve que seria capaz de suportar o peso de um homem adulto. Toda manhã, eu espalhava o sal do balde que ficava ao lado da porta de entrada no caminho estreito que ia da varanda até a rua. Pingentes de gelo se formavam no beiral da porta da frente, e eu ficava lá parada, imaginando que iam quebrar e atravessar os meus seios, cortando a cartilagem grossa dos meus ombros feito balas ou partindo meu cérebro em pedaços. A neve da calçada tinha sido limpa pelos vizinhos da casa ao lado, uma família em quem meu pai não confiava porque era luterana, e ele era católico. Mas ele não confiava em ninguém. Vivia com medo e enlouquecido, como costumam ser os velhos bêbados. Para o Natal, os vizinhos luteranos tinham deixado na porta da frente uma cesta de palha branca com maçãs enceradas embaladas em celofane, uma caixa de bombons de chocolate e uma garrafa de xerez. Eu lembro que o cartão dizia: "Que vocês dois sejam abençoados".

Quem poderia saber o que de fato acontecia dentro daquela casa enquanto eu estava no trabalho? Era uma construção colonial de madeira marrom e detalhes vermelhos descascando. Imagino meu pai virando aquele xerez no espírito do Natal, acendendo um charuto velho no fogão. É uma imagem engraçada. Ele costumava beber gim. Cerveja, de vez em quando. Era um bêbado, como eu disse. Era um homem simples nesse aspecto. Quando havia algum problema, era fácil distraí-lo e acalmá-lo: bastava entregar-lhe uma garrafa e sair de perto. Claro que sua bebedeira era pesada para mim quando eu era nova. Aquilo me deixava muito tensa e nervosa. É isso que acontece quando a gente mora com um alcoólatra. Nesse sentido, minha história não é única. Morei com muitos homens alcoólatras ao longo dos anos, e cada um deles me ensinou que não adianta nada se preocupar, não serve de nada perguntar por quê, é suicídio tentar ajudar. Eles não são eles mesmos, para o bem e para o mal. Agora eu moro sozinha. Bem feliz. Diria que até em deleite. Estou velha demais para me preocupar com a vida dos outros. E eu não desperdiço mais o meu tempo pensando no futuro, preocupada com coisas que ainda não aconteceram. Mas eu vivia o tempo todo preocupada quando era mais nova, nem um pouco em relação ao meu futuro, mas sobretudo com meu pai: quanto tempo ele ainda viveria, o que ele podia ou não aprontar, o que eu encontraria quando chegasse em casa do trabalho toda noite.

A nossa casa não era muito ajeitada. Depois que minha mãe morreu, nunca tomamos providências para guardar as coisas dela, nunca reorganizamos nada, e sem ela para fazer a limpeza, a casa era suja e empoeirada e cheia de decorações inúteis e apinhada de coisas, coisas, coisas por todos os lados. Mesmo assim, parecia completamente vazia. Era como se fosse uma casa abandonada de onde os proprietários tinham fugido em uma noite qualquer, como se fossem judeus ou ciganos. Nós não usávamos muito o escritório nem a sala de jantar nem os quartos do andar de cima. Tudo só ficava lá juntando poeira, uma revista aberta por cima do braço do sofá havia anos, um pratinho de balas cheio de formigas mortas. Eu me lembro do lugar como se fosse uma daquelas casas destruídas por testes nucleares no deserto. Acho que você consegue imaginar os detalhes por si só.

Eu dormia no sótão, em uma caminha dobrável que meu pai tinha comprado uma década antes para alguma viagem de camping no verão que ele nunca fez. O sótão não tinha acabamento, era um lugar frio e empoeirado onde eu me abriguei quando minha mãe ficou doente. Dormir no meu quarto de infância, que era ao lado do quarto dela, tinha se tornado impossível. Ela gemia e chorava e chamava o meu nome a noite toda. O sótão era silencioso. Os barulhos dos andares de baixo da casa quase não chegavam até lá em cima. Meu pai tinha uma poltrona que ele arrastara até a cozinha. Era lá que ele dormia. Era o tipo de poltrona que se inclinava para trás quando se acionava uma alavanca, um luxo charmoso na época em que foi comprada. Mas a alavanca não funcionava mais. A coisa tinha enferrujado na posição permanente de repouso. Tudo na casa era igual àquela poltrona: encardido, estragado e estagnado.

Lembro de ter ficado contente pelo fato de o sol se pôr tão cedo naquele inverno. Sob a cobertura da escuridão, eu me sentia um tanto reconfortada. Mas meu pai tinha medo do escuro. Isso pode soar como uma peculiaridade adorável, mas não era. À noite, ele acendia o fogão e o forno, bebia e observava as chamas azuis vibrando sob a luz fraca do teto. Ele sempre dizia que estava com frio. E, ainda assim, nunca usava muita roupa. Naquela noite específica — vou começar a minha história aqui —, eu o encontrei sentado na escada, descalço, bebendo o xerez, com um toco de charuto entre os dedos. "Coitadinha da Eileen", ele disse com sarcasmo quando entrei pela porta. Ele nutria um enorme desprezo por mim, me achava ridícula e feia e não tinha nenhum pudor em dizer isso. Se os meus devaneios daquela época se tornassem realidade, um dia eu encontraria meu pai estatelado ao pé da escada, com o pescoço quebrado, mas ainda respirando. "Já foi tarde", eu diria com o afeto mais enfadonho que fosse capaz de expressar, espiando por cima do seu corpo moribundo. Então eu o deplorava, sim, mas era muito prestativa. Éramos só nós dois na casa: meu pai e eu. Tenho uma irmã, ainda viva até onde eu sei, mas não nos falamos há mais de cinquenta anos.

"Oi, pai", eu disse quando passei por ele na escada.

Ele não era um homem muito grande, mas tinha ombros largos e pernas compridas, um tipo de aparência de realeza. Seu ralo cabelo grisalho era espetado e caía por cima do cocuruto. O rosto parecia ser décadas mais velho do que sua idade real, e era marcado por um ceticismo de olhos arregalados e por uma expressão de desaprovação perpétua. Pensando agora, ele era bem parecido com os jovens da prisão onde eu trabalhava: sensível e cheio de raiva. Suas mãos tremiam o tempo todo, por mais que bebesse. Vivia coçando o queixo, que era vermelho e retraído e enrugado. Ele acariciava o queixo como se estivesse esfregando a cabeça de um menino pequeno e dizendo que ele é uma peste. O único arrependimento que ele tinha na vida, dizia, era nunca ter sido capaz de deixar crescer uma barba de verdade, como se pudesse fazer isso por pura força de vontade mas não tivesse conseguido. Ele era assim: cheio de frustração e arrogância e ao mesmo tempo nada lógico. Não acho que ele tenha chegado a amar as filhas de verdade. A aliança que ele continuava a usar anos depois da morte dela sugeria que tinha, pelo menos, amado nossa mãe em certo grau. Mas desconfio que ele era incapaz de amar, de amar de verdade. Ele era um sujeito cruel. Imaginar que seus pais lhe davam surras quando era pequeno é o único caminho de perdão que eu encontrei até agora. Não é perfeito, mas serve.

Esta não é uma história sobre como meu pai era péssimo, que fique claro. Reclamar da crueldade dele não é o objetivo aqui, de jeito nenhum. Mas eu de fato me lembro daquele dia na escada, de como ele franziu o rosto quando se virou para erguer os olhos para mim, como se a minha visão o deixasse enjoado. Fiquei parada no patamar da escada olhando para baixo.

"Vai ter que sair de novo", ele disse com a voz rachada. "Para ir à Lardner's." A Lardner's era a loja de bebidas do outro lado da cidade. Ele deixou a garrafa vazia de xerez escorregar por entre os dedos e rolar escada abaixo, degrau por degrau.

Agora sou uma pessoa muito racional, até pacífica, mas, na época, eu me irritava com facilidade. As exigências do meu pai para que eu fizesse tudo que ele queria como uma empregada, uma criada, eram constantes. Mas eu era o tipo de garota que não dizia não a ninguém.

"Tudo bem", respondi.

Meu pai resmungou e tragou o toco do charuto. Quando eu me sentia incomodada, buscava conforto cuidando da aparência. Eu era obcecada pelo meu visual, na verdade. Meus olhos são pequenos e verdes, e não daria para notar — principalmente naquela época — muita gentileza neles. Eu não sou o tipo de mulher que tenta fazer com que todo mundo esteja feliz o tempo todo. Não sou assim tão estratégica. Se você me visse naquela época com uma presilha no cabelo, meu casaco de lã cinza sem graça, pensaria que eu era apenas uma personagem menor nesta saga: conscienciosa, de temperamento sereno, enfadonha, irrelevante. De longe, eu parecia ser uma alma tímida e gentil, e, às vezes, eu desejava ser assim. Mas eu falava palavrão e ficava vermelha e começava a suar com bastante frequência e, naquele dia, bati a porta do banheiro dando um chute com toda a minha força, quase fazendo com que saísse das dobradiças. Eu parecia tão maçante, sem vida, imune e correta, mas, na verdade, me sentia sempre furiosa, fumegando, com os pensamentos a mil; minha cabeça era igual à de um assassino. Era fácil me esconder atrás da expressão enfadonha que eu estampava no rosto, sempre acabrunhada. Eu realmente achava que enganava todo mundo. E na verdade, eu não lia livros sobre flores nem economia doméstica. Eu gostava de livros sobre coisas horríveis: assassinato, doença, morte. Me lembro de escolher um dos livros mais grossos da biblioteca pública, uma crônica da medicina do Egito antigo, para estudar a prática repulsiva de extrair o cérebro dos mortos puxando-o pelo nariz, como se fossem meadas de fio. Eu gostava de pensar no meu cérebro assim, todo emaranhado dentro do crânio. A ideia de que meu cérebro podia ser desembaraçado, alisado, e assim reconfigurado em um estado de paz e sanidade era uma fantasia reconfortante. Eu costumava sentir que havia algo estranho embrenhado no meu cérebro, um problema tão complicado que só uma lobotomia poderia resolver: eu precisaria de uma mente totalmente nova e de uma vida totalmente nova. Eu era capaz de ser muito dramática em minhas avaliações pessoais. Além dos livros, eu apreciava as minhas edições da revista *National Geographic* que recebia pelo correio. Esse era um verdadeiro luxo, fazia com que eu me sentisse muito especial. Artigos descrevendo as crenças inocentes dos povos primitivos me fascinavam. Os rituais de sangue, os sacrifícios humanos, todo aquele sofrimento desnecessário. Eu era sombria, é possível dizer. Lunática. Mas não acho que tivesse o coração assim tão duro por natureza. Se eu tivesse nascido em uma família diferente, poderia ter sido criada para agir e me sentir de maneira perfeitamente normal.

Para dizer a verdade, eu era ávida por castigo. Realmente não me incomodava de ficar recebendo ordens do meu pai. Eu ficava irritada e o desprezava, é verdade, mas a fúria dava à minha vida uma espécie de razão de ser, e fazer as coisas que ele pedia servia para matar o tempo. Era assim que eu imaginava a vida: uma longa sentença à espera do relógio.

Tentei parecer arrasada e exausta quando saí do banheiro naquela noite. Meu pai resmungava, impaciente. Suspirei e peguei o dinheiro que ele estendia. Voltei a abotoar o casaco. Fiquei aliviada de ter um lugar aonde ir, uma maneira de passar as horas da noite que não fosse andando de um lado para outro no sótão nem vendo meu pai beber. Não havia nada que eu adorasse mais que sair de casa.

Se eu tivesse batido a porta da frente ao sair, como tive vontade de fazer, um daqueles pingentes de gelo certamente teria se desprendido. Imaginei um deles mergulhando pela cavidade da minha clavícula e me atingindo direto no coração. Ou, se eu inclinasse a cabeça para trás, talvez atravessasse minha garganta, raspando o vácuo central do meu corpo — eu gostava de imaginar essas coisas —, e seguisse até as minhas regiões íntimas feito um punhal de vidro. Era assim que eu imaginava minha anatomia na época, o cérebro como fios emaranhados, o corpo como um recipiente vazio, minhas partes íntimas como um país estrangeiro qualquer. Mas tomei cuidado ao fechar a porta, é claro. Na verdade, eu não queria morrer.

Como meu pai já não tinha mais condições de dirigir, eu dirigia o velho Dodge dele. Eu adorava aquele carro. Era um Coronet de quatro portas, verde-fosco, cheio de riscos e amassados. O piso tinha enferrujado todo, depois de anos de sal e gelo. Eu guardava no porta-luvas um rato-do-campo morto que eu tinha achado um dia na varanda, congelado na forma de uma bolinha apertada. Tinha recolhido o bicho pelo rabo e girado ele no ar durante um tempo, depois o enfiei no porta-luvas junto com uma lanterna quebrada, um mapa das rodovias da Nova Inglaterra, algumas moedas de um centavo esverdeadas. De quando em vez, no decorrer daquele inverno, eu dava uma olhada no rato, conferia sua decomposição invisível no frio congelante. Acho que ele, de algum modo, fazia com que eu me sentisse poderosa. Um pequeno totem. Um amuleto de boa sorte.

Do lado de fora, testei a temperatura com a ponta da língua, estirando-a no vento cortante até doer. Naquela noite, devia estar perto de dez graus negativos. Doía só de respirar.

Mas eu preferia o clima frio ao quente. No verão, eu ficava ir-
requieta e mal-humorada. Ficava cheia de coceira, tinha que
me deitar dentro da banheira com água fria. Ficava sentada
à minha mesa de trabalho na prisão abanando o rosto furio-
samente com um leque de papel. Eu não gostava de suar na
frente dos outros. Considerava essa prova de carnalidade las-
civa, repugnante. Da mesma maneira, não gostava de dançar nem de praticar esportes. Não escutava Beatles nem as-
sistia a Ed Sullivan na TV. Na época, eu não me interessava
por diversão nem queria que todo mundo gostasse de mim.
Preferia ler sobre tempos antigos, terras distantes. O conhecimento sobre qualquer coisa da época ou da moda me fazia
sentir que eu não passava de uma vítima do isolamento. Se
eu evitasse tudo aquilo de propósito, podia acreditar que estava no controle.

Uma característica daquele Dodge era que ele me deixava
enjoada quando eu o dirigia. Sabia que tinha algo de errado
com o escapamento, mas, ao mesmo tempo, não tinha cabeça
para dar conta de um problema assim. Parte de mim gostava de ter que baixar as janelas, mesmo no frio. Eu achava
que era muito corajosa, mas, na verdade, tinha medo de que,
se fizesse muito caso com o carro, ele fosse tirado de mim.
Aquele carro era a única coisa na minha vida que me dava alguma esperança. Era o meu único meio de fuga. Antes de se
aposentar, meu pai andava com ele nos dias de folga. Ele tinha dirigido pela cidade com tanta falta de cuidado — estacio-
nando em cima da calçada, fazendo curvas fechadas, ficando
sem gasolina no meio da noite, raspando em caminhões de
entrega de leite, na lateral de um prédio de escritórios e assim por diante. Todo mundo dirigia bêbado naquela época,
mas isso não era desculpa. Eu mesma era uma motorista de-
cente. Nunca ultrapassava a velocidade máxima, nunca fu-
rava sinais vermelhos. Quando estava escuro, eu gostava de

dirigir devagar, mal pisando no acelerador, para observar a cidade passar feito um filme. Sempre imaginava que as casas das outras pessoas eram muito melhores do que a minha, cheias de móveis de madeira lustrosa e lareiras elegantes e meias penduradas para o Natal. Biscoitos nos armários, cortadores de grama nas garagens. Naquela época, era fácil pensar que a vida de todas as outras pessoas era melhor do que a minha. No meu quarteirão, tinha um hall de entrada iluminado que fazia com que eu me sentisse particularmente desprovida. Havia um banco branco e uma lâmina ao lado da porta, como se fosse um patim de gelo de cabeça para baixo, para raspar a neve das botas, e uma guirlanda de azevinho pendurada na porta da frente. Aquela cidadezinha era um lugar bonito, antiquado, daria para dizer. A menos que você tenha passado a infância na Nova Inglaterra, não conhece a imobilidade peculiar de uma cidadezinha litorânea coberta de neve à noite. Não é como em outros lugares. A luz faz uma coisa engraçada ao pôr do sol. Não parece diminuir, mas sim recuar na direção do mar. A luz simplesmente é sugada para longe.

Nunca vou me esquecer da badalada nítida da sineta da porta da loja de bebidas, porque ela tocava para mim quase toda noite. Bebidas Lardner's. Eu adorava aquele lugar. Era quente e arrumado, e eu caminhava pelos corredores o máximo de tempo possível, fingindo procurar algo. Eu sabia, é claro, onde ficava o gim: corredor do meio à direita, se você estiver de frente para o caixa, a poucos passos da parede dos fundos, e só duas prateleiras, Beefeater no alto e Seagram embaixo. O sr. Lewis, que trabalhava lá, era tão gentil e alegre, como se nunca tivesse imaginado para que servia todo aquele álcool. Naquela noite, peguei o gim, paguei e voltei para o carro, ajeitei as garrafas no banco do passageiro. Como é estranho o álcool nunca congelar. Era a única coisa naquele lugar que simplesmente recusava o frio. Eu tremia dentro do Dodge; virei a chave e dirigi devagar para casa. Peguei o caminho mais longo e mais bonito enquanto a escuridão caía, eu me lembro. Meu pai estava na sua poltrona na cozinha quando cheguei em casa. Não aconteceu nada de especial naquela noite. É só um ponto para começar. Coloquei as garrafas no chão, ao alcance dele, amassei bem o saco de papel e joguei na pilha de lixo ao lado da porta dos fundos. Fui para o sótão. Li a minha revista. Fui para a cama.

Então, aqui estamos. Meu nome era Eileen Dunlop. Agora você me conhece. Eu tinha vinte e quatro anos e tinha um emprego que pagava cinquenta e sete dólares por semana trabalhando como uma espécie de secretária em uma instalação correcional particular para meninos adolescentes. Hoje penso naquele lugar como o que ele realmente era, de acordo com todas as suas intenções e motivos: uma prisão para crianças. Vou chamá-la de Moorehead. Delvin Moorehead foi um senhorio horrível que eu tive anos depois, então usar o nome dele para um lugar assim parece apropriado.

Dali a uma semana, eu fugiria de casa para nunca mais voltar. Esta é a história de como eu desapareci.

Sexta-feira

Sexta-feira era sinônimo de um cheiro nocivo de peixe que subia do refeitório no porão e atravessava as acomodações frias onde os meninos dormiam, percorria os corredores de linóleo e entrava na salinha sem janelas onde eu passava os meus dias. Era um cheiro tão penetrante e avassalador que eu pude detectá-lo de fora do estacionamento quando cheguei a Moorehead naquela manhã. Eu tinha adquirido o hábito de trancar a minha bolsa no porta-malas do carro antes de entrar para trabalhar. Havia armários fechados na sala de descanso atrás do escritório, mas eu não confiava nos outros funcionários. Quando comecei a trabalhar lá, aos vinte e um anos de idade, ingênua até não poder mais, meu pai me alertara que os indivíduos mais perigosos em uma prisão não são os criminosos, mas precisamente as pessoas que trabalham ali. Posso confirmar que é verdade. Essas talvez tenham sido as palavras mais sábias que meu pai me disse na vida.

Eu tinha preparado um almoço que consistia em duas fatias de pão Pullman com manteiga embaladas em papel-alumínio e uma lata de atum. Era sexta-feira e eu não queria ir para o inferno, afinal de contas. Fiz o possível para sorrir e cumprimentar com um aceno de cabeça minhas colegas de trabalho, ambas mulheres de meia-idade com penteados rígidos e que mal erguiam os olhos de seus livros de romance barato a menos que o diretor estivesse por perto. A mesa delas era coberta de embalagens de celofane amarelo de balas de caramelo, que ambas mantinham em tigelas de cristal falso no canto da mesa. Por mais horríveis que elas fossem, as senhoras do escritório ocupam uma posição baixa na escala de pessoas desprezíveis que passaram pela minha vida ao longo dos anos. Trabalhar durante o turno do dia no escritório com elas realmente não era tão mau assim. Ter um emprego burocrático significava que eu raramente precisava interagir com um dos quatro ou cinco oficiais de correção, apavorantes e de nariz empinado, que tinham como função emendar os modos depravados dos jovens residentes de Moorehead. Eles eram iguais a sargentos do Exército, batiam nos meninos com cassetetes atrás das pernas enquanto circulavam, davam gravatas para imobilizá-los, como as crianças fazem no recreio. Eu tentava desviar os olhos quando as coisas apertavam. Na maior parte das vezes, eu olhava para o relógio.

Os guardas da noite terminavam o turno às oito horas, e eu nunca soube quem eram, mas me lembro de seus rostos exaustos: um era um idiota que andava a passos largos e o outro, um veterano de guerra careca com os dedos manchados de nicotina. Eles não são importantes. Mas um dos guardas do dia era simplesmente lindo. Tinha olhos grandes de cão de caça, um perfil forte ainda suavizado pela juventude e algo que eu pensava, claro, ser algum tipo de ar de tristeza mágica, além do cabelo que reluzia, todo penteado para trás, fazendo volume: Randy. Eu gostava de observá-lo da minha mesa. Seu posto ficava no corredor que conectava o escritório ao restante da instalação. Ele usava o uniforme padrão, cinza e engomado, botas de motoqueiro bem engraxadas, um molho de chaves pesado preso ao passador do cinto. Ele tinha um jeito de se sentar com um lado do corpo na banqueta, o outro fora dela, e um dos pés suspenso: uma postura que expunha sua virilha como se posta em uma bandeja para a minha apreciação. Eu não era o tipo dele e sabia disso, e isso me magoava, ainda que eu nunca fosse admitir. O tipo dele era bonita, de pernas compridas, fazendo biquinho, provavelmente loira, eu desconfiava. Mesmo assim, eu podia sonhar. Passava muitas horas observando seu bíceps se retrair e inflar a cada página de gibi que ele virava. Quando eu o imagino agora, penso na maneira como ele girava um palito de dentes dentro da boca, era uma coisa linda. Era poesia. Perguntei a ele uma vez, de um jeito nervoso e ridículo, se ele não ficava com frio usando só manga curta no inverno. Ele deu de ombros. Bem fala quem cala, pensei, quase desfalecendo. Era inútil fantasiar, mas eu não podia deixar de imaginar que um dia ele jogaria pedrinhas na janela do meu sótão, com a motocicleta fumegando na frente da casa, derretendo a cidade inteira para o inferno. Eu não era imune a esse tipo de coisa.

Apesar de eu não tomar café — que me deixava tonta —, sempre ia até o canto em que ficava a cafeteira porque tinha um espelho sobre ela na parede. Olhar para o meu reflexo realmente me acalmava, apesar de eu detestar de coração o meu rosto. A vida das pessoas obcecadas por si mesmas é assim. O tempo que eu perdia com a agonia de não ser bonita era maior do que tenho pudores de admitir, até hoje. Tirei uma remela de sono do olho e me servi de uma xícara de creme, adoçado com açúcar e leite condensado Carnation, que eu tinha na gaveta da mesa. Ninguém fazia comentários a respeito desse coquetel estranho. Ninguém prestava a menor atenção em mim naquele escritório. As mulheres do escritório eram todas tão azedas e sem graça e formavam uma panelinha. Na época eu desconfiava que elas nutriam desejos homossexuais secretos uma pela outra. Tais persuasões ocupavam cada vez mais a cabeça das pessoas naquele tempo, os habitantes locais sempre estavam à procura de algum "homossexual latente" errante e à caça. As minhas desconfianças relativas às senhoras do escritório não eram necessariamente disparatadas. Aquilo me ajudava a sentir um pouco de compaixão quando eu imaginava as duas indo para casa à noite para maridos repugnantes, tão amargas, tão solitárias. Por outro lado, pensar nelas com as blusas desabotoadas, as mãos no sutiã uma da outra, as pernas abertas, me dava vontade de vomitar.

Em um livro que eu tinha encontrado na biblioteca pública, havia uma pequena parte que mostrava os moldes do rosto de gente como Lincoln, Beethoven e Sir Isaac Newton, feitos depois da morte. Se você já viu um cadáver de verdade, sabe que as pessoas nunca morrem com um sorriso assim tão complacente, uma expressão tão vazia. Mas usei os moldes de gesso como guia e treinei com muita diligência na frente do espelho, relaxando o rosto enquanto mantinha uma aura de resiliência benigna igual à que eu via no rosto daqueles homens mortos. Menciono isso porque é a expressão que eu apresentava no trabalho, minha máscara mortuária. Por ser jovem como eu era, era terrivelmente sensível e estava determinada a jamais demonstrar isso. Eu me armava contra a realidade daquele lugar, aquela Moorehead. Era necessário. Angústia e vergonha me rodeavam, mas não corri para o banheiro chorando nenhuma vez. Mais tarde naquela mesma manhã, ao entregar a correspondência na sala do diretor, que ficava no mesmo complexo de salas onde os meninos estudavam e faziam atividades recreativas, passei por um oficial de correção — Mulvaney ou Mulroony ou Mahoney, todos pareciam iguais — torcendo a orelha de um menino ajoelhado à sua frente. "Você se acha especial?", ele perguntou. "Está vendo a sujeira no chão? Você é menos importante do que um pozinho dessa sujeira entre os azulejos." Ele empurrou a cabeça do menino para baixo, com o rosto virado para as botas dele, grandes e com ponteiras de aço, duras o bastante para chutar alguém até morrer. "Quero ver você lamber", disse o oficial. Observei os lábios do menino se abrirem, depois virei o rosto.

A secretária do diretor era uma mulher de olhos tão duros e tão gorda que parecia nunca respirar, seu coração parecia nunca bater. Sua máscara mortuária era impressionante. O único sinal de vida que ela chegava a dar era quando erguia o dedo até a boca e um centímetro de língua pálida cor de lavanda saía para umedecer a ponta. Examinou a pilha de envelopes que lhe entreguei em gestos robóticos, então se virou para o outro lado. Eu me demorei um ou dois minutos, fingindo contar os dias em um calendário pendurado na parede ao lado de sua mesa. "Cinco dias até o Natal", eu disse, tentando parecer animada.

"Graças a Deus", ela respondeu.

Sempre penso em Moorehead e seu lema risível, *parens patriae*, e sinto um mal-estar. Os meninos em Moorehead eram todos tão pequenos, apenas crianças. Eles me amedrontavam na época porque eu achava que não gostavam de mim, não me achavam bonita. Então tentava rotulá-los de ignorantes e animais selvagens. Alguns deles eram crescidos, altos e bonitos. Eu também não era imune àqueles meninos.

De volta à minha mesa, havia tantas coisas sobre as quais podia ter refletido. Por todo lado, algo era demolido ou erguido, mas eu refletia mais sobre mim mesma e minha própria desgraça enquanto arrumava as canetas no copinho, riscava o dia no calendário de mesa. O segundo ponteiro do relógio estremeceu e disparou feito alguém que a princípio se apavora com ansiedade e depois, com o impulso do desespero, salta de um penhasco só para empacar em suspensão. Minha mente divagava. Randy, mais do que qualquer outro lugar, era aonde ela gostava de ir. Quando o cheque do meu salário chegou naquela sexta-feira, eu o dobrei e o enfiei no meio dos peitos, que mal eram peitos. Só dois montinhos pequenos e duros, para falar a verdade, que eu escondia embaixo de camadas de peças íntimas de algodão, uma blusa, uma jaqueta de lã. Eu ainda tinha aquele medo pubescente de que, quando as pessoas olhassem para mim, pudessem enxergar através das minhas roupas. Desconfiava que ninguém estivesse fantasiando a respeito do meu corpo nu, mas eu me preocupava, sempre que alguém baixava os olhos, que estivesse investigando minhas partes baixas e que de algum modo fosse capaz de decifrar as dobras e cavernas complexas e sem sentido embaladas com tanta firmeza entre as minhas pernas. Eu sempre me sentia muito protetiva em relação às minhas dobras e cavernas. Eu ainda era virgem, claro. Suponho que meu recato cumprisse sua função e me poupasse de uma vida difícil como a da minha irmã. Ela era mais velha do que eu e não era virgem, de jeito nenhum; e morava com um homem que não era seu marido, não muito longe de nós — "vagabunda" era como a nossa mãe a chamava. Joanie era perfeitamente bacana, acho, mas tinha uma camada sombria, voraz, por baixo de seu exterior animado e pueril. Uma vez, ela me contou que Cliff, seu namorado, gostava de "experimentar o gosto dela" quando acordava de manhã. Ela deu risada enquanto meu rosto se contorcia, perplexo, e depois ficou vermelho e frio quando entendi a indireta. "Não é engraçado? Não é o máximo?", ela disse com um risinho abafado. Eu tinha muita inveja dela, claro, mas nunca deixava transparecer. Eu, na verdade, não desejava o que ela tinha. Homens, meninos, a perspectiva de fazer par com um deles parecia ridícula. O máximo que eu desejava era um caso sem palavras. Mas até isso me amedrontava. Eu tinha a minha queda por Randy e alguns outros, mas nunca dava em nada. Ah, coitadas das minhas partes baixas, embaladas feito um bebê vestindo uma fralda com calcinha de algodão grosso e a velha cinta estranguladora da minha mãe. Eu usava batom, não para estar na moda, mas porque meus lábios nus tinham a mesma cor dos meus mamilos. Aos vinte e quatro anos, eu não entregava nada que pudesse incentivar qualquer imaginação sobre o meu corpo nu. Ao mesmo tempo, parecia, a maior parte das moças se empenhava para fazer o oposto.

Teve uma festa na prisão naquele dia. O dr. Frye estava se aposentando. Ele tinha sido o senhor de muita idade que, como psiquiatra da prisão, foi responsável por distribuir grandes quantidades de sedativos para os meninos durante décadas. Devia estar na casa dos oitenta anos. Eu agora sou velha, mas, quando era jovem, realmente não dava a mínima para pessoas idosas. Sentia que a simples existência delas já me tolhia. Não fazia a mínima diferença para mim o fato de o dr. Frye estar indo embora. Quando o cartão passou pela minha mesa, assinei com caligrafia cursiva, de aluna de escola, o pulso erguido bem alto em sinal de sarcasmo: "Até mais". Me lembro que a imagem da capa era um desenho em tinta preta de um caubói cavalgando na direção do pôr do sol. Caramba. Ao longo dos anos em Moorehead, o dr. Frye de vez em quando se apresentava para observar as visitas das famílias, que eu tinha obrigação de gerenciar no dia a dia, e eu observava enquanto ele ficava encostado no batente da porta aberta da sala de visitação, assentindo com a cabeça e batendo as gengivas e fazendo hum-hum, às vezes interrompendo com dedos longos e trêmulos para indicar que a criança devia se sentar com as costas eretas, responder à pergunta, pedir desculpa e assim por diante. E ele nunca disse "Olá" nem "Como vai, srta. Dunlop?". Eu era invisível. Eu fazia parte da mobília. Depois do almoço — acho que deixei aquela lata de atum no meu armário, intacta —, chamaram os funcionários ao refeitório para comer bolo e tomar café e nos despedirmos do dr. Frye, e eu me recusei a participar. Fiquei sentada à minha mesa sem fazer nada, só olhando fixo para o relógio. A certa altura, senti uma coceira sob a calcinha e, como não tinha ninguém para me ver, enfiei a mão embaixo da saia para alcançar. Cobertas por tantas camadas como estavam, era difícil alcançar minhas partes baixas. Então tive que enfiar a mão por baixo da frente da saia, passando pela cinta, dentro da calcinha e, quando a coceira foi aliviada, tirei os dedos e cheirei. É uma curiosidade natural, acho, cheirar os próprios dedos. Mais tarde, quando o dia terminou, foram esses dedos que eu estendi, ainda sem lavar, para o dr. Frye quando lhe desejei boa aposentadoria ao sair porta afora.

Não diria que, trabalhando em Moorehead, eu estivesse exatamente protegida. Mas eu ficava isolada. Não saía muito, de jeito nenhum. A cidade onde eu morava e tinha sido criada — vou chamar de Cidadezinha X — não tinha zonas diferenciadas, por assim dizer. Mas havia áreas mais perigosas, para a classe baixa e as pessoas perturbadas, um pouco mais perto do mar, e eu passei de carro apenas poucas vezes por aquelas casas caindo aos pedaços com quintais atulhados de brinquedos de criança e lixo. Ver as pessoas nas ruas, tão desamparadas e irritadas e sem interesse, me deliciava e me dava medo e me fazia sentir vergonha de não ser tão pobre. Mas as ruas no meu bairro eram todas arborizadas e arrumadinhas, as casas eram amadas e cuidadas com orgulho e afeto e tinham uma noção de ordem física que me deixava com vergonha de ser tão bagunçada, tão estragada, tão sem graça. Eu não sabia que existiam outras pessoas como eu no mundo, que não "se encaixavam", como se diz. Além do mais, como é típico para qualquer jovem isolado e inteligente, eu achava que fosse a única que tinha consciência, que sabia como era estranho estar viva, ser uma criatura neste estranho planeta Terra. Vi episódios de *Além da imaginação* que ilustram o tipo de insanidade que eu sentia na Cidadezinha X. Era muito solitário.

Boston, com tanta tradição e cultura, me dava esperança de que houvesse vida inteligente lá fora, jovens vivendo como bem entendessem. A liberdade não estava assim tão longe. Eu só tinha ido até lá uma vez, em uma visita que fiz com minha mãe para ela se consultar com um médico quando estava morrendo, um médico que não pôde curá-la, mas que prescreveu remédios para que ficasse "confortável", como ele disse. Na época, essa excursão me pareceu glamorosa. É verdade que eu tinha vinte e quatro anos. Era adulta. Era de esperar que eu pudesse pegar o carro e ir aonde quisesse. De fato, no meu último verão na Cidadezinha X, já no fim de uma das bebedeiras mais longas do meu pai, fiz uma viagem pelo litoral. Meu carro ficou sem gasolina e fiquei presa em uma estradinha interiorana a apenas uma hora de casa, até que uma senhora mais velha parou e me deu um dólar e uma carona até o posto e me disse para "planejar com antecedência da próxima vez". Eu me lembro do seu queixo fazer um meneio de sabedoria quando ela deu a partida no carro. Ela era uma mulher do interior, e eu a respeitei. Foi então que comecei a fantasiar meu desaparecimento, convencendo a mim mesma, pouco a pouco, de que a solução para o meu problema — o problema da minha vida na Cidadezinha X — estava em Nova York.

Era um clichê na época e é um clichê hoje, mas, depois de ter ouvido "Hello, Dolly!" no rádio, parecia completamente possível para mim chegar a Manhattan com dinheiro para um quarto de pensão e ver o meu futuro se desenrolar no automático, sem ter que pensar muito no assunto.

Era só um devaneio, mas eu o alimentei o melhor que pude. Comecei a juntar meu dinheiro em notas, escondido no sótão. Era minha responsabilidade depositar os cheques da pensão do meu pai, que o departamento de polícia da Cidadezinha X mandava no começo de cada mês, no Banco da Cidadezinha X, onde os caixas me chamavam de sra. Dunlop, o nome da minha mãe, e, eu achava, não teriam o menor problema em esvaziar a conta dele e me entregar um envelope com notas de cem dólares da poupança dos Dunlop se eu dissesse que ia comprar um carro novo.

Nunca, nem uma vez, conversei sobre o meu desejo de ir embora da Cidadezinha X com outra pessoa. Mas, algumas vezes, nos meus momentos mais sombrios — eu era tão temperamental —, quando eu sentia o impulso de jogar o carro para fora de uma ponte ou, em uma manhã específica, quando senti vontade de fechar a mão na porta do carro, eu imaginava que alívio seria se eu pudesse me deitar no divã do dr. Frye só uma vez e confessar, como uma espécie de heroína decaída, que a minha vida era simplesmente intolerável. Mas, na verdade, era tolerável. Afinal de contas, eu a vinha tolerando. Mas, bom, aquela jovem Eileen jamais se deitaria na companhia de um homem que não fosse o pai dela. Seria impossível impedir que seus peitos se espevitassem. Apesar de eu ser baixinha e magricela na época, me achava gorda, que minha carne era pesada. Sentia meus peitos e coxas balançando, cheios de sensualidade, para a frente e para trás quando caminhava pelo corredor. Achava que tudo a meu respeito era tão enorme e nojento. Eu era louca assim. A minha ilusão era motivo de muita dor e confusão. Agora eu dou risada, mas, na época, carregava enormes aflições.

Claro, ninguém no escritório da prisão tinha o menor interesse por mim nem pelas minhas aflições, nem pelos meus peitos. Quando minha mãe morreu e eu fui trabalhar em Moorehead, a sra. Stephens e a sra. Murray se mantiveram distantes. Nada de pêsames, nada de gentileza, nem mesmo olhares de pena. Elas eram as mulheres menos maternais que eu já conheci, por isso eram muito adequadas à posição que tinham na prisão. Não eram tão severas ou rígidas quanto seria de imaginar. Eram preguiçosas, sem cultura, totalmente largadas. Imagino que se sentissem tão entediadas quanto eu, mas se satisfaziam com açúcar e romances baratos e não se incomodavam de lamber os dedos depois de uma rosquinha, nem de arrotar, nem de suspirar ou resmungar. Ainda sou capaz de me lembrar das minhas imagens mentais, as duas em posições eróticas, o rosto de uma alojado nas partes íntimas da outra, zombando do cheiro ao estender a língua manchada de bala. Sentia certa satisfação ao imaginar aquilo. Talvez fizesse com que eu me sentisse digna na comparação. Quando elas atendiam ao telefone, literalmente tapavam o nariz e falavam em um choramingo agudo. Talvez fizessem isso para se divertir, ou talvez eu esteja me lembrando mal. De qualquer maneira, elas não tinham educação.

"Eileen, traga para mim a ficha daquele menino novo, aquele pirralho, nem sei qual é o nome dele", disse a sra. Murray.

"Aquele com as cascas de ferida?", a sra. Stephens estalou a bala na boca e cuspiu ao falar. "Brown, Todd. Juro para vocês, eles ficam mais feios e mais burros a cada ano que passa."

"Tome cuidado com o que diz, Norris. É capaz que Eileen se case com um deles um dia."

"É verdade, Eileen? Está louca para casar?"

A sra. Stephens vivia se gabando da filha, uma moça alta de lábios finos com quem eu tinha estudado. Ela tinha se casado com um treinador de beisebol de time de ensino médio qualquer e se mudado para Baltimore.

"Um dia você vai ser velha que nem a gente", a sra. Stephens disse.

"Seu suéter está de trás para frente, Eileen", disse a sra. Murray. Puxei a gola para conferir. "Ou talvez não esteja. Você é tão lisa que não sei para que lado estou olhando — a frente ou as costas." Elas falavam essas coisas sem parar. Era horrível. Suponho que os meus modos fossem tão ruins quanto os delas. Eu era absolutamente fechada e impassível, nada simpática. Ou então era tensa e espirituosa e sem jeito. "Ha-ha", respondi. "Não sabe se vem ou se vai, sou bem eu mesma — lisa." Nunca aprendi a me relacionar com as pessoas, muito menos a me defender sozinha. Preferia ficar quieta e me enfurecer por dentro. Eu tinha sido uma criança silenciosa, do tipo que chupou o dedo o bastante para ficar dentuça. Tive sorte de meus dentes não terem avançado demais. Ainda assim, é claro, sentia que minha boca era equina e feia, então eu mal sorria. Quando chegava a sorrir, me esforçava muito para impedir que o lábio superior se erguesse, coisa que exigia muita constrição, autoconhecimento e autocontrole. O tempo que passei disciplinando aquele lábio é inacreditável. Eu realmente achava que o interior da minha boca era uma área tão íntima, cavernas e dobras de carne que se abrem, que permitir que qualquer pessoa olhasse lá dentro era o mesmo que abrir as pernas. As pessoas não mascavam chiclete com tanta regularidade quanto mascam hoje. Isso era considerado muito infantil. Por isso, eu sempre tinha à mão um frasco de Listerine e fazia bochechos frequentes, às vezes engolia se achasse que não conseguiria chegar ao banheiro feminino sem ter que abrir a boca para falar. Não queria que ninguém pensasse que eu fosse suscetível a mau hálito, nem que houvesse absolutamente nenhum processo orgânico ocorrendo dentro do meu corpo. Ter que respirar já era uma vergonha em si. Eu era esse tipo de garota.

Além do Listerine, no meu armário, eu sempre tinha uma garrafa de vermute doce e um pacote de chocolate com menta. Roubava este último com regularidade da farmácia na Cidadezinha X. Eu era uma ladra fabulosa, bem-dotada na fina arte de surrupiar coisas em lojas e enfiá-las na manga. A minha máscara mortuária me livrou de problemas muitas vezes ao esconder meu êxtase e pavor dos balconistas e vendedores, que devem ter me achado muito estranha com meu casaco enorme, rodeando os doces. Antes do início do horário de visitação no presídio, eu tomava um longo gole de vermute e engolia um punhado de chocolates com menta. Mesmo depois de vários anos, ter que receber as sofridas mães dos meninos presos me deixava nervosa. Entre as minhas obrigações mortalmente enfadonhas, parte do meu trabalho era pedir aos visitantes que escrevessem o nome em um livro de registro e depois dizer que se sentassem nas cadeiras cor de laranja de plástico injetado que ficavam no corredor e esperassem. Moorehead tinha a regra insana de que só uma visita podia ser feita por vez. Talvez fosse por causa da pequena equipe de funcionários ou das instalações limitadas do lugar. De qualquer modo, isso criava uma atmosfera de sofrimento interminável, porque, durante várias horas, mães ficavam sentadas, esperando e chorando e batendo os pés no chão e assoando o nariz e reclamando. Na tentativa de evitar meus próprios sentimentos de pesar, eu inventava pesquisas sem sentido e entregava os formulários mimeografados em pranchetas para a maior parte das mães. Eu achava que ter de preencher aqueles papéis dava às mulheres uma noção de importância, criava a ilusão de que a vida delas e suas opiniões eram dignas de respeito e curiosidade. Eu colocava ali questões como: "Com que frequência você enche o tanque do carro?", "Como acha que estará daqui a cinco anos?", "Você gosta de assistir televisão? Se sim, quais programas?".

As mães geralmente ficavam contentes de ter uma tarefa a cumprir, apesar de fingirem que aquela era uma imposição desagradável. Se perguntavam para que servia aquilo, eu dizia que era um "questionário estadual" e que podiam tirar o nome se preferissem que as respostas fossem anônimas. Nenhuma delas tirava. Todas escreviam o nome nos formulários de maneira muito mais legível do que no livro de registro e respondiam com tanta ingenuidade que eu ficava de coração partido: "Todas as sextas". "Vou estar saudável, ser feliz, e meus filhos serão bem-sucedidos." "Jerry Lewis."

Era minha função manter um arquivo cheio de relatórios e depoimentos e outros documentos referentes a cada um dos prisioneiros. Eles ficavam em Moorehead até o fim da sentença ou até completarem dezoito anos. O menino mais novo que eu vi no tempo em que passei na prisão tinha nove anos e meio. O diretor gostava de ameaçar os meninos maiores — altos ou gordos ou os dois — com transferência antecipada para a prisão masculina, principalmente os que causavam confusão. "Você acha que as coisas são difíceis aqui, rapaz?", ele dizia. "Um dia na prisão estadual faria com que você sangrasse durante semanas."

Os meninos de Moorehead de fato me pareciam pessoas bacanas, levando em conta as circunstâncias. Qualquer um de nós ficaria intratável e descontente no lugar deles. Eram proibidos de fazer a maior parte das coisas que as crianças devem fazer: dançar, cantar, gesticular, falar alto, escutar música, deitar — a menos que tivessem permissão. Eu nunca falava com nenhum deles, mas sabia tudo sobre eles. Gostava de ler suas fichas e a descrição de seus crimes, os boletins de ocorrência, as confissões. Um deles tinha enfiado uma caneta no ouvido de um motorista de táxi, eu me lembro. Entre eles, pouquíssimos eram nascidos na Cidadezinha X. Eles chegavam a Moorehead de toda a região, os jovens ladrões e vândalos e estupradores e sequestradores e incendiários e assassinos mais refinados do estado de Massachusetts. Muito deles eram órfãos ou tinham fugido de casa, e eram rudes e durões e caminhavam com ginga e desenvoltura. Outros vinham de famílias normais e tinham atitude mais doméstica, mais sensível, e caminhavam feito covardes. Eu gostava mais dos rudes. Eram mais charmosos para mim. E seus crimes pareciam muito mais normais. Eram os meninos privilegiados que cometiam os crimes deturpados de verdade: estrangular a irmã menor ou tocar fogo no cachorro do vizinho, envenenar um padre. Era fascinante. Mas, depois de vários anos, todos os gatos eram pardos.

Eu me lembro daquela sexta-feira à tarde em especial porque uma moça tinha chegado para visitar o criminoso que a tinha atacado — seu estuprador, supus. Era uma moça bonita que possuía uma extravagância torturada, e na época eu achava que todas as mulheres bonitas fossem umas vadias, galinhas, vagabundas, putas. Uma visita assim era estritamente proibida, claro. Apenas parentes próximos tinham permissão para visitar os presos. *Parentesco* era a palavra que usávamos. Foi o que eu disse à moça, mas ela exigiu ver o menino. No começo, ela estava muito calma, como se tivesse ensaiado o que dizer. Não consigo acreditar na minha audácia quando perguntei, com minha máscara mortuária estampada no rosto, se ela estava exigindo se tornar parente do menino. Eu disse: "Está querendo dizer que é noiva dele e vocês vão se casar?", foi a minha pergunta. Ela pareceu perder a cabeça quando perguntei isso e se virou para as mães chorosas com suas pranchetas e questionários e xingou todas elas e jogou o livro de registro no chão. Não sei por que fui tão fria com ela. Suponho que devo ter ficado com inveja. Afinal de contas, ninguém nunca tinha tentado me estuprar. Eu sempre acreditara que a minha primeira vez seria à força. Claro que eu torcia para ser estuprada apenas pelo mais sentimental, gentil e bonito dos homens, alguém que estivesse apaixonado por mim em segredo — o ideal seria Randy. Depois que a moça foi embora e eu tive um momento livre, puxei a ficha do seu estuprador. A fotografia mostrava um menino negro cheio de espinhas, sonolento. A ficha policial dele incluía roubo de roupa que secava no varal do vizinho, fumar cigarros de maconha, vandalizar um carro. Não pareceu assim tão mau.

Outra parte do meu trabalho durante as horas de visitação era dizer aos guardas quais meninos deveriam ser chamados para receber visitas, um por um. Os dois guardas de quem eu me lembro com mais clareza eram Randy, é óbvio, e James. Acho que James devia ter sofrido alguma lesão cerebral ou ter algum tipo de distúrbio nervoso. Estava sempre agitado, suava o tempo todo e parecia absolutamente pouco à vontade na presença de qualquer pessoa. O trabalho ficava muito difícil quando ele tinha que interagir com os meninos ou se apresentar na frente de mães chorosas. Quando estava sozinho, tinha um tipo de imobilidade pressagiosa, como se o elástico de um estilingue tivesse sido puxado com força demais. Ele parecia ficar parado assim, rígido, prestes a explodir, durante horas a fio quando era sua vez de vigiar o corredor. Pensando bem, esse era um desperdício ridículo de horas de trabalho, já que, mais adiante no corredor, havia outro guarda que ficava parado diante da porta das instalações residenciais, ou seja lá como chamávamos o lugar em que os meninos viviam e dormiam e andavam de um lado para outro e liam a Bíblia, ou faziam qualquer outra coisa que tivessem permissão para fazer.

Outra coisa que também era ridícula — e só estou me lembrando disso agora — era o fato de eu ter sido encarregada de ministrar o teste de segurança às visitantes mulheres. Como não havia guardas nem oficiais mulheres, suponho, era minha função apalpar as mulheres com tapinhas preguiçosos ao redor dos seus ombros e quadris, um tapinha nas costas. Randy também ficava presente, geralmente de vigia à porta da sala de visitação e, às vezes, enquanto eu tocava naquelas mulheres, imaginava que estivesse tocando em Randy, ele que, como aquelas mulheres, parecia mal reparar em mim. Eu não passava de um par de mãos disparando pelo ar com nervosismo. Elas costumavam ser mulheres muito tristes, passivas e cheias de remorso e nunca violentas. Claro que, em todas as minhas apalpações ridículas, eu nunca, nem uma vez, deparei com uma faca ou arma ou ampola de veneno escondida no bolso da saia de nenhuma daquelas mães tristes. Os guardas também não pareciam muito preocupados. Homens raramente faziam visitas. O mais provável é que isso estivesse relacionado ao expediente de trabalho, mas acho que a maioria dos meninos na prisão sofria da ausência de um pai, e suponho que isso fosse parte do problema. Era bem desagradável.

O ponto alto na angústia do horário de visitação era a oportunidade de ficar perto de Randy. Eu me lembro do cheiro específico do suor dele. Era forte, mas não ofensivo. Um cheiro de boa índole. O cheiro das pessoas era melhor naquela época. Tenho certeza de que isso é verdade. Minha visão se deteriorou ao longo dos anos, mas meu olfato continua bem aguçado. Hoje, eu geralmente preciso me retirar ou me afastar quando uma pessoa próxima a mim cheira mal. Não estou falando do cheiro de suor e de sujeira, mas de um tipo de cheiro artificial, cáustico, em geral vindo de pessoas que se disfarçam com cremes e perfumes. Não se deve confiar nessas pessoas altamente aromáticas. São predadoras. São como cachorros que rolam nas fezes uns dos outros. É muito perturbador. Ainda que eu quase sempre me sentisse paranoica a respeito do meu cheiro — se o meu suor fedia, se o meu hálito estava tão ruim quanto o gosto da minha boca —, eu nunca usava perfume e sempre preferia sabonetes e cremes sem perfume. Nada chama mais a atenção ao odor de alguém do que uma fragrância que tem a intenção de mascará-lo. Em casa, sozinha com meu pai, eu era encarregada da roupa suja, uma tarefa que herdei sem querer e que raramente cumpria. Mas quando eu lavava roupa, o aroma das peças sujas dele era tão angustiante que eu sempre sentia ânsia de vômito e tossia e meu estômago embrulhava quando inalava o cheiro. Era o cheiro de algo parecido com leite azedo, doce e tão embebido com o perfume de gim que me revira o estômago só de pensar agora.

O cheiro de Randy era completamente diferente — ácido como o mar, carnudo, caloroso. Ele era muito atraente. Tinha cheiro de homem honesto. A sra. Stephens tinha me dito que todos os guardas eram contratados por meio do setor de emprego do departamento de correções do condado. Então eram todos ex-presidiários, suponho. Todos tinham tatuagens. Até James tinha uma. Uma suástica, creio. A tatuagem de Randy era um retrato borrado de uma mulher — a mãe dele, era minha esperança. Em uma manhã, durante os meus primeiros meses em Moorehead, quando as senhoras do escritório estavam montando seu arranjo de Páscoa, li a ficha de emprego de Randy, que incluía uma lista de seus crimes na adolescência: conduta sexual imprópria, invasão de domicílio. Ele tinha sido um detento em Moorehead quando era adolescente, fato que só fazia com que ele me parecesse ainda mais atraente.

Você me conhece. Passei muitas horas imaginando quem poderia ter sido a recipiente da conduta sexual imprópria de Randy. Imaginei alguma menina nova, adolescente, que se encrencou com os pais por ter passado do horário de voltar para casa ou por ter ficado grávida. Randy não me parecia ser do tipo violento, mas de vez em quando eu o via segurar os meninos com força. Ele se daria muito bem em uma briga, eu imaginava. Um dos meus devaneios preferidos era o seguinte: Randy esperaria o meu turno terminar e se ofereceria para me acompanhar até o carro. Ele ofereceria o braço enquanto eu caminhava pelo gelo negro do estacionamento, mas eu recusaria, e ele se sentiria rejeitado e envergonhado. Mas então eu escorregaria no gelo e seria forçada, apesar da minha prudência, a me apoiar nos braços grossos dele com as mãos enluvadas, e ele olharia bem nos meus olhos, e talvez nós nos beijaríamos. Ou, em vez disso, ele me pegaria pelos ombros e me viraria contra o Dodge, pressionando meu rosto na janela coberta de gelo, ergueria minha saia e rasgaria minha meia-calça e minha calcinha, depois passaria a mão ao redor das minhas pernas para tatear as minhas cavernas e dobras com os dedos ao enfiar em mim, com a respiração quente na minha orelha, sem dizer nada. Nessa fantasia eu não usava cinta.

Esta não é uma história de amor. Mas só vou dizer mais uma coisa sobre Randy antes que a verdadeira estrela da minha história apareça. É engraçado como o amor pode pular de uma pessoa para outra, feito uma pulga. Antes de Rebecca aparecer, alguns dias mais tarde, era o pensamento constante em Randy que me mantinha à tona. Ainda me lembro do endereço dele, já que nos fins de semana eu passava de carro na frente de seu apartamento, em outra cidadezinha próxima, e ficava sentada, bem discreta, dentro do Dodge, para tentar ver se ele estava ou não em casa, sozinho, acordado. Eu queria saber o que ele estava fazendo, o que estava pensando, se eu chegava a passar pela cabeça dele. Algumas vezes, sem planejar, eu esbarrava nele na Cidadezinha X, caminhando pela rua principal. Todas as vezes, eu erguia a mão enluvada, abria a boca para falar, mas ele simplesmente passava reto. Meu peito quase afundava em si mesmo. Um dia ele me enxergaria, a verdadeira eu, e iria se apaixonar, eu dizia a mim mesma. Até lá, me consumia e me lamentava e fazia de tudo para compreender seus gestos e hábitos e expressões, como se a fluência na linguagem do corpo dele pudesse me dar vantagem quando chegasse a hora de lhe dar prazer. Ele não precisaria dizer nenhuma palavra. Eu achava que faria qualquer coisa para fazê-lo feliz. Mas eu não era boba. Sabia que Randy tinha tido relações sexuais com mulheres. Ainda assim, eu não era capaz de imaginá-lo no ato da cópula, que era como eu chamava na época. Nem era capaz de começar a imaginar as regiões íntimas dele nuas, apesar de ter visto fotos de algumas em uma das revistas pornográficas do meu pai. Mas eu era capaz de imaginá-lo, em um momento pós-coito, Randy rindo despreocupadamente para uma figura feminina invisível em uma cama amarfanhada. Eu o tinha em tão alta conta. Só uma olhada na minha direção fazia com que meu coração disparasse durante horas. Mas já chega dele. Tchauzinho por enquanto, Randy, tchau-tchau.

Meu visual naquela sexta-feira era o seguinte: mocassim de pele de crocodilo falsa toda rachada, com salto grosso e gasto e fivela dourada descascando; meia-calça branca que fazia minhas pernas finas parecerem de madeira, iguais às de uma boneca; saia abaixo dos joelhos; jaqueta de lã cinza com ombreiras por cima de uma blusa de algodão branco; uma cruz pequena cor de latão; cabelo arrumado já havia vários dias; sem brincos; batom de uma cor que a loja chamava de Vermelho Irreparável. Eu devia parecer ter uns dezenove anos ou quase sessenta e cinco, naquela aproximação tola de decência, aquela fantasia de adulta. Outras garotas já estavam casadas na minha idade, tinham filhos, estavam arranjadas. Dizer que eu não quisesse tudo aquilo seria generoso demais. Tudo aquilo simplesmente não estava disponível para mim. Estava além de mim. De acordo com as aparências, eu era uma pessoa caseira: ingênua, desinteressada. Se tivessem me perguntado, eu teria dito que acreditava que uma pessoa precisava estar apaixonada para fazer amor. Teria dito que qualquer pessoa que fizesse e não estivesse era uma vagabunda.

Pensando bem, não acho que eu estivesse tão fora de base no meu interesse por Randy. Uma união não teria sido completamente disparatada. Ele tinha emprego e boa saúde, e não acho que fosse totalmente impraticável ele namorar comigo. Eu era uma mulher jovem no entorno dele, afinal de contas. Apesar da minha paranoia, não havia nada de realmente ofensivo no meu visual daquela época. Eu não era atraente no meu temperamento, mais do que tudo, mas a maioria dos homens parece não se incomodar com esse tipo de coisa. Claro que Randy devia ter outras mulheres a quem recorrer. De todo modo, eu não saberia o que fazer com ele se o fisgasse. Quando completei trinta anos, já tinha aprendido a relaxar, dar uma piscadinha na frente do espelho, cair com muito charme nos braços de incontáveis amantes. Meu eu de vinte e quatro anos morreria de choque com a morte súbita da minha prudência. E depois que saí da Cidadezinha X, fiquei um pouco mais cheinha e comprei algumas roupas que me serviam direito, você poderia ter me visto caminhando pela Broadway ou pela rua 14 e pensado que eu era uma aluna de pós-graduação ou quem sabe a assistente de algum artista famoso indo recolher o cheque dele na galeria. Quero dizer que eu não era fundamentalmente feia. Eu só era invisível.

Naquela tarde, as mães chegaram e partiram. Maços de questionários preenchidos foram jogados no lixo, junto com pilhas reluzentes de papel de bala de caramelo que pareciam montes de insetos mortos. "Você acredita que existe vida em Marte? Quais as qualidades que mais aprecia em seus deputados estaduais?" Todos os dias, eu recolhia dúzias de lencinhos de papel cheios de ranho, marcados com batom como cravos gordos, mortos, com a ponta rosada. "Sabe falar alguma língua estrangeira? Prefere ervilhas em lata ou cenouras em lata? Fuma?" Uma campainha soou para indicar que alguém, um dos meninos, tinha feito algo que resultaria em castigo pesado. James se levantou de sua banqueta e caminhou com gestos mecânicos pelo corredor, agitando as mãos. Amassei os lencinhos de papel usados e juntei aos papéis e embalagens no lixo.

"Leve esse lixo para fora, Eileen", disse a sra. Stephens, erguendo os olhos para mim de trás do sovaco ao se abaixar em direção à sua mesa para pegar uma caixa nova de doces.

"Se existe vida em Marte, está morta agora", uma das mães escreveu.

"Um homem deve ter ombros largos e bigode."

"Um pouco de francês."

"Ervilhas."

"Seis maços por semana. Às vezes, mais."

Antes de eu sair de Moorehead naquela sexta-feira, a sra. Stephens pediu que eu decorasse a árvore de Natal que o faxineiro tinha arrastado para dentro da sala de espera da prisão, vazia agora que o horário de visitação tinha terminado. Eu me lembro de ser um pinheiro voluptuoso e que as folhas eram grossas e lustrosas, e a seiva enchia o ar com um cheiro atordoante. Havia uma despensa onde ficavam guardadas todas as decorações dos feriados: recortes de coelho e ovos dourados para a Páscoa, bandeiras para o Dia da Independência, faixas do Dia do Trabalho e do Dia dos Veteranos, perus e abóboras para o Dia de Ação de Graças. Em um

Halloween, penduramos guirlandas de alho sobre o batente da porta do escritório e, em uma reunião depois do almoço, o diretor fez uma recitação assombrosa das abominações do Senhor no Deuteronômio. Foi ridículo.

Os enfeites da árvore de Natal estavam exatamente onde eu os tinha deixado no ano anterior, empacotados de qualquer jeito em sua caixa de papelão que se desmantelava. As bolas de metal incrustadas de purpurina estavam lascadas e desbotadas, cada ano havia um número menor delas para guardar nos ninhos de jornal velho, mas eram encantadoras e me enchiam de melancolia. Eu ficava ressentida na época das festas de fim de ano, a única época em que eu não podia evitar cair nas garras da autocomiseração enlatada que o Natal prescreve. Lamentava a falta de amor e calor na minha vida, pedia às estrelas que anjos chegassem para me arrancar da minha angústia e me enfiassem em uma vida totalmente nova, como nos filmes. Eu era a maior otária em relação ao espírito natalino. Quando criança, tinha aprendido a ser elogiada e recompensada pelo meu sofrimento, pelos meus enormes esforços em ser uma boa menina, mas, todos os anos, Deus me pisoteava. Nada de presentes, nada de milagres, nada de noite feliz. Eu também sentia pena de mim mesma por causa disso. Tentei manter uma expressão neutra ao desembalar os enfeites. Havia guirlandas de azevinho feitas de plástico brilhante que tinha um cheiro forte de produtos químicos antissépticos, de que eu gostava. E, no fundo da caixa, havia enfeites de papel espelhado e velhos flocos de neve de papel que os meninos tinham recortado de cartolina branca muitos Natais antes, alguns bem velhos, provavelmente com quase vinte anos de idade. Quando os desdobrei, eram geometrias perturbadas e irritadas, pequenos atos de violência, mas os nomes escritos nos cantos tinham caligrafia controlada e regular em lápis prateado e suave. Eu me lembro de nomes como Cheyney Morris, dezessete anos. Roger Jones, catorze anos. Eu devia pregar aquilo na parede de tijolo pintado da área de espera, mas tinha usado toda minha fita adesiva para prender a barra do meu casaco quando a costura se desfizera na semana anterior, então enfiei os flocos de neve bem no fundo entre os galhos da árvore. Ali, pareciam neve. Eu apreciava trabalhos mecânicos como pendurar enfeites, e assim me perdi na tarefa com bastante facilidade. Isso era bom. Eu me sentia melancólica. Guardei uma parte dos enfeites para o terço mais alto da árvore, que era alto demais para eu alcançar sem estender os braços sobre a cabeça. Se eu fizesse isso, qualquer um poderia ver as manchas escuras de suor embaixo dos meus braços. Deus me livre.

"Pode trazer uma escada?", pedi a James quando ele retornou a seu posto.

Eu me lembro do cheiro da pomada do seu cabelo — um odor triste de lanolina — quando ele colocou a escada prontamente ao lado da árvore e a segurou enquanto eu subia, com gotas de suor alojadas feito orvalho em sua testa com entradas.

"Não olhe", eu disse, apesar de saber que ele jamais ousaria olhar embaixo da minha saia. Ele assentiu. Era tão raro eu agir como se fosse importante que me refestelei com aquela interação.

Quando terminei com os enfeites e guardei a caixa de papelão de volta na despensa, a sra. Stephens ergueu os olhos de sua papelada. A árvore tinha ficado linda — eu estava orgulhosa —, mas ela mal reparou. Tinha açúcar de confeiteiro no nariz e uma mancha de geleia de framboesa no suéter, nenhuma noção de decoro, ela não parecia se importar nem um pouco com o que as pessoas pensavam dela. Ela era a gerente administrativa de Moorehead havia décadas.

"Eileen", ela disse. Sua voz tinha um tom monótono cruel. "Você vai cuidar das luzes na segunda-feira, durante a apresentação. Eu não posso mais cuidar das luzes. Não quero mais fazer isso."

"Tudo bem", respondi.

Um dia, eu não estaria mais ali, desejei, nunca mais teria que olhar para ela nem pensar nela, então tentei detestá-la com todas as forças, espremer das nossas interações até a última gota de nojo que ela jamais poderia inspirar em mim. Eu sabia muito bem que era prudente não falar nada nem causar nenhuma confusão, mas tentei lhe enviar mensagens violentas mentalmente. Ela tinha me contratado como favor ao meu pai. Para minha enorme vergonha, eu a chamara de "mãe" algumas vezes. Nessas ocasiões, a sra. Stephens revirava os olhos emitindo um som sarcástico — as gengivas brilhantes, bolhas de saliva explodindo em um sorriso largo, aquela bala dos infernos batendo contra seus molares: "Claro, querida, qualquer coisa para você ficar feliz".

E eu ria e limpava a garganta e corrigia a mim mesma: "Dona Stephens".

Duvido que ela merecesse a quantidade de ódio que eu dirigia a ela, mas eu desprezava praticamente todo mundo naquela época. Me lembro de voltar para casa de carro naquela noite imaginando como seria o corpo dela debaixo de toda aquela estampa de caxemira e lã cinzenta. Imaginei a carne pendendo dos ossos feito cortes de porco suspensos por ganchos em um açougue: gordura grossa, úmida, alaranjada; a carne dura e sem sangue e fria quando a faca a atravessava.

Ainda sou capaz de enxergar aquele trajeto de vinte minutos de Moorehead à Cidadezinha X. A ampla extensão de pastos cobertos de neve, a floresta escura e as estradinhas de terra estreitas, e depois as casas, primeiro esparsas, sítios, depois menores e mais próximas, algumas com cercas de madeira branquinha ou estacas de ferro preto, depois a cidade com o mar reluzindo no horizonte do alto da colina, depois a minha casa. Havia, é claro, uma sensação de conforto na Cidadezinha X. Imagine um senhor de idade passeando com um golden retriever, uma mulher tirando um saco de compras do carro. Realmente, não havia nada de muito errado naquele lugar. Se você estivesse só de passagem, pensaria que tudo estava bem por ali. Que tudo era maravilhoso. Até o meu carro com o escapamento quebrado e o frio cortante nas minhas orelhas eram algo bom e maravilhoso. Eu odiava aquilo, e eu amava aquilo. Nossa casa ficava a uma quadra de um cruzamento onde um guarda organizava o tráfego de manhã e à tarde para os alunos da escola de ensino fundamental que ficava ali naquela rua. Era comum luvas e cachecóis perdidos serem postos nas estacas das cercas dos vizinhos ou, no inverno, espalhados sobre os montes altos de neve como se aquilo fosse um achados-e-perdidos. Naquela noite, havia um gorro de menino feito de tricô largado na neve ao lado da entrada da minha casa. Eu examinei a peça sob a luz da rua e experimentei. Era apertado a ponto de criar um selo ao redor das minhas orelhas. Tentei dizer algo, "Randy", e minha voz vibrou, um eco dentro de mim. Havia uma paz estranha ali dentro da minha cabeça. Um carro passou em silêncio pela neve meio derretida.

Enquanto eu caminhava pela passagem estreita até a varanda, uma porta de carro se abriu do outro lado da rua e um policial uniformizado atravessou o gelo lamacento na minha direção. O vento estava estranhamente parado, uma tempestade se formava. Uma luz se acendeu dentro da casa, então o policial parou no meio da rua.

"Srta. Dunlop", ele disse, e fez um gesto para que eu me aproximasse. Aquilo não era nada fora do comum. Eu conhecia a maior parte dos policiais da Cidadezinha X. Meu pai fazia tudo o que podia para incitar a visita deles. Naquela noite, o policial Laffey me disse que a escola tinha ligado para reclamar que meu pai estava tacando bolas de neve nas crianças desde a varanda da frente. Ele me entregou uma carta de advertência, fez um gesto com a cabeça e caminhou de volta para o carro.

"Pode entrar", eu disse, com a voz ribombando entre os ouvidos. "Que tal falar com ele?" Estendi a carta.

"Está tarde", ele disse, e voltou para o carro e para o rádio.

Os pingentes de gelo sobre a porta da frente deviam ter crescido vários centímetros durante o tempo que eu havia passado fora, já que me lembro de erguer a mão e tocar na extremidade de um deles e ficar decepcionada porque não era afiada. Eu poderia ter lançado a bolsa e quebrado todos eles se quisesse. Mas só fechei a porta com cuidado e tirei os sapatos dos pés com um chute.

Eis aqui a casa. O hall de entrada tinha papel de parede com listras escuras em verde e azul, com molduras de madeira dourada. A escada era de madeira nua porque eu tinha quebrado o aspirador naquele verão, então arranquei todo o carpete. Estava escuro demais para ver a camada de poeira que cobria tudo. As lâmpadas do hall de entrada e da sala tinham queimado. De quando em quando eu recolhia as latas e garrafas do meu pai, os jornais bagunçados que ele lia, ou fingia ler no alto da escada, deixando cada folha escorregar pelo corrimão e cair no hall de entrada. Naquela noite, catei algumas folhas — a gente recebia o *Post* —, amassei e joguei nas costas dele enquanto estava parado na frente da pia.

"Oi, pai", eu disse.

"Espertinha", ele disse e se virou para chutar o jornal embolado pelo chão. Em todos os vinte e quatro anos desde que a gente se conhecia, acho que ele nunca tinha dito "oi" nem perguntado como eu estava. Mas, em algumas noites, quando eu parecia especialmente cansada, ele podia perguntar: "Como vão seus namorados? Como vão todos os seus meninos?". Eu só raramente me sentava à mesa da cozinha por tempo suficiente para comer alguns amendoins e escutar as suas reclamações. Nós comíamos muito amendoim, meu pai e eu. Esquentei as mãos no fogão. Eu me lembro de usar umas luvas pretas grossas com flores verdes bordadas ao longo dos dedos. Por causa da minha autonegação ridícula, eu não comprava luvas de inverno adequadas. Mas gostava daquelas pretas com as flores. Na época, as mulheres ainda usavam luvas. Eu não me importava com o costume. Minhas mãos tinham a pele fina, eram sensíveis e, de todo modo, sempre estavam geladas, e eu não gostava de tocar nas coisas.

"Arrastaram mais alguém novo para lá?", meu pai perguntou naquela noite. "O filho do Polk está se dando bem?" Polk tinha aparecido no noticiário recentemente, um policial da Cidadezinha X que fora assassinado pelo próprio filho. Meu pai o conhecera. Tinham trabalhado na polícia juntos.

"Está pagando seus pecados", respondi.

"Que Deus o leve", meu pai disse e enxugou as mãos no roupão.

A correspondência estava em uma pilha sobre a pia ao lado do fogão. A *National Geographic* estava bem desinteressante naquele mês. Há vários anos, encontrei em um sebo aquela mesma edição — dezembro de 1964 —, e ela está aqui em algum lugar no meio de todos os meus livros e papéis. Duvido que uma coisa daquelas tenha algum valor cinquenta anos depois, mas para mim aquela revista parece sagrada, um retrato do mundo antes que tudo que havia nele mudasse para mim. Não era nada de especial. A capa mostra dois pássaros brancos feios, talvez pombas, empoleirados em uma cerca de ferro fundido. Uma cruz santa paira fora de foco sobre eles. A edição inclui perfis de Washington, D.C. e de alguns destinos exóticos de férias no México e no Oriente Médio. Naquela noite, quando a revista ainda era nova e tinha cheiro de cola e tinta, abri as páginas na foto de uma palmeira com um pôr do sol rosado ao fundo, depois a joguei na mesa da cozinha, decepcionada. Preferia ler sobre lugares como Índia, Belarus, as favelas do Brasil, as crianças passando fome na África.

Entreguei ao meu pai a carta de advertência do policial Laffey e me sentei para comer uns amendoins. Ele abanou a carta na frente dos olhos e jogou no lixo. "É só para mostrar serviço", disse. As ilusões de que ele padecia eram do tipo mais eficiente: todos tinham papel em suas teorias da conspiração. Nada era o que parecia. Ele era assombrado por visões, figuras obscuras — "arruaceiros", como dizia — que se moviam tão rápido, segundo ele, que só dava para ver sua sombra. Eles se enfiavam embaixo das varandas e se escondiam em pontos escuros e em cima das árvores, e o observavam e provocavam, dizia. Tinha jogado algumas bolas de neve pela janela naquela manhã só para que eles soubessem que ele sabia o que estavam aprontando, explicou. A polícia tinha que dar uma bronca nele para fazer parecer que não havia nada de suspeito acontecendo: só um velho perdendo a cabeça.

"Estão aqui dentro também", ele disse a respeito dos arruaceiros, agitando os dedos na direção da casa. "Devem estar entrando pelo porão. Circulam como se fosse a casa deles. Eu ouvi tudo. Talvez estejam morando nas paredes, feito ratos", ele disse. "Eles soam igualzinho a ratos, na verdade. Fantasmas negros." Era torturado por eles dia e noite, então sua única saída era beber, claro. Ele se sentou à mesa da cozinha. "Foi a máfia que mandou eles aqui", claro. "Por que você acha que a polícia está sempre aqui? É para me proteger. Depois de tudo que fiz por esta cidade?"

"Você está bêbado", eu disse sem rodeios.

"Faz anos que não fico bêbado, Eileen. Isto", ele ergueu a lata de cerveja, "é para acalmar os meus nervos."

Abri uma cerveja para mim mesma, comi mais alguns amendoins. Quando ergui os olhos, perguntei: "Qual é a graça?", porque ele estava rindo. Ele era capaz disso: em um segundo, passar de aterrorizado para cruelmente histérico.

"A sua cara", ele respondeu. "Não tem nada com que se preocupar, Eileen. Ninguém vai incomodar você com uma cara dessas."

Pronto. Ele que vá para o inferno. Eu me lembro de, mais tarde naquela mesma noite, ver meu reflexo nas janelas escuras de vidro da sala. Eu tinha aparência de adulta. Meu pai não tinha o direito de me maltratar. Joanie passou em casa naquela noite usando uma jaqueta branca de pele falsa, minissaia e botas de neve, o cabelo bem penteado e leve, os olhos delineados com lápis preto grosso. Ela era loira, fazia biquinho e era bem-humorada, pelo menos naquela época. Suponho que ela tenha se tornado amarga — aquele biquinho evoluiria, no final das contas —, mas espero que esteja saudável e feliz e com alguém que a ame. Isso é que é esperança. Ela era um tipo especial de garota. Quando se movia, parecia esbanjar suas carnes como se fossem um casaco de pele, tão relaxada e à vontade, eu não conseguia entender. Ela era encantadora, suponho, mas tão crítica. Sempre com um jeito ingênuo de me perguntar coisas como: "Você não acha estranho usar o suéter da sua mãe morta?". E às vezes era algo mais típico de irmãs, como: "Por que está com essa cara? Qual é o problema agora?".

Naquela noite eu só sacudi a cabeça, fiz um sanduíche de presunto. Pão, manteiga, presunto. Joanie fechou o estojo de pó compacto e veio por trás de mim para cutucar minhas costelas. "Saco de ossos", ela disse, e pegou o sanduíche do meu prato. "A gente se vê", ela disse e deu um beijo no meu pai em sua poltrona. A gente nunca mais se viu.

Subi ao sótão para me deitar na minha caminha com a minha revista. Será que eu sentiria falta da minha irmã se ela morresse? Fiquei imaginando. Tínhamos sido criadas lado a lado, mas eu mal a conhecia. E ela com certeza não me conhecia. Tirei chocolates de uma lata e mastiguei e cuspi cada um deles no papel marrom barulhento em que vieram. Virei outra página.

Sábado

Ao meio-dia do sábado, uns bons quinze centímetros de neve fresca tinham caído por cima da camada que já estava lá e batia nos joelhos. Manhãs assim eram silenciosas, o som era abafado pela neve nova. Até o frio parecia recuar, tudo isolado e sufocado. Antes de as caldeiras começarem a apitar, a lenha nas lareiras queimar e fumegar e as casas da Cidadezinha X todas cobertas de neve e gelo começarem a derreter e pingar feito velas de cera, havia paz. Com o frio que fazia no meu quarto no sótão, achei que não tinha nada a ganhar saindo da cama. Uma parte suficiente do mundo podia ser explorada se eu apenas colocasse o braço para fora das cobertas. Fiquei lá deitada na minha caminha, sonhando e pensando durante horas. Eu tinha um pote grande de compota para essas circunstâncias e para quando os humores do meu pai me forçavam a me abrigar no sótão. Eu me sentia como se estivesse acampando, vivendo perto da natureza e longe de casa quando me agachava por cima daquele pote usando a camisola cheia de bolinhas da minha mãe e um suéter velho de lã irlandesa, com a respiração escorrendo do nariz como a fumaça branca de um caldeirão fervilhante de bruxa. Meu mijo soltava fumaça e fedia, um veneno cor de mel que eu despejei pela janela do sótão na calha cheia de neve.

Os movimentos do meu intestino eram uma outra história. Ocorriam com irregularidade — talvez uma ou duas vezes por semana, no máximo — e raramente sem assistência.

Eu tinha adquirido o hábito nojento de engolir uma dúzia ou mais de pílulas de laxante sempre que me sentia cheia e inchada, coisa que era frequente. O banheiro mais próximo ficava um piso abaixo e eu dividia com meu pai. Esvaziar o intestino nunca me pareceu muito confortável. Eu ficava preocupada que o cheiro fosse passar para a cozinha no piso de baixo, ou que meu pai viesse bater à porta enquanto eu estivesse ali sentada na privada. Além do mais, eu tinha me tornado dependente daqueles laxantes. Sem eles, eu sempre tinha dor de barriga e era difícil, e eu levava uma boa hora agachada, massageando a barriga, fazendo força e rezando. Com frequência sangrava por causa do esforço, cravando as unhas nas coxas, batendo na barriga de frustração. Com os laxantes, o esvaziamento era torrencial, oceânico, como se todas as minhas entranhas tivessem derretido e então jorrassem para fora, um lamaçal que tinha um cheiro único de produtos químicos e que, quando terminava, eu esperava que chegasse até a borda da privada. Nesses casos, eu me levantava para dar a descarga, tonta e suada e com frio, então me deitava enquanto o mundo parecia girar ao meu redor. Era assim quando tudo ia bem. Vazia e exausta e leve como o ar, eu ficava lá deitada, descansando, em silêncio, voando em círculos, meu coração dançando, minha mente em branco. Para aproveitar esses momentos, eu precisava de privacidade total. Então usava o banheiro do porão. Meu pai devia achar que eu só estivesse lavando roupa lá embaixo. O porão era um território seguro e íntimo nos meus devaneios pós-privada.

Outras vezes, no entanto, o porão carregava o tom angustiante de lembranças da minha mãe e de quanto tempo ela passava lá embaixo — fazendo o que aquele tempo todo? Até hoje eu não sei. Ao subir com um cesto de roupas limpas na cintura, fungando, resmungando, ela me mandava arrumar meu quarto, pentear o cabelo, ler um livro, deixá-la em paz. O porão ainda guardava quaisquer segredos que, suponho, ela alimentava ali. Se os fantasmas escuros e os arruaceiros do meu pai surgiam de algum lugar, era dali. Mas, de algum modo, quando descia para usar o banheiro, eu me sentia bem. Lembranças, fantasmas, temores podem ser assim, na minha experiência: vêm e vão de acordo com sua própria conveniência.

Naquele sábado, fiquei na cama o máximo que pude, até que a sede e a fome me forçaram a vestir um roupão e chinelos e eu me arrastei escada abaixo. Meu pai estava todo encolhido em sua poltrona na frente do forno aberto. Parecia estar dormindo, então fechei a porta do forno, bebi um pouco de água da torneira, enchi os bolsos do roupão de amendoins e coloquei um pouco de água para ferver. Do lado de fora o dia estava claro, ofuscante, como se a cozinha estivesse banhada pela luz de um holofote em uma cena de crime. Aquele lugar estava imundo. Posteriormente, em certas estações de metrô ou especialmente em banheiros públicos malcuidados, eu me lembrava daquela cozinha e sentia ânsia de vômito. Não era de admirar que eu quase nunca tivesse apetite. Sujeira e gordura e poeira cobriam todas as superfícies. O piso de linóleo estava todo manchado com pingos e líquidos derramados e sujeira. Mas de que adiantava limpar? Nem meu pai nem eu cozinhávamos nem ligávamos muito para comida. De vez em quando eu lavava uma pia cheia de xícaras e copos. Em geral eu comia pão, bebia leite direto da caixa, só de vez em quando abria uma lata de vagem ou de atum ou fritava uma fatia de bacon. Naquele dia, comi amendoins parada na varanda da frente.

Os vizinhos estavam desenterrando seus carros da neve — algo que eu detestava fazer. Preferia esperar um dos meninos da rua aparecer para fazer isso em troca de uma moeda de vinte e cinco centavos. Eu sempre ficava contente de pagar.

Joguei as cascas de amendoim nos arbustos cheios de neve, o mais perto que eu chegaria naquele ano de enfeitar minha própria árvore de Natal.

"Silêncio!", meu pai berrou quando o bule começou com seu lamento estridente. "A esta hora?", ele resmungou com as pálpebras se esforçando para abrir, franzindo o rosto com o sol. "Feche as persianas", ele disse. "Caramba, Eileen." Não tinha persiana nenhuma. Ele tinha eliminado as cortinas velhas anos antes, alegando que as sombras que elas formavam eram uma distração daquilo que era real. Queria ter uma visão aberta do quintal e de qualquer pessoa que pudesse invadir a propriedade. Naquela manhã, ele esfregou os punhos fechados nos olhos, então olhou para mim enquanto eu preparava uma xícara de chá. "Alguém pode ver você vestida assim. Parece uma mendiga." Ele rolou para o lado, esfregou o rosto no estofado áspero e empoeirado. A poltrona estalou e rangeu feito uma locomotiva parada sob o peso do corpo dele se movendo.

"Está com fome?", perguntei a ele. "Posso cozinhar uns ovos."

"Estou sedento", ele respondeu, as palavras arrastadas, saliva estourando entre os lábios. "Nada de ovos. Nada de ovos podres." Observei seu pé se agitar embaixo do cobertor fino. "Está frio", ele disse. Dei um gole no meu chá e fiquei olhando para a cara dele, suas pálpebras fechadas eram uma cortina de pele enrugada. Ele parecia não ter cílios, quase nenhuma cor nas bochechas. "Pelo amor de Deus, Eileen." De repente, ele aprumou o corpo, baixou a porta do forno e deixou o calor explodir para fora. "Está tentando me matar. Você se acha tão inteligente. Esta casa é minha." Voltou a cobrir as pernas com o cobertor em um gesto brusco, agasalhou bem os pés. "A casa é minha", disse mais uma vez, encolhido feito um bebê em um bercinho.

Meu pai tinha sido policial na delegacia do condado, um entre apenas um punhado de policiais locais que raramente tinham mais o que fazer além de espantar gatos para que descessem de árvores ou levar para casa os bêbados do hospital de veteranos de guerra em uma cidadezinha próxima. Os policiais da Cidadezinha X eram todos muito próximos. Meu pai sempre foi muito respeitado, é claro, querido por todos que o conheceram no serviço, e seus olhos azuis frios e seu moralismo charmoso lhe valeram o apelido de Padre Dunlop. Por ter sido fuzileiro naval, ele nunca perdeu aquele ar salino da maresia. Ele adorava o uniforme de policial. Enquanto estava na corporação, dormia vestido com ele, junto com sua arma. Ele devia mesmo se achar especial, preparado para ser chamado no meio da noite para ir pegar o bandido. Tais chamados ao heroísmo nunca ocorreram. Preciso colocar as coisas de algum modo, então vou colocá-las do meu modo: ele só amava a si mesmo e era cheio de orgulho e exibia sua insígnia como se fosse uma estrela dourada presa ao peito por Deus em pessoa. Se ele parece um boçal, digo que era um boçal. Ele era muito boçal.

Não acho que havia nada de estranho em relação à quantidade de bebida que meu pai consumia até a minha mãe morrer. Ele tinha sido um bebedor de cerveja como qualquer outro, eu achava; uísque, só nas manhãs mais frias. Ele ia com os amigos da polícia ao O'Hara's com regularidade. O O'Hara's era o bar da cidade, que vou batizar com o nome do poeta cuja obra sempre pareceu me excluir, mesmo depois de eu ter aprendido a ler como adulta. Meu pai se tornou persona non grata no O'Hara's depois de ter ameaçado o proprietário com uma arma. Quando minha mãe ficou doente — "caiu enferma" é uma expressão que eu adoro por ser tão cheia de frescura e, portanto, por sua ironia em relação à perda violenta dela —, meu pai começou a tirar folga no trabalho, beber em casa, vagar pelas ruas à noite, cair no sono na varanda dos vizinhos. E daí ele passou a beber mais: de manhã, enquanto trabalhava. Ele destruiu uma viatura e depois disparou sem querer a arma no vestiário. Como ele tinha senioridade e era benquisto por todo o departamento por razões que eu nunca vou compreender, essas indiscrições nunca foram discutidas abertamente. Ele apenas recebeu incentivo para uma aposentadoria precoce, repleta de pensão e escolta constante e tratamento de bebê à medida que o tempo foi passando e ele foi se metendo em cada vez mais confusão. Por alguma razão misteriosa, ele passou para o gim quando minha mãe morreu. O máximo que eu posso deduzir é que o gim o fazia se lembrar do perfume dela — ela usava um *eau de toilette* forte, floral, mas amargo, chamado Adelaide —, e talvez ingerir a própria fragrância da falecida fosse de algum modo reconfortante para ele. Mas talvez não. Ouvi dizer que um gole de gim deixa a gente imune a mosquitos e outras pragas. Então talvez ele bebesse aquilo com um pensamento lógico.

Passei o início da tarde limpando a neve. Não apareceu nenhum menino para perguntar se eu pagaria para que ele fizesse isso por mim. No passado, eu sempre sentia uma pequena onda de animação quando um dos meninos da rua tocava a campainha depois de uma tempestade de neve. Eles não deviam ter mais de doze ou treze anos, usando luvas e gorros, cheirando a pinheirinhos e pirulitos de menta. Um menino em particular era simplesmente um amor. Pauly Daly, nome rimado e rostinho de anjo: grandes bochechas rosadas e olhos de safira. Sempre que eu o via, tinha vontade de abraçá-lo, de apertá-lo bem forte com seu casaco grosso de lã. Pauly executava um trabalho perfeito ao limpar a neve do carro e de debaixo dos pneus, tirava a neve da entrada o suficiente para que eu pudesse abrir a porta do lado do motorista, coisa que sempre me esquecia de fazer quando eu mesma limpava a neve. Parecia uma coisa tão atenciosa. Aquilo era a prova, eu imaginava, de que ele gostava mesmo de mim. Uma vez, convidei Pauly Daly para entrar enquanto procurava um troco para lhe dar. Ele tirou as botas antes de entrar no hall, tirou o gorrinho da cabeça. Era muito bem-educado. O cabelo macio e despenteado que eu tive que me segurar para não tocar. "Quer um chocolate quente?", perguntei a ele. Dava para ver que ele não tinha meios para me considerar a moça estranha, rígida e de expressão impassível que todo mundo enxergava, ou que pelo menos eu pensava que enxergasse. Ele fungou e baixou os olhos para o tapete sujo, entrelaçou um pé atrás do outro e voltou a vestir o gorro.

"Não, obrigado", ele disse baixinho, as bochechas coradas. Então dei um beijo na sua bochecha. Não quis dizer nada com isso. Ele era um menino doce e eu gostava dele. Mas então ele ficou vermelho e limpou o muco transparente que brilhava entre seu nariz e o lábio superior. Pareceu totalmente desolado. Eu me afastei e fui enfiando a mão nos bolsos dos casacos pendurados no armário da frente. "Desculpe", eu disse depois de um silêncio sem jeito. Larguei nas suas mãos em concha todas as moedas que encontrei.

Ele assentiu, me chamou de "sra. Dunlop", foi embora e nunca mais apareceu.

Quando terminei de limpar a neve naquele sábado, baixei as janelas e deixei o carro ligado para esquentar e descongelar um pouco. Já era o começo da tarde e eu queria ir até o apartamento de Randy. Tinha a sensação de que precisava fazer isso. Ele morava no andar superior de uma casa de dois pisos que ficava perto da rodovia interestadual. Eu me apegava firme à ideia mágica de que, se ficasse de olho nele, ele não iria se apaixonar por mais ninguém. Até onde eu sabia, ele passava a maior parte do tempo sozinho em seu apartamento. Mas era raro eu ficar de tocaia à noite — eu tinha medo de fazer isso —, então vai saber quantas visitas de mulheres Randy recebia no escuro. De vez em quando, uma segunda motocicleta aparecia ao lado da dele, estacionada na frente da entrada coberta de neve. Imaginei que ele tivesse um melhor amigo ou irmão que viesse visitá-lo, e até isso me deixava com ciúme. Em geral eu estacionava do outro lado da rua, encolhida atrás da direção, e observava a casa dele pelo meu espelhinho lateral. Mas, na verdade, não havia motivo para me esconder. Duvido que Randy fosse me reconhecer se tivesse me encontrado ali parada, de tocaia. Duvido até que soubesse meu nome. Ainda assim, eu rezava pela ocasião perfeita para conquistá-lo. Passava horas ali sentada, planejando como impressioná-lo com meus atrativos femininos. Meus devaneios de dedos e línguas e encontros secretos em corredores isolados de Moorehead mantinham o meu coração batendo, ou eu teria caído morta de tédio. Dessa forma, eu vivia em perpétua fantasia. E, assim como todas as moças inteligentes, eu escondia minhas perversões vergonhosas sob uma fachada de recato. Claro que sim. É fácil distinguir as mentes mais sujas: procure as unhas mais limpas. Meu pai, por exemplo, não tinha a menor discrição em relação a suas revistas pornográficas. Ficavam atrás da privada, embaixo da cama que ele tinha dividido com a minha mãe, empilhadas em prateleiras no porão, em uma gaveta do escritório, em uma caixa no sótão. E, no entanto, ele era tão devotamente católico. Claro que era. Minhas próprias hipocrisias empalideciam em comparação com as do meu pai. Nunca senti culpa nenhuma pelo que fiz a ele. Tive sorte nesse aspecto.

Antes de sair para o apartamento de Randy naquela tarde, coloquei os óculos escuros da minha mãe: lentes grandes, divertidas, em forma de pétala com moldura de tartaruga.

"Quem você acha que engana?", meu pai berrou, agora acordado e debruçado por cima da mesa, aparentemente para recuperar o fôlego. Trazia o cobertor nas costas como se fosse uma capa. "Vai sair com as amigas? Está alegrinha?" Ele revirou os olhos, agarrou as costas da cadeira da cozinha e matraqueou. "Sente-se, Eileen."

"Estou atrasada, pai", eu menti e cheguei mais perto da porta da frente.

"Atrasada para quê?"

"Vou me encontrar com uma amiga."

"Que amiga? Para quê?"

"Vamos ver um filme."

Ele apertou os olhos e soltou uma gargalhada de desdém e esfregou o queixo e me olhou todo lascivo, de cima a baixo. "É assim que você se veste para sair?"

"Só vou encontrar uma amiga", eu disse a ele, "Suzie."

"Qual é o problema com a sua irmã? Que tal levar a sua irmã para ver um filme?" Ele fez um gesto amplo com o braço magro e o cobertor caiu no chão. Fez uma careta, como se o frio em suas costas fosse uma faca que o apunhalava.

"Joanie não pôde vir." Mentiras como esta eram comuns. Ele nunca notava. Virei a maçaneta e abri a porta da frente, ergui os olhos para os pingentes de gelo. Se eu arrancasse um, pensei, podia lançá-lo no meu pai, mirar na cabeça dele, matá-lo com um golpe entre os olhos.

"Está certo", ele disse, "porque a sua irmã tem vida própria. Ela construiu algo para si mesma. Não é uma sanguessuga igual a você, Eileen." Ele se inclinou com dificuldade, dobrando a cintura para recolher o cobertor. Eu observei do corredor e através da porta da cozinha enquanto ele amarrava o cinto do roupão com dificuldade, com as mãos trêmulas, ajustava o cobertor, cambaleava de volta para sua poltrona com uma garrafa nova de gim na mão. "Faça alguma coisa da sua vida, Eileen", ele disse. "Se liga."

Ele sabia me magoar. Eu compreendia, ainda assim, que ele estava bêbado, que quaisquer palavras cruéis que dirigisse

58

a mim eram os resmungos sem sentido de um homem que tinha perdido a cabeça. Ele tinha certeza de que devia ser incluído no serviço de proteção de testemunhas devido a todo o trabalho que tinha feito para "enquadrar a máfia". Parecia se considerar algum tipo de vingador aprisionado, um santo forçado a enfrentar o mal do confinamento em sua morada fria. As pegadinhas obscuras daqueles arruaceiros-fantasmas, ele reclamava, eram um tormento até em seus sonhos. Eu tentava argumentar com ele. "Está tudo na sua cabeça", eu dizia. "Não tem ninguém atrás de você." Ele desdenhava e dava tapinhas na minha cabeça como se eu fosse uma criancinha. Suponho que nós dois éramos um tanto loucos. Claro que não tinha máfia nenhuma na Cidadezinha X. Para todos os efeitos, como policial, meu pai não tinha feito nada além de parar um carro por estar com a lanterna de trás queimada. Ele vivia em uma confusão tremenda.

Pouco depois de meu pai se aposentar, o delegado de polícia confiscou a sua carteira de motorista. Tinha sido pego dirigindo na mão errada na rodovia em uma noite e com o carro estacionado no cemitério público na noite seguinte. Então, ele ficava em casa. A pé, era quase tão ameaçador quanto de carro. Ele saía de casa quando faltava luz, batia na casa dos vizinhos para fazer buscas de investigação inventadas, sacava a arma para sombras, deitava na sarjeta no meio da rua. Policiais o entregavam em casa discretamente e com um tapinha nas costas, e um deles me dava bronca por eu permitir que ele saísse tanto do controle, sempre com um suspiro apologético, claro, mas aquilo me enchia de rancor. Certa vez, depois de uma longa ausência de seis dias, causada pela maior bebedeira que já o vi empreender, recebi a ligação de um hospital mais ou menos longe de casa e fui até lá de carro para buscá-lo. Isso me convenceu a juntar todos os seus sapatos e trancá-los no porta-malas do carro a partir de então. Depois disso, ele de fato passava a maior parte do tempo dentro de casa, pelo menos no inverno. Eu usava a chave do carro como um pingente no pescoço. Me lembro do peso dela pendurada entre meus parcos seios, batendo de um lado para outro e contra meu peito suado, raspando na minha pele quando eu saía pela porta.

Antes de continuar descrevendo os acontecimentos daquele sábado, preciso mencionar a arma mais uma vez. Quando eu era criança, meu pai se sentava à mesa depois do jantar para limpá-la, e explicava todo seu mecanismo e a necessidade de fazer a manutenção. "Se não fizer isto e aquilo" — não me lembro de suas palavras exatas — "a arma vai atirar em falso. Pode matar alguém." Ele parecia dizer isso não como maneira de me convidar a participar desse procedimento íntimo, de sua vida e seu trabalho, mas como advertência, para dizer que aquilo que ele precisava fazer era tão importante, sagrado de fato, que se alguma vez eu o distraísse, ou se alguma vez tocasse na arma dele, Deus me livre, eu morreria. Relato isso simplesmente para colocar a arma em cena. Ela esteve presente da minha infância até o fim. Ela me assustava do mesmo jeito que um facão de açougueiro assusta, mas só isso.

Do lado de fora, o quintal estava cheio de fumaça e de neve soprada pelo vento e de sol que já estava indo embora. Entrei no Dodge e fui na direção do apartamento de Randy, mordendo os lábios rachados no anseio de vislumbrá-lo através da janela do quarto — ele também não tinha cortinas — ou, melhor ainda, saindo de casa, para que eu pudesse segui-lo em segredo através das ruas da Cidadezinha X, conduzida pelo rugido celestial do motor de sua motocicleta. Assim eu poderia imaginar o que ele fazia quando não estava em casa. Se houvesse uma mulher na vida dele, eu saberia de uma vez por todas. E poderia encontrar um jeito de contorná-la, raciocinei. Havia limite para o que eu seria capaz de fazer para conquistar o afeto de Randy — eu era preguiçosa, afinal de contas, e tímida —, mas minha obsessão por ele se transformara em um tal hábito que eu realmente perdi todo o bom senso. Vai saber o que eu faria se o visse dando um beijo de língua em alguma moça do tipo Brigitte Bardot? Não sei se eu realmente seria capaz de agir com violência de verdade. Provavelmente teria dado um tapa na minha própria cabeça e fechado as janelas do Dodge, rezando para morrer. Vai saber.

Mas Randy não estava em casa quando cheguei lá. A moto dele não estava parada na frente. Então, por seja lá qual razão, resolvi cumprir a mentira que contei ao meu pai e fui ao cinema. Assistir a filmes nunca tinha sido um dos meus passatempos preferidos, mas naquela tarde eu ansiava por companhia. Não gostava de filmes pelo mesmo motivo que me faz não gostar de livros: não gosto que me digam o que pensar. É um insulto. E as histórias são todas tão inverossímeis. Além do mais, atrizes bonitas sempre faziam com que eu me sentisse péssima em relação a mim mesma. Eu ardia de inveja e ressentimento enquanto elas sorriam e franziam a testa. Compreendo que atuar é uma arte, claro, e tenho enorme respeito por aquelas que são capazes de se deixar de lado e assumir novas identidades — como eu fiz, por assim dizer. Mas, falando de modo geral, as mulheres na tela faziam com que eu me sentisse feia e sem graça e ineficiente. Sobretudo naquela época, eu sentia que não possuía nada que me permitisse entrar no páreo: nem charme de verdade, nem beleza de verdade. A única coisa que eu tinha a oferecer era minha habilidade de funcionar como um capacho, uma parede em branco, uma pessoa desesperada o bastante para fazer qualquer coisa — à exceção de assassinato, digamos — só para que alguém gostasse de mim, que dirá para me amar. Antes de Rebecca surgir, alguns dias depois, a única coisa pela qual eu podia rezar era algum tipo de golpe de sorte ou milagre em que Randy seria forçado a precisar de mim e me querer: se eu por acaso salvasse a vida dele em um incêndio ou em um acidente de motocicleta, ou se me aproximasse dele com um lencinho e um ombro para ele chorar no momento em que tivesse recebido a notícia de que a mãe tinha morrido, por exemplo. Essas eram as minhas fantasias românticas.

Havia um pequeno cinema na Cidadezinha X que só passava os filmes de mais bom gosto, mais infantis. Se eu quisesse assistir a *O desprezo* ou a *007 contra Goldfinger*, tinha que percorrer de carro uns quinze quilômetros ou mais na direção sul, até onde terminava a influência da Liga Feminina da Cidadezinha X. Não sei dizer se fiquei aliviada ou decepcionada pelo fato de o meu plano de ficar de tocaia no apartamento de Randy durante as poucas horas de sol que restavam ter ido pelo ralo, mas me lembro de uma sensação de mau presságio iminente baixar sobre mim quando estava a caminho do cinema. Se eu perdesse Randy para outra mulher, teria que me matar. Não haveria nada mais pelo que viver. Ao estacionar o carro na frente do cinema e fechar as janelas, fui acometida mais uma vez pela ideia de como seria fácil morrer. Uma veia partida, uma derrapada tarde da noite na rodovia interestadual congelada, um salto da ponte da Cidadezinha X. Eu poderia simplesmente caminhar para dentro do oceano Atlântico se quisesse. Gente morria o tempo todo. Por que eu não podia morrer?

"Você vai para o inferno", imaginei que meu pai diria ao deparar comigo enquanto eu cortava os pulsos. Eu tinha medo disso. Não acreditava em céu, mas acreditava, sim, no inferno. E na verdade eu não queria morrer. Nem sempre tive vontade de viver, mas não ia me matar. E, de todo modo, havia outras opções. Eu poderia fugir assim que tivesse coragem, eu dizia a mim mesma. O sonho de Nova York me chamava como as luzes piscantes da marquise do cinema — uma promessa de escuridão e distração, temporária e a certo preço, mas qualquer coisa era melhor do que ficar sem fazer nada.

Comprei uma entrada para *Não me mandem flores* e avancei pelo tapete com estampa de paralelogramos pretos e vermelhos que levava a uma porta de couro com tachas. Um menino adolescente com o rosto cheio de espinhas me conduziu para dentro da sala com uma lanterninha. O filme já tinha começado. No calor e na escuridão com cheiro de cigarro e manteiga queimada, e apesar dos grasnados de Doris Day, eu mal conseguia ficar de olhos abertos. E, quando eu ficava, o que via me entediava a ponto das lágrimas. Eu mal me lembro do filme. Dormi durante a maior parte dele, mas tinha algo a ver com uma dona de casa que tem um marido consumido pela hipocondria, ou talvez apenas por um medo geral e paralisante da morte. Doris já era uma senhora de idade àquela altura — uma boneca de papel agora desgastada e macilenta, o cabelo igual ao de uma criancinha, um figurino digno de empregada doméstica. Rock Hudson não podia ter dado menos bola para o charme dela. Acontece que até Doris Day mal era capaz de conseguir fazer com que um homem a amasse.

Quando os créditos começaram a passar, saí da sala arrastando os pés entre o aglomerado de moradores da Cidadezinha X, jovens e velhos, cada um deles agasalhado com casacos de lã de cores vivas e gorros e luvas. O ar frio da noite me reavivou. Eu não queria voltar para casa. Do outro lado da rua, luzinhas de Natal na vitrine da loja de rosquinhas chamaram a minha atenção. Entrei e comprei uma rosquinha recheada de creme de baunilha, engoli com uma mordida, como eu costumava fazer, e saí imediatamente, cheia de remorso. Não queria ser igual à mulher atrás do balcão — engordurada e gorda, com um corpo que parecia uma saca de maçãs. Na vitrine de uma loja de roupas ao lado, vi meu reflexo tão claro quanto o dia. Minha aparência era ridícula com meu enorme casaco cinza, sozinha e ofuscada pelo farol de um carro que passava feito uma corsa burra e assustada. Tentei ajeitar o cabelo, que tinha ficado despenteado enquanto eu dormia. Ergui os olhos. O toldo por cima da porta exibia o nome da loja em letra cursiva de menina, bem padronizada: Darla's. Meus olhos reviraram quando entrei.

"Iu-hu", disse uma voz quando a sineta por cima da porta tocou. A vendedora saiu do quartinho dos fundos. "Vou fechar daqui a pouco, mas fique à vontade para dar uma olhada. Se precisar de algo, é só chamar."

Minha máscara mortuária não pareceu incomodar nem um pouco. Sempre me surpreendia quando o meu desinteresse era recebido com bom humor, bons modos. Será que ela não sabia que eu era um monstro, uma esquisitona, uma megera? Como ousava zombar de mim com cortesia se eu merecia ser recebida com nojo e desprezo? Minhas botas masculinas deixavam um rastro de neve suja pelo piso acarpetado enquanto eu dava voltas nas araras e tocava nos vestidos de crepe de lã e de seda. Era um acinte achar que eu pudesse vestir peças tão refinadas, que dirá ter dinheiro para pagar por elas. Me lembro de todas as cores fortes e das estampas ousadas, cetim e lã, tudo bonitinho e bem cortado, laços grandes e pregas e tudo o mais que não faz o menor sentido. Eu era gananciosa, é claro, virava cada etiqueta, contabilizava tudo aquilo que eu cobiçava, mas desprezava. Não era justo. Se outras mulheres podiam vestir coisas bonitas, por que não eu? Se eu vestisse, certamente as pessoas me dariam a atenção que eu merecia. Até Randy. A moda é para os tolos, agora eu sei, mas aprendi que é bom ser tolinha de vez em quando. Isso mantém o espírito jovem. Eu desconfiava disso na época, suponho, porque, apesar do meu desprezo — ou talvez por causa dele —, eu pedi para experimentar o vestido de festa da vitrine.

Era um vestido tubinho dourado de gola alta e fios de penduricalhos dourados e prateados que iam do pescoço ao busto. A peça me lembrou fotografias que eu tinha visto de mulheres de tribos africanas com o pescoço dolorosamente esticado por pilhas de argolas douradas. A vendedora me encarou com os olhos arregalados quando apontei para ele, então sorriu e pulou para a vitrine. Demorou vários minutos para abrir o zíper do vestido, depois afastar o manequim para o lado para que a peça pudesse ser retirada. Como quem não quer nada, fui até a parede do fundo para dar uma olhada nas meias-calças. Sempre de olho na moça que se debatia com o manequim, enfiei quatro pacotes de meia-calça azul-marinho na minha bolsa com facilidade. Olhei no espelho do mostruário de vidro das bijuterias, que estava trancado por dentro, tirei as luvas e limpei o chocolate dos cantos da boca. Limpei as mãos em uma echarpe que estava pendurada como parte da decoração em um pau de bambu. A vendedora carregou o vestido até o provador como se fosse uma criança adormecida, com os braços estendidos, tomando cuidado para não fazer barulho com os penduricalhos. Fui atrás dela e escondi a bolsa dentro da minha parca depois de despi-la. Não me incomodava se a vendedora julgasse a minha roupa ridícula. Ela própria usava uma saia rodada recatada, mas ridícula, eu me lembro, com pompons, talvez um gatinho bordado. "Vou estar ali na frente se você precisar de alguma coisa", ela disse e fechou a porta.

Tirei o suéter, a blusa e o sutiã e dei uma boa olhada no meu busto, avaliando o volume e o formato dos meus peitos pequenos. Sacudi os ombros com vigor para o espelho, só para ficar horrorizada. Quando eu menstruava, meus peitos ficavam doloridos ao toque e pesados, feito chumbo, feito pedras. Eu os belisquei e os cutuquei com os dedos. Tirei a calça, mas não me olhei abaixo da cintura. Meus pés, tudo bem, meus tornozelos, minhas panturrilhas. Isso tudo era passável. Mas havia algo tão proibitivo e de mau gosto no quadril, nas nádegas, nas coxas. E havia sempre uma sensação de que essas partes me sugariam para um outro mundo se eu as examinasse com muita atenção. Eu simplesmente era incapaz de navegar aquele território. Na época, eu nem acreditava que meu corpo fosse realmente meu para navegá--lo. Eu achava que isso era papel dos homens.

O vestido era pesado, como se fosse a pele de um animal estranho. Era grande demais no alto, fazia um volume desajeitado entre os braços e os seios e os penduricalhos bateram uns contra os outros feito instrumentos tribais quando fechei o zíper nas costas. E a coisa toda era comprida demais. No espelho, eu parecia minúscula, desleixada, minhas canelas peludas apareciam na parte de baixo igual às patas traseiras de um animal de criação. O vestido realmente não servia em mim e, no entanto, eu o desejava. Claro que sim. A etiqueta dizia que custava mais do que eu ganhava em duas semanas trabalhando na prisão. Pensei em arrancar a etiqueta, como se isso fosse fazer com que o vestido fosse grátis. Pensei em arrancar uma das correntes de penduricalhos e enfiar na bolsa junto com as meias-calças. Mas, em vez disso, usei a ponta afiada da chave do carro para fazer um buraco no forro da barra e rasgá-lo um pouco. Vesti minhas roupas velhas, que pareceram ainda mais velhas e fediam com meu suor; a camisa por baixo do suéter fria e úmida nas axilas. Saí e atravessei a loja.

"Como você se saiu?", eu me lembro de a vendedora ter perguntado, como se meu desempenho pudesse ter sido bom ou ruim. Por que o meu desempenho sempre era questionado? Claro que o vestido ficou horrível em mim.

A vendedora devia ter imaginado. Mas por que era *eu* que tinha falhado, não o vestido? "Como ficou o vestido?", é o que ela devia ter perguntado.

"Não é o meu estilo", eu disse a ela e saí da loja rápido com a bolsa gorda embaixo do braço, fazendo uma careta por causa do frio súbito, mas sorrindo em triunfo. Quando eu roubava coisas, me sentia invencível, como se tivesse castigado o mundo e recompensado a mim mesma, corrigindo as coisas pelo menos dessa vez — a justiça tinha sido feita.

Fiquei dando voltas de carro durante um tempo naquela noite, passei de novo pelo apartamento de Randy, estalei a língua para a escuridão decepcionante das janelas dele. Então peguei a estrada 1-H até o mirante com vista para o mar onde jovens amantes estacionavam. Vesti meu gorro tricotado recém-achado enquanto dirigia. Eu não estava à procura de nada específico. Era necessário ter carro para ir até lá dar uns amassos, então não havia risco de topar com Randy na motocicleta dele com alguma mulher, supus. Mesmo assim, enquanto avançava pelo caminho íngreme, cheio de neve, tentei enxergar através da janela de trás embaçada de cada um dos carros para ter certeza de que ele não estava dentro de nenhum deles. Eu já tinha ido até ali várias vezes antes, só bisbilhotando. Naquela noite, estacionei e fiquei olhando para a noite negra sobre o mar. Fechei as janelas durante alguns minutos e me satisfiz, pensando em Randy. Naquela idade, eu ainda não tinha tido nenhum encontro propriamente dito. Mais tarde, depois que abandonei a Cidadezinha X e já tinha algumas experiências românticas para contar, eu ficava com homens em carros estacionados — "a vista é linda aqui de cima", eles gostavam de dizer — e já conhecia o doce prazer de abrir os olhos em um momento de êxtase para ver a lua brilhando e as estrelas feito luzinhas de Natal penduradas no céu como se só estivessem lá para o meu próprio deleite. Eu também já conhecia a vergonha deliciosa de ser pega pela patrulha rodoviária em um momento sem fôlego de paixão e amor, meu Deus. Mas, naquela noite, só fiquei sentada sozinha e ergui os olhos e fiquei imaginando aonde a vida me levaria se eu escolhesse não jogar o carro no penhasco à minha frente. Foi inevitável, isso me levou de volta ao apartamento de Randy — ainda escuro, era de enlouquecer — e mais uma vez de volta a minha casa. Por acaso eu chorei e fiz bico com pena de mim mesma? Não. Àquela altura, já estava acostumada com a minha solidão. Eu sabia que um dia fugiria. Até lá, iria me consumir.

Em casa, bebi água da torneira e engoli um punhado de laxantes que eu guardava embaixo da pia da cozinha. Então me sentei e tomei uma cerveja. Meu pai ergueu a mão para me cumprimentar em um gesto grave, fazendo troça do meu humor.

"Os policiais trouxeram uísque", ele disse e apontou para uma garrafa de Glenfiddich com um laço amarrado no gargalo. Estava ao lado da porta da escada do porão. "Que tal o filme?"

Ele parecia calmo e de melhor humor. A fúria cortante de antes não estava mais presente. Ele parecia querer conversar.

"O filme era bobo", respondi com sinceridade. "Será que eu abro?" Levantei e peguei o uísque.

"Por todo e qualquer meio necessário", meu pai respondeu. Eu não odiava meu pai o tempo todo. Assim como todos os vilões, ele também tinha seu lado bom. Na maior parte dos dias, não se incomodava com a casa estar uma bagunça. Ele detestava os vizinhos, assim como eu, e preferiria levar um tiro na cabeça a reconhecer a derrota. Ele me fazia dar risada às vezes, como quando tentava ler os jornais e ficava indignado, desprezando qualquer manchete que conseguisse decifrar, um olho bem fechado, o dedo tremendo a cada palavra, bêbado como sempre. Ele continuava com sua ladainha sobre os comunistas. Ele adorava Goldwater e abominava os Kennedy, apesar de me fazer jurar que eu guardaria esse segredo. Ele era linha dura com relação a certas obrigações. Tinha um apego severo a coisas como pagar as contas em dia, por exemplo. Ficava sóbrio uma vez por mês para cumprir essa função e eu me acomodava ao seu lado, abria os envelopes, lambia os selos, preenchia os cheques para ele assinar. "Está horrível, Eileen", ele dizia. "Comece outra vez. Nenhum banco aceitaria um cheque escrito assim, como se uma menininha o tivesse preenchido." Até em seus dias sem álcool ele mal era capaz de segurar uma caneta.

Naquela noite, servi a cada um de nós alguns dedos de uísque e puxei minha cadeira para o lado da dele, estendi as mãos congeladas na direção do forno ligado.

"A Doris Day é uma mercenária gorda", eu disse.

"Se quer saber minha opinião, ir ao cinema é um desperdício de tempo", ele resmungou. "Alguma coisa boa na TV?"

"Tem uma estática da boa, se estiver a fim", respondi. A televisão estava quebrada havia muito tempo.

"Preciso chamar alguém para vir dar uma olhada. O bulbo está quebrado. Deve ser o bulbo." Nós travávamos o mesmo diálogo uma vez por semana havia anos.

"Tudo é um desperdício de tempo", eu disse e me larguei um pouco na cadeira.

"Tome um gole", meu pai disse e bebeu o uísque dele. "Os policiais me trouxeram um bom uísque", ele disse mais uma vez. "Aquele moleque Dalton tem cara de safado." A família Dalton morava do outro lado da rua. Ele parou, fez uma pausa. "Está ouvindo?" Estendeu a mão, espevitou as orelhas. "Os arruaceiros estão fazendo uma confusão hoje à noite. Que dia é hoje?"

"Sábado", respondi.

"É por isso. Famintos feito ratazanas." Ele terminou o uísque dele, remexeu nas dobras do cobertor estendido em seu colo distraidamente e tirou dali uma garrafa meio vazia de gim. "Que tal o filme? Como está minha Joanie?" Ele era assim. Sua cabeça não era muito boa.

"Está tudo bem com ela, pai."

"A pequena Joanie", ele disse melancólico, lúgubre. Coçou o queixo, ergueu as sobrancelhas. "As crianças crescem", ele disse. Olhávamos fixo para o forno como se fosse uma lareira crepitante. Aqueci meus dedos que iam descongelando, me servi de um pouco mais de uísque, imaginei a lua e as estrelas rodopiando, como fariam através do vidro do carro se seu tivesse acelerado para o fundo daquele penhasco até cair nas pedras mais cedo naquela noite, o brilho do vidro quebrado sobre a neve congelada, o mar negro.

"Joanie", meu pai repetiu em tom de reverência. Apesar da vagabundagem dela, meu pai adorava minha irmã, parecia ansiar por ela — "minha querida, doce Joanie" —, falava dela com tanta admiração e decência. "Minha menininha tão boa." Naqueles últimos anos na Cidadezinha X, eu ficava no sótão a maior parte das vezes em que ela fazia uma visita. Não suportava ver quando ele dava dinheiro a ela, os olhos se enchendo de lágrimas de orgulho e honra, e o jeito como eles se amavam — se é que aquilo era amor —, de uma maneira que eu jamais poderia compreender. Ela nunca fazia nada errado. Apesar de ser mais velha do que eu, Joanie era a bebê dele, o anjo dele, o coração dele.

Já eu, qualquer coisa que eu fizesse, ele tinha certeza de que estava errada, e me dizia na cara. Se eu descesse a escada com um livro ou uma revista na mão, ele dizia: "Por que desperdiça seu tempo lendo? Vá fazer uma caminhada lá fora. Está tão pálida quanto a minha bunda". E se eu comprava um pacote de manteiga, ele segurava entre os dedos e dizia: "Não posso comer um pacote de manteiga para o jantar, Eileen. Seja razoável. Seja esperta para variar". Quando eu entrava pela porta da frente, sua reação sempre era: "Está atrasada" ou "Chegou cedo em casa" ou "Vai ter que sair de novo, é preciso fazer compras". Apesar de eu desejar que ele morresse, não queria que ele morresse. Queria que ele mudasse, que fosse gentil comigo, que pedisse desculpa pela meia década de dificuldades que ele criou para mim. E, também, me parecia difícil imaginar a inevitável pompa e o sentimentalismo no seu enterro. Os queixos tremendo e a bandeira dobrada, toda aquela bobajada.

Joanie e eu nunca fomos muito próximas na infância. Ela sempre foi muito mais agradável e alegre do que eu, e estar perto dela fazia com que me sentisse travada e sem jeito e feia. Em uma de suas festas de aniversário, ela caçoou de mim por eu ser muito tímida para dançar, me forçou a me levantar e me agarrou pelo quadril, então se agachou até as minhas partes íntimas e girou meu corpo de um lado para outro como se eu fosse um fantoche, uma boneca de pano. As amigas dela deram risada enquanto dançavam e eu voltei a me sentar. "Você fica feia quando faz bico, Eileen", meu pai tinha dito, e tirou uma foto. Coisas assim aconteciam o tempo todo. Ela saiu de casa aos dezessete anos e me abandonou por uma vida melhor com aquele namorado dela.

Eu me lembro de um Dia da Independência em que eu devia ter doze anos, já que Joanie é quatro anos mais velha e ela tinha acabado de tirar a carteira de motorista. Tínhamos chegado em casa depois de passar a tarde na praia e encontramos nossos pais no quintal dos fundos fazendo um churrasco para todo o departamento de polícia da Cidadezinha X, um raro evento social para os Dunlop. Um novato, que eu já tinha visto pela cidade — a irmã menor dele tinha algum tipo de deficiência, eu me lembro —, foi obrigado a se sentar ao meu lado na mesa de piquenique, situação que deu ao meu pai a oportunidade de fazer piada com o rapaz, dizendo que Joanie e eu éramos "chave de cadeia". O significado desse termo me escapou até anos mais tarde, mas nunca me esqueci de ele ter dito isso e até hoje eu me ressinto. Me lembro de minhas coxas ficarem irritadas de sentar na tábua de pinheiro áspera colocada por cima de dois baldes cheios de pedra que serviu de banco naquele churrasco, e quando entrei em casa para tirar o maiô e trocar de roupa, o rapaz me seguiu até a cozinha e tentou me beijar. Recusei a investida jogando a cabeça para trás, mas ele me pegou pelos ombros, me virou e prendeu meus pulsos nas costas. "Está presa", ele brincou e enfiou a mão no meu short e me deu um beliscão. Corri para o sótão e passei o resto da noite lá. Ninguém sentiu a minha falta. Conheço outras meninas que sofreram muito mais do que isso, e eu mesma sofri muito depois, mas essa experiência específica foi absolutamente humilhante. Um analista pode chamar de algo como trauma de formação, mas eu sei pouco sobre psicologia e rejeito a ciência por inteiro. Pessoas nessa profissão, eu diria, deviam ser vigiadas de muito perto. Se vivêssemos centenas de anos atrás, imagino que todas seriam queimadas como bruxas.

Naquela noite de sábado na Cidadezinha X, o uísque foi acabando rápido. Meu pai estava dormindo e eu estava a caminho do banheiro do porão, arrotando o álcool que agitava meu estômago e estava prestes a explodir pela outra ponta por causa dos laxantes. Eu estava bêbada, tropecei e teria morrido na escada se não estivesse segurando o corrimão cheio de farpas como se fosse meu apoio em um navio naufragando. Eu tinha tropeçado e caído naquela escada uma vez, quando era criança, fugindo da minha mãe que me perseguia com uma colher de pau, berrando "arrume o seu quarto!", ou algo assim. Cortei o lábio e bati a cabeça ao cair, ralei as mãos e os joelhos quando atingi o chão duro de terra batida. Me lembro de erguer os olhos para o retângulo amarelo de luz da cozinha do pé da escada, a silhueta da minha mãe parecendo um recorte de papel. Ela não disse nada. Simplesmente fechou a porta. Quantas horas eu passei lá, machucada e apavorada? Era escuro e cheio de poeira e teias de aranha e tinha um cheiro frio, úmido, ferramentas de aço cinzento, a caldeira, uma privada antiga cuja descarga era uma cordinha pendurada no teto e que fedia a urina velha. Ratos. Superei meu medo infantil do escuro naquele dia, suponho. Nada veio para cima de mim — nenhum espírito irritado me atacou, nenhum fantasma inquieto tentou sugar minha alma. Eles me deixaram em paz lá embaixo, e isso foi suficientemente doloroso.

À meia-noite eu estava de volta àquele chão frio do porão, arfando com o esforço que meu corpo tinha feito para esvaziar minhas entranhas, graças aos laxantes. A caixa da descarga correu com tudo. Parte de mim, eu me lembro, desejou que um dos anjos obscuros do meu pai se materializasse das sombras mofadas e me puxasse para seu submundo. Infelizmente, não apareceu nenhum. A escuridão girou e girou e então parou, e assim eu flutuei pela escada do porão acima e atravessei a cozinha fria e subi para o meu sótão e caí no sono, exausta, apaziguada e completamente destruída.

Domingo

Naquela manhã de domingo, acordei de ressaca na minha caminha no sótão, meu pai chamando para que eu o ajudasse a se arrumar para a missa. Isso significava abotoar sua camisa e levar a garrafa até seus lábios porque suas mãos tremiam demais. Eu, claro, também não estava passando muito bem, a vista ainda embaçada por causa do uísque, meu corpo um trapo desestruturado e torcido com força pelos laxantes da noite anterior.

"Estou com frio", meu pai disse, tremendo. Ele puxou a mandíbula com barba por fazer e contorceu o rosto, olhou para mim como que para dizer: "Vá buscar o barbeador". E foi o que eu fiz. Passei a espuma de barbear e o barbeei ali mesmo na cozinha, em pé por cima da pia cheia de louça suja, uma travessa de salada cheia de cinza de charuto, pedaços de pão verdes como moedas de um *penny* oxidadas aqui e ali. Pode até não parecer tão mau assim para você, mas era bem horrível morar ali. As mudanças de humor e as explosões do meu pai eram exaustivas. Ele vivia aborrecido com muita frequência. E eu sempre tinha medo de desagradá-lo sem querer, ou então me sentia tão irritada que tentava desagradá-lo de propósito. Fazíamos joguinhos como um velho casal, e ele sempre ganhava. "Você está com um cheiro ruim dos infernos", ele me disse naquela manhã enquanto eu contornava sua mandíbula com a lâmina.

Então, é claro que às vezes eu tinha vontade de matá-lo. Eu poderia ter cortado a garganta dele naquela manhã. Mas eu não disse nada: não queria que ele soubesse o quanto aquilo era desagradável para mim. Era importante para mim que ele não soubesse o poder que tinha de me deixar arrasada. Também era importante não deixar transparecer como eu queria ficar longe dele. Quanto mais eu pensava em abandoná-lo, mais preocupada ficava de que ele pudesse vir atrás de mim. Imaginava que ele poderia juntar os amigos do departamento de polícia, fazer um alerta de busca pelo carro em todo o estado, colocar cartazes de "Procurada" com o meu rosto por todo o litoral leste. Mas isso tudo era só uma fantasia, na verdade. Eu sabia que ele iria me esquecer quando eu fosse embora. E parece que esqueceu mesmo. Na época, eu supunha que, se fosse embora, alguém se ofereceria para tomar conta dele. A irmã dele poderia contratar alguém para ajudar. Joanie poderia se esforçar um pouco, para variar. Nem tudo era minha responsabilidade, eu dizia a mim mesma. Ele ficaria bem sem mim. Qual era a pior coisa que poderia acontecer?

Quando minha tia chegou para buscá-lo naquele dia, ela buzinou e nós saímos apressados. O nome dela era Ruth. Era a única irmã do meu pai. Meu pai ficou esperando na varanda — ah, que um daqueles pingentes de gelo se quebrasse e se alojasse em seu cérebro — enquanto eu dava a volta na entrada, destrancava o porta-malas do carro e pegava um par de sapatos para ele.

"Esse, não", ele vociferou. "Esse está furado."

Peguei outro par e mostrei.

"Tudo bem", ele disse. Minha tia mal olhou para mim, o rosto franzido com os olhos apertados por causa do brilho ofuscante da neve. Acenei quando passei pelo carro dela. Ela não retribuiu o aceno. Na varanda, amarrei os cadarços dos sapatos do meu pai e o despachei.

Pensando bem, eu era uma boa moça, abotoando a camisa do meu pai e amarrando os sapatos dele e tudo o mais.

Eu sabia no fundo do coração que eu era boa, suponho. Aqui estava o X do meu dilema: Eu tinha vontade de matar meu pai, mas não queria que ele morresse. Acho que ele compreendia. Eu provavelmente tinha dito isso a ele na noite anterior, apesar do meu instinto de privacidade. Era comum ficarmos acordados, bebendo juntos até tarde, só meu pai e eu. Tenho uma vaga lembrança daquela noite de sábado, de deitar o rosto na mesa da cozinha e bocejar, olhar para ele com a garrafa de uísque em uma mão, a de gim na outra. "Que coisa feia, Eileen", ele tinha dito, referindo-se, acho, às minhas pernas abertas, o batom borrado. Isso não era fora do comum para nós. Não éramos como amigos, mas, às vezes, conversávamos. Discutíamos. Eu fazia gestos com as mãos. Falava demais. Fiz a mesma coisa mais tarde na vida, quando bebia com outros homens, idiotas, na maior parte das vezes. Eu esperava que eles achassem tudo ao meu respeito interessante. Esperava que considerassem minha verborragia bêbada como uma espécie de gesto tímido, como se eu estivesse dizendo: "Sou apenas uma criança, inocente à minha própria tolice. Não sou fofa? Se você me amar, vou fingir que não enxergo seus defeitos". Com esses outros homens, essa tática me valia breves sessões de afeto, até que eu me amargurava e percebia que tinha me profanado ao recorrer a eles, para começo de conversa. Eu falhava e falhava de novo com meu pai ao tentar conquistar seu afeto dessa maneira, tagarelando a respeito das minhas ideias, regurgitando sinopses que eu mal tinha lido da contracapa de livros na mesa da cozinha, falando sobre como me sentia a respeito de mim mesma, da vida, dos tempos em que vivíamos. Eu era capaz de me tornar muito dramática depois de algumas poucas doses. "As pessoas agem como se tudo estivesse bem o tempo todo. Mas não está. Nada está bem, de jeito nenhum. Pessoas morrem. Crianças morrem. Pobres estão congelando até a morte lá fora. Não é justo. Não é correto. Ninguém parece se incomodar. Lá-rá-rá, eles dizem. Pai. Pai!" Eu dava um tapa na mesa para ter certeza de que ele estava escutando. "Estamos no inferno, não é mesmo? Isto é o inferno, não é mesmo?" Ele só revirava os olhos. Aquilo me deixava maluca.

Depois que ele saiu para a igreja naquela manhã, eu preparei ovos mexidos com ketchup e esquentei uma cerveja no fogão, minha cura para ressaca preferida. Claro que isso não funciona. Nem se dê ao trabalho de experimentar. Mas de fato me fez bem comer depois de ter esvaziado o intestino na privada do porão na noite anterior. Eu me sentia como uma folha em branco, pronta para um novo começo, apesar de não me lembrar de ter tomado banho naquela manhã. Eu detestava tomar banho, principalmente no inverno, porque a água quente era incerta. Gostava de me refestelar em minha própria sujeira o máximo que fosse capaz de tolerar. Por que eu fazia isso, não sei dizer com certeza. Realmente, parece um jeito bem ridículo de se rebelar e, ainda por cima, aquilo me enchia de uma ansiedade constante, temendo que os outros sentissem o cheiro do meu corpo e me julgassem pelo odor: nojenta. Meu pai mesmo disse: eu tinha um cheiro dos infernos. Eu me vesti com as antigas roupas de domingo da minha mãe: calça social cinza, suéter preto, parca de lã com capuz. Calcei minhas botas de neve e fui de carro até a biblioteca. Tinha terminado de folhear uma breve história do Suriname e um livro sobre como prever o futuro a partir da observação das estrelas. O primeiro tinha imagens ótimas de homens quase nus e de mulheres velhas mostrando os peitos. Me lembro da fotografia de um macaco chupando o mamilo de uma mulher, mas talvez eu esteja inventando. Eu gostava de distorcer as coisas assim. Minha curiosidade pelas estrelas é óbvia: eu queria algo que me dissesse que meu futuro era brilhante. Posso me imaginar dizendo, na época, que a vida em si era um livro emprestado da biblioteca — algo que não me pertencia e cujo prazo estava perto de expirar. Que tolice.

Não posso dizer que jamais tenha entendido de verdade o que significa ser católica. Quando Joanie e eu éramos pequenas, nossa mãe nos mandava para a igreja com nosso pai todo domingo. Joanie parecia nunca reclamar, mas ela só ficava lá, sentada durante a liturgia, lendo livros de Nancy Drew, mascando chiclete. Ela se recusava a ajoelhar e ficar em pé como todos nós, e dizia "blá-blá-blá" em vez do "pai-nosso", torcia o cabelo. Aos nove ou dez anos, ela já era bem bonita, bem altiva, a ponto de nosso pai ignorar qualquer comportamento sem educação. Mas, aos cinco anos, eu ainda era gorducha, pálida, com olhos pequenos e sempre apertados — só descobri que precisava usar óculos aos trinta anos — e suponho que minha aura carregasse dúvida e ansiedade suficientes para encher meu pai de vergonha. "Não me faça passar vergonha", ele balbuciava quando subíamos os degraus da igreja. Ele recebia cumprimentos a torto e a direito por membros da congregação alegres e puxa-sacos, moradores da Cidadezinha X que deviam considerar vantajoso estar nas boas graças de um homem uniformizado. Meu pai vestia a farda para ir à igreja, claro. Ou talvez todos tivessem medo dele. Ele com certeza metia medo em mim. Me lembro que ele deixava a arma no porta-luvas enquanto estávamos na missa, talvez o único período que passava longe dela naquela época. "Bom dia, policial Dunlop", alguém dizia. Meu pai trocava apertos de mão, abraçava Joanie, colocava a mão na minha cabeça e parava para bater papo. Se alguma vez eu fizesse uma pergunta ou recebesse qualquer tipo de atenção, meu pai olhava feio para mim como se quisesse dizer: "Seja normal, pareça feliz, aja do jeito certo". Era inevitável, eu sempre o decepcionava.

Ficava muda ou trocava as palavras, fazia careta e chorava quando algum amigo dele tentava beliscar minha bochecha. Eu detestava a igreja.

"Onde está a sra. Dunlop nesta manhã?", alguém sempre perguntava. As desculpas que o meu pai dava eram que ela não estava passando bem, que estava visitando a mãe, mas tinha mandado lembranças. Minha mãe nunca foi à missa, nenhuma vez. A única vez que me lembro de ela colocar o pé naquela igreja foi para o enterro do meu avô. Quando chegávamos em casa no domingo à tarde — Joanie e eu passávamos horas na aula de catecismo de uma freira idosa, e nenhum daqueles ensinamentos penetrou na minha consciência, nem um pouco —, a casa só estava um pouquinho menos bagunçada, e nossa mãe estava deitada no sofá da sala, lendo uma revista, com uma garrafa de vermute presa entre as coxas, fumaça de cigarro flutuando sobre a cabeça na luz abafada do sol da tarde, feito uma nuvem de tempestade que se formava.

"Promete que vai me visitar no inferno, Eileen?", ela perguntava.

"Vá para o seu quarto", dizia meu pai.

Minha mãe revirava os olhos diante das superstições do meu pai — o sinal da cruz que ele fazia antes de comer ou a forma como olhava para o teto sempre que se sentia esperançoso ou irritado. "Deus é para os idiotas", ela nos dizia. "As pessoas têm medo de morrer, só isso. Escutem o que eu digo, meninas." Me lembro de quando ela disse isso, nos puxando de lado, um dia depois da bronca que tia Ruth nos deu por sermos preguiçosas, por sermos pirralhas mimadas, ou algo assim. Ela e a nossa mãe não se davam bem. "Deus é uma história inventada", nossa mãe nos disse, "igual ao Papai Noel. Não tem ninguém de olho em vocês quando estão sozinhas. Vocês decidem por si o que é certo e o que é errado. Não há prêmios para menininhas boazinhas. Se quiserem alguma coisa, lutem por ela. Não sejam tolas." Acho que ela nunca se preocupou tanto conosco quanto no momento em que proferiu este anúncio aterrorizante: "Para o inferno com Deus. E para o inferno com o seu pai".

Eu me lembro de ter passado horas sentada na minha cama depois disso, imaginando toda a eternidade estendida à minha frente. Deus era, na minha cabeça, um senhor de idade de cabelo branco usando roupão — bem parecido com o homem em que meu pai se transformaria mais tarde — que dirigia o mundo, corrigindo provas com um lápis vermelho. E depois havia meu corpo mortal e triste. Parecia impossível que esse Deus pudesse se importar com o que eu fazia da minha vidinha, mas talvez eu fosse especial, pensava. Talvez ele estivesse me guardando para coisas boas. Espetei o dedo com um alfinete de fralda e chupei o sangue. Resolvi que iria só fingir acreditar em Deus, já que isso parecia servir tão bem quanto a fé verdadeira, que eu não tinha. "Reze como se acreditasse!", meu pai berrava quando era minha vez de dar as graças. Não me irrito tanto com o moralismo idiota do meu pai quanto com a maneira como ele me tratava. Ele não tinha a menor lealdade a mim. Nunca teve orgulho de mim. Nunca me elogiou. Ele simplesmente não gostava de mim. Sua lealdade era devotada ao gim e à sua guerra deturpada contra os arruaceiros, seus inimigos imaginários, os fantasmas. "As crias do demônio", ele dizia, agitando a arma de um lado para outro.

Quando cheguei à biblioteca da Cidadezinha X naquele domingo, estacionei e chafurdei pela neve derretida, mas a grande porta vermelha estava trancada. Era uma biblioteca pequena no velho salão de encontros da cidade, e a única bibliotecária — a sra. Buell, ainda me lembro do nome dela — fazia o horário de acordo com sua agenda pessoal. Eu fazia visitas frequentes o bastante para conhecer pela lombada todos os livros que havia lá, a ordem em que apareciam nas estantes. No caso de alguns livros, eu tinha até memorizado as manchas nas páginas — molho de macarrão derramado aqui, formiga esmagada ali, meleca de nariz borrada acolá. Me lembro de sentir algo de esperançoso na brisa naquela manhã. Detectei um toque de primavera, apesar de estar no fim de dezembro. Minha parte preferida da bebedeira eram o entusiasmo e o vigor que eu sentia em certos pontos da minha ressaca no dia seguinte. Às vezes ela trazia um tipo de animação cega — mania, é assim que chamam agora. A boa sensação sempre arrefecia de modo lúgubre até o meio-dia, mas, àquela luz forte da manhã de domingo, enfiei os livros na abertura de devoluções para a sra. Buell e resolvi fazer um passeio até Boston.

Se fizesse alguma ideia de que esse seria o último domingo que eu passaria na vida na Cidadezinha X, talvez tivesse passado o dia no meu sótão fazendo uma mala discretamente, ou meditando com pesar sobre a casa que eu nunca mais voltaria a ver. Poderia ter tomado tempo e espaço para chorar à mesa da cozinha, lamentando toda a minha juventude enquanto meu pai estava na igreja. Poderia ter chutado as paredes, arrancado a tinta e o papel de parede que descascavam, cuspido em cada piso. Mas peguei a estrada em vez disso. Eu não sabia que, em breve, já teria ido embora.

As estradas estavam escorregadias com o gelo que derretia, eu me lembro. Baixei as janelas para não me envenenar com a fumaça do escapamento. Vesti o gorro de lã que tinha encontrado algumas noites antes, deixei o ar gelado congelar meu rosto um pouco. Várias vezes naquele inverno, com as janelas fechadas, eu quase tinha caído no sono na direção. Em uma noite, voltando da casa de Randy, acho, saí da estrada e bati em um monte de neve. Por sorte, meu pé tinha saído do pedal, então o impacto não foi forte. Naquele passeio de domingo para fora da Cidadezinha X, pensei em parar na minha antiga faculdade a caminho de Boston, mas não consegui criar coragem. Não tinha morado nem um ano naquela pequena cidade universitária, em um alojamento com outras meninas. Eu ia às aulas, comia no refeitório etc. Era gostoso ter uma cafeteira, lençóis só meus e estar fora, apesar de não longe, de casa. Então, fui arrancada da faculdade na metade do meu segundo ano e forçada a voltar à Cidadezinha X para cuidar da minha mãe, ainda que "cuidar" não seja exatamente a maneira correta de descrever. A minha mãe me apavorava. Ela era um mistério para mim, e naquela época eu não "cuidei" nem um pouco dela. Como ela estava doente, eu a atendi como uma enfermeira, mas não havia nada de caloroso nem de carinhoso no que eu fazia.

Em segredo, me senti satisfeita por ter que abandonar a faculdade. Não tinha recebido notas muito boas, e a perspectiva de não ser aprovada nas disciplinas, disciplinas que o meu pai pagava para que eu fosse aprovada, me fazia perder o sono à noite. Eu já estava um pouco encrencada com o reitor, pois tinha resolvido "cair doente" e ficar na cama em vez de fazer minhas provas bimestrais. Claro, de volta à casa dos meus pais, eu os culpava pela minha desgraça, desejava estar de volta à faculdade, aprendendo a usar uma máquina de escrever, estudando história da arte, latim, Shakespeare, qualquer bobagem que estivesse reservada para mim.

Apesar do gorro que eu usava, o ar frio cortante era tão severo que eu precisei fechar as janelas. Você não pode imaginar como era frio dirigir por aquela estrada congelada. Liguei o rádio e acelerei durante um tempo, mas havia engarrafamento nas proximidades da cidade — um acidente adiante, acredito — e, enquanto fiquei lá parada esperando os carros andarem, a sonolência de repente se abateu sobre mim.

Minhas pálpebras começaram a fechar e a minha cabeça parecia pesada. Eu estava exausta. Meu cérebro doía. Aquela fumaça penetra no tecido cerebral. Acredito que eu tenha sequelas até hoje. Mesmo assim, eu adorava aquele carro. Repousei a cabeça na direção durante um tempo que não pode ter sido mais de um minuto e, quando acordei, carros passavam por mim em disparada, buzinando. Então segui em frente, e devo ter saído da minha faixa enquanto me esforçava para ficar acordada, porque então uma viatura de polícia apareceu atrás de mim, um rosto no meu retrovisor, uma mão enluvada de preto fazendo sinal para que eu encostasse. Na minha confusão, achei que era o rosto do meu pai no retrovisor, que ele tinha de algum modo me seguido para fora da cidade. Eu ainda tinha em mente aquela imagem dele como policial, vestido com seu uniforme, dando risada, bochechas coradas, um brilho pressagioso nos olhos. O homem nunca tinha vestido um casaco enquanto fazia parte da força policial. "Não dá para cobrir o uniforme com um casaco", ele dizia. E, então, ele vivia doente. O nariz sempre escorrendo, o corpo tenso, os ombros erguidos até as orelhas, passando o peso de uma perna para outra. Você consegue imaginar. Claro, a essa hora meu pai estava na missa e não vestia um uniforme havia anos. Mas eu sempre pensava vê-lo em todo o lugar. Anos depois de abandonar a Cidadezinha X, e até hoje, eu ainda penso que o vejo, sacudindo um cassetete no parque, saindo de um bar ou de um café, largado no alto da escada.

Parei no acostamento e baixei a janela. "Sinto muito, senhor", eu disse ao policial. "Fica abafado aqui dentro e o meu aquecimento está quebrado."

Me lembro que o policial era jovem, de rosto magro e com bolsas embaixo dos olhos grandes em tom de azul-claro. Ele me lembrou um apresentador de telejornal, fez as perguntas de sempre. Tentei falar com a boca fechada, preocupada que ele sentisse o cheiro de álcool no meu hálito.

"Ai, minha nossa", eu disse, esfregando os olhos. "Sinto muito, mesmo." Ergui os olhos para ele, implorando. "Meu pai está doente e eu passei a noite toda em claro junto da cama dele. É um período muito difícil." Essa foi a desculpa que, eu achei, provocaria o máximo de compaixão. Mas, quando proferi essas palavras, minha garganta se fechou feito um punho e um poço de lágrimas encheu meus olhos, como se eu acreditasse na minha historinha ridícula, como se me preocupasse tanto com meu pai e simplesmente estivesse arrasada por ter que talvez enfrentar a vida sem ele. Eu simplesmente estava fora de mim, quase incapaz de dirigir meu carro em linha reta. Foi muito dramático. Esfreguei a palma das mãos nos olhos e limpei a garganta. O policial parecia inabalável.

"Vou lhe dizer uma coisa", ele falou. Ele me liberaria se eu prometesse sair da estrada na próxima oportunidade para tomar um café. Assenti. "Eu não gostaria que nada acontecesse bem quando seu pai mais precisa de você." Mas que grande coração ele tinha. Vesti minha máscara mortuária e assenti. Eu sempre detestei a polícia. Mas me senti forçada a obedecer. Então, peguei a saída seguinte.

Eu me vi em uma rua chamada Moody, ou mal-humorada. Claro que sim. Uma faixa de Natal estava pendurada sobre a via, presa entre dois postes de eletricidade. Uma mulher vestida com uma parca vermelha berrante passou por mim, puxada por um par de pastores-alemães como se estivesse em um trenó. Eu não gostava de cachorros. Não porque tivesse medo deles — eu não tinha —, mas porque a morte deles era muito mais difícil de aceitar do que a de pessoas. Minha cachorra desde a infância, uma terrier escocesa, a menorzinha de sua ninhada, morreu uma semana antes da minha mãe.

Sem hesitar, posso dizer que meu coração ficou tão partido com a perda daquela cachorra quanto com a morte da minha própria mãe. Imagino que eu não seja a única pessoa na Terra a se sentir assim, mas, durante muito tempo, os sentimentos me pareceram vergonhosos. Talvez, se eu tivesse um dr. Frye a quem confessar isso, poderia ter descoberto algo que me trouxesse alívio, uma nova perspectiva, mas isso nunca aconteceu. De todo modo, eu não confio nessa gente que fica escarafunchando a mente das pessoas tristes e dizendo a elas como as coisas são interessantes lá dentro. Não é interessante. A minha mãe era mesquinha e a minha cachorra era legal. Ninguém precisa de um diploma.

O café na esquina da rua Moody tinha janelas enfeitadas com recortes de elfos e um rosto de Papai Noel. Luzinhas de Natal piscantes e azevinhos emolduravam a porta. Pedi uma xícara de chá quente e me sentei, ainda irritada e preocupada com o carro. Não seria um veículo de fuga confiável quando eu finalmente escolhesse fazer a minha grande retirada, percebi. Tendo em vista o frio e a sonolência que senti apenas minutos depois de dirigir com as janelas fechadas, eu sabia que, quando eu fosse embora de verdade, não iria muito além da rua Moody sem congelar ou desmaiar. Então, esse pequeno passeio de um dia tinha sido um teste de pista, um ensaio final. E o carro tinha falhado. Fiquei desmoralizada, para dizer o mínimo. Teria que esperar até a primavera. E, mesmo assim, para onde eu realmente iria?

A garçonete se levantou e ajeitou as alças do avental e mastigou seu chiclete. Seu uniforme era amarelo-mostarda com gola branca. Por cima dele, ela vestia um suéter cor-de-rosa com contas pretas brilhantes bordadas ao longo da gola. Pareciam formigas atarefadas infestando seu pescoço. Eu me lembro disso muito bem. O meu suéter, por sua vez, era um cardigã de lã preta, cheio de bolinhas e esgarçado.

Minha calça estava salpicada de manchas de café no colo. Voltei a vestir minha parca, de repente acabrunhada e irritada. Por que deveria me importar com quem me via usando um suéter feio, quem poderia ter avaliado a minha roupa em um café quase vazio? Eu não ligava. As pessoas que olhassem para os meus farrapos. Elas que jogassem pedras no meu cabelo por lavar. Eu era superior a todas elas. Deixaria todas para trás, para beijarem a cadeira em que eu tinha me sentado. Eu dizia essas coisas a mim mesma e, para me convencer ainda mais, pedi um sorvete de chocolate. Observei enquanto a garçonete se esforçava com a concha de sorvete, o braço enfiado no fundo de um freezer, o suéter cor-de-rosa arregaçado acima dos cotovelos delicados. Em um pratinho de metal oblongo, ela serviu o sorvete com chantili, amêndoas picadas e uma cereja ao marasquino no alto. Enfiei colheradas na boca como se fosse uma órfã faminta, deixei o chocolate escorrer pelo meu queixo. Eu não me importava. Quando dei um gole no chá quente em seguida, meus dentes chiaram e minha cabeça quase explodiu. Eu não me lembro de qual tinha sido a porção de uísque que meu pai me permitira beber antes de secar a garrafa na noite anterior, mas ele devia estar se sentindo generoso. Até com meu peso débil, eu geralmente era capaz de tolerar uma boa quantidade de bebida. Na maior parte dos fins de semana, eu não ficava assim tão instável.

Com o sorvete se agitando cheio de remorso dentro do meu estômago, paguei e saí, sentindo muita pena de mim mesma. Arrastei os pés por uma folha de gelo enquanto esperava na faixa de pedestres, então bati nela com a beirada da bota. Rachou, ficou leitosa, mas não se despedaçou. Engraçadas as coisas de que a gente se lembra. Eu passava a maior parte dos domingos enfiada em casa ou indo e voltando do apartamento de Randy enquanto meu pai estava fora, comungando com Deus ou seja lá o que ele pensava fazer na igreja. Só muito de vez em quando tia Ruth entrava quando o trazia para casa depois da missa. Quando entrava, ela segurava a bolsa com força, não tirava as luvas, apertava os lábios com tanta força que ficavam brancos. "Dê um café para o seu pai" era o máximo que ela dizia para mim. Meu pai simplesmente me ignorava quando tia Ruth estava por perto. "Contrate alguém para cuidar da limpeza", ela lhe disse certa vez. "As suas filhas obviamente estão ocupadas fazendo outras coisas." Fiquei parada à porta enquanto ela falava, meu pai se acomodando em sua poltrona reclinável na cozinha, tia Ruth sentada à mesa, tomando cuidado para não tocar em nada.

"Eileen puxou à mãe", meu pai tinha respondido. "Não serve para nada."

"Charlie, não fale mal dos mortos."

"Não seja tão certinha", ele desdenhou. "A única coisa que aquela mulher fez na vida foi gastar meu dinheiro e roncar."

Era verdade, minha mãe gostava de fazer compras. E ela roncava tão alto que às vezes parecia uma locomotiva passando pela casa. Quando criança, eu costumava sonhar com trens velozes, a fumaça subindo pelas noites escuras salpicadas de estrelas, navegando através do país, para longe da Cidadezinha X, os trilhos rugindo embaixo de mim, quase me sacudindo até acordar.

"Essa menina alguma vez limpa? Ela cozinha?", minha tia perguntou.

"Eu não como muito", meu pai respondeu, em minha defesa. "É a gota." Quando eles finalmente me viram ali parada, minha tia só estalou a língua e ficou remexendo na alça da carteira.

"Leve o lixo para fora, Eileen", disse meu pai, como que para aplacar a irmã. Levei o lixo para fora. Eu costumava só engolir as lágrimas, estampava no rosto uma máscara de pedra fria quando ficava mal. Fiquei contente por ter saído para aquele passeio de carro naquele domingo. Posso não ter atingido meu objetivo de chegar a Boston, mas pelo menos tinha evitado mais uma interação cheia de mágoa com a minha tia. Ela tinha cabelo grisalho lambido e testa cheia de sardas que lhe dava um ar meio duro e doentio, como um ovo cozido em conserva. Eu realmente não gostava dela.

Não poderia dizer o nome da cidade em que fui parar, mas a rua Moody era perfeitamente agradável e festiva. Caminhei por uma quadra de vitrines de lojas charmosas. Tudo estava fechado, é claro. Naquela época, era bem difícil comprar sequer um chiclete no domingo. No caminho de volta ao carro, passei por um beco estreio e vi um casal adolescente se beijando — "dando um amasso", como a gente dizia. Me lembro da cena com clareza. Eu os avistei no momento em que a língua da menina escorregou para dentro da boca do menino. Fiquei tão impressionada. O cor-de-rosa suave da língua da menina, a maneira como a luz limpa do inverno refletia na superfície lustrosa e o contraste da cor e da textura com o rosto puro, aquilino, tão lindo. Sentada no carro, não conseguia me livrar daquela imagem: tal força erótica parecia impossível. Claro que eu já tinha ouvido falar de beijo de língua e tinha visto a cabeça de jovens balançando enquanto se pegavam no mirante da estrada 1-H, mas aquela visão do ato era como se eu tivesse uma lente de raio X. Fiquei impressionada de ver como a menina era atrevida, que ousadia beijar daquele jeito, e assim, claro, pensei comigo mesma que jamais teria coragem de ser como ela, nem de longe. O menino estava impassível, olhos fechados, boca bem aberta, braços envolvendo a menina, a gola da jaqueta de lã xadrez virada para cima. Aquilo tudo me assombrou e se somou à minha dor de cabeça e ao meu cansaço, transformando tudo em uma ansiedade severa. Excitação sexual quase sempre me deixava enjoada. Se estivesse em casa, eu poderia ter tomado um banho de banheira escaldante, me lavado com vigor, mas eu estava longe. Então, abri a porta do carro, inclinei-me para fora, peguei um punhado de neve cristalina e enfiei por dentro da frente da calça, dentro da calcinha. A neve estava muito fria e doeu muito, mas deixei derreter enquanto dirigia. Abri as janelas. Não sei como não peguei uma pneumonia.

Como costumava acontecer quando eu estava perturbada, voltei para o apartamento de Randy. No caminho, pensei nos seus braços grossos, em seu lábio superior, sensual mas infantil, no brilho do sorriso torto que ele tentava esconder atrás de um gibi ou de alguma revista de comédia. Será que ele ia sentir a minha falta quando eu fosse embora? Talvez, sim. "Ah, a Eileen", ele diria aos policiais quando estivessem investigando meu desaparecimento. "Ela foi embora antes de eu criar coragem para convidá-la para sair. Perdi a chance e vou me arrepender para sempre." Eu me acalmava de pensar em nós dois juntos, quem sabe reunidos depois dos muitos anos que eu tivesse aproveitado para me transformar em uma mulher de verdade, do tipo dele — seja lá o que isso significasse —, e nós nos beijaríamos e choraríamos pela tristeza do nosso amor perdido e da nossa separação. "Eu era tão cego", Randy diria ao beijar meus dedos, lágrimas rolando por suas lindas bochechas. Eu adorava um homem em prantos — uma fraqueza que me levou a casos incontáveis com os choramingões e os depressivos. Desconfiava que Randy raramente chorava, mas, quando o fazia, era algo de enorme beleza. Será que eu realmente fui até o apartamento dele naquela tarde, o assento coberto de neve derretida? Claro que sim. Mas não sei dizer exatamente o que eu estava procurando, apesar de ter esperança de que ele pudesse sair de casa e professar seu amor, me salvar, fugir comigo, resolver todos os meus problemas. Enquanto estava lá sem fazer nada na frente da casa dele, de repente fui tomada pela náusea. Abri a porta do carro e vomitei. O sorvete cinzento, derretido, se afundou no monte de neve, depois desapareceu.

Assim que cheguei em casa naquela tarde, corri escada acima até o quarto da minha mãe e tirei a calça e a calcinha fria e molhada. Meu pai, sentado na privada do outro lado do corredor mal iluminado, abriu a porta do banheiro para perguntar: "Por onde você andou?".

Vesti uma meia-calça de lã velha, saí e achei uma garrafa de gim sobressalente que eu tinha escondido no armário e entreguei para meu pai. Ele a agarrou e acendeu a luz com sua mão livre. Quando o jornal escorregou do seu colo, avistei a zona escura dos seus pelos púbicos. Aquilo me apavorou. Também vi a arma dele na beirada da pia. De vez em quando, eu ficava pensando naquela arma. Nos meus momentos mais sombrios, imaginava tirar cuidadosamente a arma de debaixo do corpo adormecido do meu pai e puxar o gatilho. Eu miraria bem na parte de trás do meu crânio para que eu caísse por cima dele, meu sangue e meus miolos escorrendo sobre seu peito frio e flácido. Mas, sinceramente, até nesses momentos mais sombrios, a ideia de alguém examinar meu cadáver nu era o bastante para me manter viva. Esse era o nível de vergonha que eu tinha do meu corpo. Também me preocupava que a minha morte não tivesse grande impacto, que eu podia explodir a cabeça e as pessoas diriam apenas: "Tudo bem. Vamos comer alguma coisa".

Naquela noite, fiquei deitada na minha caminha cutucando a barriga, contei minhas costelas com dedos enluvados. Fazia frio no sótão, e a caminha era bamba. Ela mal aguentava o meu peso: de roupa, cinquenta quilos, se tanto. Se eu usasse cobertores demais, as juntas da caminha cediam, e a cada respiração a estrutura balançava de um lado para outro, que nem um barco em alto-mar, e eu não conseguia dormir. Podia ter arrumado uma chave inglesa para apertar todos os parafusos e as porcas e tudo o mais, só que, assim como eu fazia com o escapamento do carro, não queria me dar ao trabalho de ter que lidar com o conserto de alguma coisa. Preferia chafurdar no problema, sonhar com dias melhores. O sótão me lembrava um lugar onde um tio de visita iria dormir, se eu tivesse um tio. Um bom tio, quem sabe um homem do Exército, com inclinação a construir coisas, consertar coisas, que nunca reclamasse de frio nem de sede, que comeria o pior corte de carne ou de frango, cheio de gordura e cartilagem, sem pensar duas vezes. Imaginei que os lóbulos das orelhas dele seriam compridos e flácidos e seus ombros, pequenos, mas o corpo seria musculoso, e os olhos, arregalados. Talvez aquele bom tio fosse meu pai de verdade, eu fantasiava. Às vezes examinava o guarda-roupa da minha mãe em busca de evidências de adultério. A descoberta de manchas de comida, pingos de café na frente de uma blusa de algodão, ou batom borrado em uma gola amarelada não eram exatamente a mesma coisa que escutar a voz dela do além-túmulo, mas acho que eu tinha esperança de encontrar algo útil. Uma pista, um aceno, uma prova de que ela me amava, qualquer coisa. Sei lá. Não sei por que eu usava as roupas dela daquele jeito, durante anos depois de sua morte. Deixei meu pai ficar pensando que fosse algum tipo de relutância em me despedir da mulher morta, um vestido velho fazendo as vezes de uma medalha de lealdade e carregando o espírito da minha mãe, qualquer bobagem sem sentido. Mas acho que, na verdade, eu usava as roupas dela para me mascarar, como se andar por aí fantasiada daquele jeito fizesse com que ninguém de fato me enxergasse.

Eu me lembro de ficar sentada na minha caminha embaixo de uma única lâmpada e examinar o sótão. É uma imagem charmosa da angústia. Havia gavetas soltas de uma cômoda cheias de roupas de cama carcomidas por traças e que pertenceram à mãe da minha mãe. Havia caixas de livros e papéis velhos, um fonógrafo antigo e vários caixotes de discos que eu nunca tinha tentado colocar para tocar. O teto inclinado me forçava a me agachar e depois engatinhar na direção da janela que dava para o quintal, de onde não se podia distinguir muita coisa além da neve branca e alguns galhos de árvore pelados e pretos, tudo iluminado em um tom de violeta sob o céu da tarde que ia escurecendo. Em algum lugar, enterrada ali, estava Mona, a minha cachorra morta. Pensei na minha mãe adoentada na cama, as mãos em uma pilha de crochê malfeito, reclamando para meu pai, a plenos pulmões, que, se existisse um Deus neste mundo, Ele era um filho da mãe. "Eu já devia estar morta", ela afirmava. Eu, prestativa, botava a canja para ferver no fogão, dia após dia, e servia o caldo transparente para ela em uma travessa de salada verde com tamanho suficiente para aparar o líquido derramado durante a dificuldade que era alimentar aquela mulher, colherada a colherada, seus braços agitados com fraqueza e sem objetivo em um gesto de resistência.

Um dia saí para o quintal para pendurar a roupa no varal e encontrei a cachorra de barriga para cima no meio da grama por cortar, alta e seca e morta ao sol escaldante. Talvez Deus tenha levado a alma errada, pensei em um momento absurdo de sentimentalismo, e chorei em silêncio, com as costas pressionadas contra a parede da casa. Deixei a roupa molhada no cesto, mas coloquei uma fronha encharcada sobre o corpo de Mona. Demorou um dia para eu criar coragem e voltar ali. Àquela altura, a roupa lavada tinha secado toda amassada, e a visão da cachorra morta quando ergui a fronha me fez ter ânsia de vômito e botar para fora o conteúdo do meu estômago — frango, vermute — na terra seca. Demorei várias horas para cavar um buraco suficientemente grande com uma pazinha de jardinagem, empurrar Mona com o pé — não consegui ter coragem de tocar nela com as mãos — e cobrir o corpo com a terra que esfarelava. Uma semana depois, quando meu pai chutou a tigela de ração rançosa e fedida da cachorra, só disse: "Cachorra desgraçada", então eu simplesmente joguei tudo fora e não contei para ninguém. Alguns dias depois, minha mãe estava morta, e eu finalmente deixei as lágrimas correrem soltas. É uma história romântica e pode não ser exata a esta altura, porque a repassei muitas vezes ao longo dos anos, sempre que considerei necessário ou útil chorar.

Olhando para o quintal congelado naquela noite, chorei de novo pela minha cachorra, pesarosa por ela ter que ficar ali na Cidadezinha X por toda a eternidade. Pensei em escavar os ossos dela para levar comigo. Eu realmente considerei a ideia de vestir minha calça de esqui, um suéter de lã pesado, botas de neve, luvas, o gorro de tricô apertado, e ir até lá com uma pá. Eu não tinha usado nada para marcar o túmulo, mas senti que Mona iria me chamar, que por intuição eu saberia onde cavar o solo. Claro que nem tentei. Teria precisado usar algum tipo de picareta, do tipo que se usa em cemitérios. Imagine só o trabalho braçal necessário para enterrar uma pessoa inteira sem ter maquinário para cavar. Não é igual aos filmes. Não é assim tão fácil. Fiquei imaginando como enterravam as pessoas no inverno antigamente. Será que deixavam os cadáveres ao ar livre, congelados até a primavera? Se fizessem isso, tinham que guardar os corpos em um lugar seguro, no porão talvez, repousando em silêncio no frio e na escuridão até que o solo derretesse.

Segunda-feira

Eu me lembro do banho que tomei naquela manhã porque a água quente acabou enquanto eu me demorava na frente do espelho, inspecionando meu corpo nu através do vapor que subia. Agora eu sou uma senhora de idade. Assim como acontece com todo mundo, o tempo borrou meu rosto com rugas e bochechas caídas e bolsas inchadas embaixo dos olhos, e meu velho corpo se tornou quase assexuado e mole e enrugado e sem forma. Então, só para dar risada, aqui estou eu mais uma vez, meu corpinho virginal aos vinte e quatro anos de idade. Meus ombros eram pequenos e caídos e ossudos. Meu corpo era rígido, um tambor esticado de ossos que eu batucava com o punho fechado, feito um macaco. Meus peitos tinham o tamanho de limões e eram duros, e meus mamilos, pontudos como espinhos. Mas na verdade eu era só costelas, e tão magra que meu quadril se projetava de um jeito estranho e sempre tinha marcas roxas de tanto esbarrar nas coisas. Meu estômago ainda estava virado por causa do sorvete e dos ovos do dia anterior. A preguiça do meu intestino era preocupação constante. Havia uma ciência complexa em comer e evacuar, o equilíbrio entre a intensidade crescente do meu desconforto constipado com a catarse dos meus expurgos induzidos por laxantes. Eu me cuidava tão mal. Sabia que devia beber água, comer alimentos saudáveis, mas na verdade não gostava de beber água nem de comer alimentos saudáveis. Considerava frutas e legumes detestáveis, igual a comer um sabonete ou uma vela. Eu também sofria daquele descompasso infeliz da puberdade — ainda aos vinte e quatro anos — que me fazia ter vergonha da minha feminilidade. Por dias seguidos eu comia muito pouco — um punhado de castanhas ou de uvas-passas aqui, uma casquinha de pão ali. E, para me divertir, como tinha feito com os chocolates algumas noites antes, eu às vezes mastigava, mas cuspia fora, doces ou biscoitos, qualquer coisa que tivesse o gosto bom, mas que eu tinha medo que botasse carne nos meus ossos.

Naquela época, aos vinte e quatro anos, as pessoas já me consideravam uma solteirona. Àquela altura, eu só tinha beijado um menino. Quando eu tinha dezesseis anos, Peter Woodman, aluno do último ano do ensino médio, me acompanhou ao baile de formatura da escola. Não vou falar muito sobre ele — não quero que fique parecendo que carreguei a lembrança com algum tipo de nostalgia romântica. Se há algo que eu aprendi a detestar é nostalgia. E, de todo modo, Randy é o protagonista romântico da minha história, se é que existe algum. Peter Woodman não chega nem perto. Mas meu vestido da festa de formatura era bonito: tafetá azul-marinho. Qualquer coisa que eu vestisse naquela cor me lembrava um uniforme, algo que eu sentia me validar e me obscurecer ao mesmo tempo. Passamos a maior parte do tempo sentados a uma mesa no ginásio mal iluminado, Peter conversando com os amigos. O pai dele trabalhava na delegacia de polícia e tenho certeza de que Peter só me convidou para ir ao baile como um favor que seu pai devia ao meu. Não dançamos, mas não é que eu tenha me incomodado. A noite do baile de formatura acabou na picape do pai de Peter, no estacionamento da escola, quando mordi o pescoço do menino para ele parar de subir a mão por baixo do meu vestido. Na verdade, acho que a mão dele mal estava no meu joelho, eu me protegia tanto. E o beijo foi apenas superficial: um toque momentâneo dos lábios, até bonitinho, pensando em retrospecto. Não me lembro de como voltei para casa naquela noite, depois de descer da picape aos tropeços, Peter me xingando e esfregando o pescoço enquanto eu o observava se afastar com o carro. Será que os meus dentes fizeram o pescoço dele sangrar? Não sei. E, aliás, quem se importa? A esta altura, ele já deve estar morto. A maior parte das pessoas que conheci está morta.

Naquela manhã de segunda-feira na Cidadezinha X, vesti minha meia-calça azul nova e coloquei as roupas da minha mãe. Voltei a trancar os sapatos do meu pai no porta-malas do Dodge e fui para o trabalho, para Moorehead. Me lembro de planejar uma nova estratégia para a minha fuga. Um dia, em breve, quando eu estivesse disposta e pronta, empilharia todas as roupas que decidisse levar comigo: meu casaco cinza, vários pares de meias de lã, botas de neve, luvas sem dedos e com dedos, gorro, cachecol, calças, saia, vestido etc., e viajaria cerca de três horas na direção noroeste, atravessando a divisa estadual para Vermont. Eu sabia que seria capaz de sobreviver à viagem durante uma hora com as janelas fechadas sem desmaiar, e estar bem agasalhada me protegeria pelo resto do caminho com as janelas abertas. Nova York não era assim tão longe da Cidadezinha X. Quatrocentos e treze quilômetros ao sul, para ser exata. Mas, antes, eu despistaria qualquer busca ao abandonar o Dodge em Rutland, sobre a qual eu tinha lido em um livro a respeito de ferrovias. Em Rutland, eu iria encontrar algum tipo de terreno baldio ou beco sem saída e depois caminharia até a estação de trem e embarcaria para a cidade rumo à minha nova vida. Eu me achava tão esperta. Planejei levar comigo uma mala velha para colocar as roupas quando eu embarcasse no trem. Teria algumas roupas, o dinheiro que vinha juntado no sótão e nada mais.

Mas talvez eu precisasse de algo para ler durante a minha viagem para o futuro, pensei. Poderia tomar emprestados alguns dos melhores livros da biblioteca da Cidadezinha X, desaparecer e nunca mais devolver. Essa me pareceu uma ideia brilhante. Primeiro, eu poderia ficar com os livros como lembrança, mais ou menos como um assassino corta uma mecha de cabelo da vítima ou leva algum objeto pequeno — uma caneta, um pente, um terço — como troféu. Segundo, eu daria um bom motivo de preocupação ao meu pai e a outros que podiam ficar se perguntando se eu tinha a intenção de voltar algum dia ou sob quais circunstâncias eu tinha sido forçada a ir embora. Imaginei investigadores bisbilhotando a casa. "Não parece haver nada fora do comum, sr. Dunlop. Talvez ela esteja visitando uma amiga."

"Ah não, não Eileen. Eileen não tem amigas", meu pai diria. "Aconteceu alguma coisa. Ela nunca me deixaria sozinho assim."

Minha esperança era de que pensassem que eu estava morta em uma vala qualquer, sequestrada, enterrada sob uma avalanche, devorada por um urso, o que você preferir. Era importante para mim que ninguém soubesse que eu tinha planos de desaparecer. Se meu pai pensasse que eu tinha fugido, teria me humilhado. Eu era capaz de imaginá-lo inflando o peito e desdenhando da minha tolice com tia Ruth. Diriam que eu era uma pirralha mimada, uma idiota, uma frouxa ingrata. Talvez tenham dito tudo isso quando realmente fui embora da Cidadezinha X. Nunca vou saber. Queria que meu pai se desesperasse, chorasse até não poder mais pela filha perdida, desabasse ao pé da minha caminha, se enrolasse nos meus cobertores fedidos só para se lembrar do lindo fedor do meu suor. Queria que ele examinasse os meus pertences como se estivesse examinando ossos antigos, artefatos inertes de uma vida que ele nunca tinha apreciado. Se eu algum dia tivesse tido uma caixinha de música, gostaria que sua música deixasse meu pai de coração partido. Apreciaria se ele morresse de tristeza por ter me perdido. "Eu amava Eileen", eu queria que ele dissesse. "E estava errado em agir como se não amasse." Era nessas coisas que eu estava pensando a caminho do trabalho naquela manhã.

Sem que eu soubesse naquele momento, eu já não estaria lá na manhã de Natal, e apesar de as minhas lembranças de lá para cá terem se desbotado e se desfeito, darei o melhor de mim para narrar os acontecimentos dos meus últimos dias na Cidadezinha X. Vou tentar traçar uma imagem completa. Algumas das minhas lembranças mais claras podem parecer totalmente irrelevantes, mas vou incluí-las quando achar que contribuem para o clima. Por exemplo, naquela manhã, quando cheguei a Moorehead, os meninos tinham ganhado suéteres especiais para as festas de fim de ano, tricotados por um grupo de mulheres benevolentes de uma igreja local. Como havia um estoque extra de suéteres, suponho, um deles foi parar na minha mesa, embalado em papel pardo. A sra. Stephens me disse que era um presente de Natal do diretor. Rasguei o papel do pacote e encontrei um colete azul-marinho tricotado com destreza, com um crucifixo cor de laranja no peito e um "P", para pequeno, escrito em caligrafia trêmula em um pedaço de papel de cera preso à gola com um alfinete. Aquele tom de azul me fez pensar. Quem sabe o diretor realmente gostasse de mim? Ele não poderia me dar uma caixa de bombons, no final das contas. Ele não ia querer atrair a atenção das senhoras do escritório e levantar suspeitas hostis de favoritismo e casos amorosos. Me imaginei beijando o diretor em sua sala, me jogando para cima dele feito uma boneca de pano. O que eu queria, de verdade? Meus pensamentos eram como filmes pornográficos passando no meu cérebro, e me lembro dos pensamentos daquela manhã tão bem quanto da batida abafada da gaveta quando fechei o suéter dentro dela. Mas não consigo me lembrar da disposição das instalações de recreação da prisão, nem se a apresentação de Natal, como chamavam, aconteceu no ginásio ou na capela ou em um auditório pequeno, que eu nem sei se de fato existia. Posso estar pensando na minha antiga escola de ensino médio.

Disto eu me lembro muito bem: por volta das duas da tarde, o diretor entrou na nossa sala, seguido por uma mulher ruiva e alta e por um homem careca bem magro vestindo um terno largo cor de lama. Minha primeira impressão da mulher foi a de que ela devia ser uma artista que estava ali para a apresentação especial dos meninos — uma cantora ou atriz com um fraco por criminosos infantis. Minha suposição pareceu razoável. Celebridades entretinham tropas do Exército, afinal de contas. Por que não jovens prisioneiros? Meninos adolescentes eram uma causa bem justa. A maior parte daqueles meninos, os que cumpriam sentenças mais curtas, foram mesmo acabar no Vietnã, tenho certeza. De todo modo, a mulher era linda e parecia vagamente familiar, da maneira como todas as pessoas lindas parecem familiares. Então, em um intervalo de trinta segundos, cheguei à conclusão de que ela devia ser uma idiota, ter o cérebro pulverizado, ser desprovida de qualquer profundidade ou obscuridade, não ter nenhuma vida interior. Assim como Doris Day, aquela mulher devia viver em um mundo charmoso de almofadas fofinhas e raios de sol dourados. Então, é claro que eu a odiava. Era a primeira vez na vida que eu ficava cara a cara com uma pessoa tão linda.

O homem não me pareceu minimamente interessante. Ele fungou, esfregou a cabeça com uma mão, carregava dois casacos no outro braço — o dele e o da ruiva, presumi. Eu não conseguia parar de olhar para a mulher. Tenho uma imagem onírica na memória de como ela estava vestida naquele dia, em tons peculiares de cor-de-rosa, não fora de moda por assim dizer, mas não de acordo com a moda da época, e com certeza não de acordo com a moda da Cidadezinha X. Ela usava uma saia longa esvoaçante, um *twin-set* que adornava sua silhueta esbelta e um chapéu de aba dura, que eu agora imagino mais ou menos como um capacete de montaria, só que era cinza e delicado, talvez de feltro, com uma pena iridescente em um dos lados. Talvez eu tenha inventado o chapéu. Ela usava um pingente dourado em um colar comprido — isso eu sei com certeza. Seus sapatos eram iguais a botas de montaria masculinas, só que menores, e com saltos delicados. Suas pernas eram muito compridas e os braços, finos, cruzados por cima da caixa torácica estreita. Fiquei surpresa de ver um cigarro entre seus dedos. Muitas mulheres fumavam, claro, mais do que hoje, mas pareceu estranho ela fumar ali parada no escritório, como se estivesse em um coquetel, como se fosse a dona do pedaço. E o jeito como ela fumava me incomodou. Quando outras pessoas fumavam, parecia algo carente e vagabundo. Quando essa mulher inalava, seu rosto tremia e suas pálpebras se agitavam em um êxtase sutil, como se estivesse experimentando uma sobremesa deliciosa ou entrando em uma banheira cheia de água quente. Ela parecia estar em estado de encantamento, perfeitamente feliz. E, por isso, ela me pareceu perversa. Pretensiosa não era uma palavra que se usava naquela época. Desagradável seria um termo mais adequado.

"Ouçam bem", disse o diretor. O rosto dele era largo, vermelho e esburacado, com um nariz enorme e olhos pequenos, inescrutáveis, mas era tão bem-arrumado, tão asseado e militante que eu pensava nele como um homem bonito. "Apresento a vocês o nosso novo psiquiatra, o dr. Bradley Morris. Ele chega com ótimas recomendações do dr. Frye, e tenho certeza de que será muito prestativo ao manter nossos meninos na linha e no caminho da redenção. E esta é a srta. Rebecca Saint John, nossa primeira diretora de educação na história da prisão, graças a uma doação generosa do Tio Sam. Tenho certeza de que ela é absolutamente qualificada. Compreendo que ela acaba de terminar seu trabalho de pós--graduação em Radcliffe..."

"Harvard", disse a tal de Rebecca Saint John ao se inclinar um tantinho na direção dele. Ela bateu a cinza do cigarro no chão e soprou a fumaça para o teto, pareceu dar um sorriso. Foi realmente bizarro.

"Harvard", o diretor prosseguiu, agitado, me pareceu. "Eu sei que vocês todas vão dar as boas-vindas aos novos funcionários com respeito e profissionalismo, e espero que ajudem a srta. Saint John a conhecer o lugar nos primeiros dias, enquanto ela aprende nossos costumes por aqui." Ele apontou de modo vago às senhoras da administração, incluindo eu. Tudo pareceu muito estranho, uma mulher tão jovem e bonita que saiu do nada, e para fazer o quê? Ensinar redação e aritmética parecia um objetivo ridículo. Aqueles meninos de Moorehead tinham dificuldade até de andar de um lado para outro, sentar e respirar sem bater a cabeça na parede. A função do dr. Morris, de acordo com todas as intenções e motivos, era drogá-los para que se comportassem direito. O que poderia ser ensinado a eles nessas condições? O diretor pegou o casaco da srta. Saint John do braço do dr. Morris, entregou-o para mim e pareceu sorrir. Eu nunca sabia distinguir os sentimentos que ele realmente nutria em relação a mim, com ou sem colete tricotado. A máscara mortuária dele era tão espessa quanto concreto, suponho. De todo modo, era minha função atribuir um armário à mulher. Ela me seguiu até o vestiário.

Naquele dia, não pude detectar qualquer maquiagem no rosto de Rebecca Saint John, e, no entanto, sua aparência era impecável, com o rosto tranquilo, uma beleza natural. Seu cabelo era comprido e grosso, cor de cobre, crespo e, reparei agradecida, necessitava de uma boa escovada. Sua pele tinha um tipo de tom dourado e o rosto era redondo e cheio, com maçãs do rosto fortes, uma boquinha que parecia um botão de rosa, sobrancelhas finas e cílios loiros fora do comum. Os olhos tinham um tom único de azul. Havia algo de fabricado naquela cor. Era um tom de azul igual ao de uma piscina em um anúncio para um destino turístico tropical. Era da cor de enxaguante bucal, pasta de dente, produto de limpar privada. Meus olhos, por sua vez, eu achava, eram parecidos com água rasa de lago, verde, embaçada, cheia de lodo e de areia. Nem é necessário dizer, me senti completamente insultada e péssima em relação a mim mesma na presença daquela linda mulher. Talvez eu devesse ter honrado meu ressentimento e ficado longe, mas não pude evitar. Eu queria ficar perto dela, obter uma visão íntima de seus traços, de como ela respirava, a expressão que seu rosto fazia quando sua mente estava ocupada com pensamentos. Esperava ser capaz de detectar suas imperfeições superficiais, ou pelo menos encontrar falhas em seu caráter que pudessem cancelar os pontos que ela recebia na categoria da aparência. Está vendo como eu era boba? Escrevi a combinação da fechadura em um pedaço de papel e senti seu cheiro quando o entreguei. Ela cheirava a talco de bebê. Não usava aliança. Fiquei imaginando se tinha namorado.

"Agora, fique aqui e veja se eu consigo lidar com essa fechadura", ela disse. Seu sotaque era arrogante, de articulação precisa, o tipo de sotaque que se escuta em filmes antigos ambientados no sul da França ou em hotéis refinados de Manhattan. Continental? Eu nunca tinha ouvido uma pessoa na vida real falar daquele jeito. Parecia absurdo em um lugar como Moorehead. Imagine o tom educado de uma nobre britânica dando ordens polidas à criada. Fiquei parada com as costas apoiadas em uma coluna de armários enquanto ela girava o mostrador da fechadura.

"Oitenta e um, sessenta, oitenta e seis", ela disse. "Ah, olhe só, praticamente as minhas medidas." Ela deu risada e puxou a porta do armário, que abriu com um barulho metálico. As minhas medidas eram ainda menores. Nós duas paramos e, como se fôssemos o reflexo sincronizado uma da outra, olhamos para os próprios peitos, depois para os peitos uma da outra. Então Rebecca disse: "Prefiro ter o peito meio liso, e você? Mulheres com peitos grandes são sempre tão tímidas. Ou isso, ou acham que a silhueta delas é a única coisa que importa. Ridículo." Pensei em Joanie, o corpo dela tão chamativo com tantas carnes, uma atração principal. Devo ter feito uma careta ou corado, porque então Rebecca perguntou: "Ah, eu deixei você sem jeito?". Sua sinceridade me pareceu genuína. Trocamos sorrisos. "Bustos", ela disse, dando de ombros e olhando para os peitos pequenos mais uma vez. "Quem se importa?" Ela deu risada, lançou uma piscadela para mim, então retornou ao armário e remexeu no mostrador mais uma vez.

Talvez apenas moças que possuem a mesma natureza conivente e trágica que eu possam compreender que poderia haver algo em um tal diálogo, como esse que travei com Rebecca naquele dia, que unisse duas pessoas em uma conspiração. Depois de anos de sigilo e vergonha, naquele único momento com ela, todas as minhas frustrações foram aceitas, e o meu corpo, meu próprio ser, foi justificado. Senti uma tal solidariedade e um tal respeito que seria de pensar que eu nunca tinha tido uma amiga antes. E, na verdade, não tinha tido mesmo. As únicas coisas que tinha tido eram Suzie ou Alice ou Maribel, produtos da imaginação, é claro, moças imaginárias que eu usava em mentiras para meu pai — meus próprios fantasmas sombrios.

"Claro que não fiquei sem jeito", eu disse a ela. Fazer essa declaração me custou mais coragem do que toda a bravura que eu tinha precisado usar em anos, porque exigiu a breve remoção da minha máscara de gelo. "Concordo plenamente com você."

Como era mesmo aquele velho ditado? Um amigo é alguém que ajuda você a esconder o cadáver — esse era o resumo dessa nova relação. Tive essa sensação imediatamente. Minha vida ia mudar. Naquela estranha criatura, eu tinha encontrado uma igual, meu espírito gêmeo, minha aliada. Já estava com vontade de estender a mão, cortada e pronta para ser apertada em um pacto de sangue. É, eu era assim tão impressionável e tão solitária. Mas fiquei com as mãos enfiadas no bolso. Isso marcou o início do laço sombrio que agora prepara o terreno para o resto da minha história.

"Ah, muito bem", disse Rebecca. "Temos coisas melhores a fazer do que nos preocupar com nosso corpo. Mas essa não é a opinião mais popular, concorda?" Ela ergueu as sobrancelhas para mim. Ela realmente tinha uma beleza notável, era tão linda que precisei desviar os olhos. Eu estava desesperada para impressioná-la, para suscitar nela algum indício claro de que ela sentia o mesmo que eu: éramos farinha do mesmo saco.

"Eu não me importo muito com as coisas que são populares", menti. Nunca tinha sido tão direta. Ah, eu era uma rebelde.

"Bom, olhe só para você", disse Rebecca. Ela cruzou os braços. "É raro encontrar uma moça com tanto bom senso.

Você é a própria Katharine Hepburn." A comparação poderia soar como zombaria se tivesse sido feita por qualquer outra pessoa. Mas eu não me ofendi. Dei risada, enrubesci. Rebecca também deu risada, então sacudiu a cabeça. "Estou brincando", ela disse. "Eu também sou assim. Não dou a menor bola para o que as pessoas pensam. Mas é bom se elas pensam bem de você. Isso tem lá suas vantagens."

Nós nos entreolhamos e sorrimos, assentimos com sarcasmo e os olhos arregalados. Aquilo era sério? Não parecia fazer diferença. Era como se toda a minha angústia secreta tivesse acabado de ser convertida em uma poderosa moeda de troca. Tenho certeza de que Rebecca imediatamente enxergou além da minha bravata, mas eu não sabia disso. Eu me achava tão sutil.

"A gente se vê por aí", eu disse. Achei que fosse melhor não atacar com muita força. Trocamos acenos e Rebecca saiu esvoaçando através do escritório e pelo corredor como se fosse um pássaro ou uma flor exótica, totalmente deslocada no brilho da luz fluorescente. Eu caminhei com movimentos mecânicos, calcanhar-ponta-do-pé, de volta à minha mesa, as mãos cruzadas nas costas, assobiando uma coisa qualquer, meu mundo agora transformado.

Naquela tarde, preparei certas frases e respostas para usar com Rebecca. Eu estava terrivelmente consumida pelo desejo de que ela me levasse em consideração, de que compreendesse que eu não era a tonta provinciana que eu temia parecer ser. Claro que ela sabia que eu era uma tonta provinciana — eu era isso mesmo —, mas achei na época que a tinha enganado com algum tipo de ponto de vista radical, nosso desgosto mútuo por peitos grandes, a sabedoria fria do meu olhar, minha atitude em geral. Eu não era radical, de jeito nenhum. Eu simplesmente era infeliz. Então me sentei à minha mesa e treinei minha máscara mortuária: rosto em perfeita indiferença, nenhum músculo em movimento, olhos vazios, imóveis, testa ligeiramente franzida. Eu tinha uma ideia infantil de que, ao lidar com uma amiga nova, o melhor a fazer era guardar todas as suas opiniões para si até que a outra apresentasse as suas primeiro. Hoje talvez chamemos essa atitude de blasé. É uma postura peculiar de pessoas inseguras. Elas se sentem mais à vontade ao negar qualquer perspectiva em vez de proclamar qualquer lealdade ou filosofia e correr o risco da rejeição e do julgamento. Achei que devia morder a língua e parecer o mais alheia possível até que Rebecca estabelecesse as regras do jogo, por assim dizer. Então, se ela me perguntasse se eu gostava do meu trabalho, eu teria dado de ombros e dito: "É dinheiro na conta". Se ela me perguntasse sobre o meu passado, eu diria: "Nada que realmente valha a pena mencionar". Mas aludiria à morte da minha mãe como se fosse um acontecimento envolto em mistério, como se ela tivesse sido assassinada pela máfia em algum tipo de cena enluarada embaixo de um píer. Ou talvez eu a tivesse matado — sufocado a vida dela com um travesseiro e jamais contado isso a vivalma até agora. Eu tinha pronto todo o tipo de gancho que poderia usar para fisgá-la. Se Rebecca quisesse saber quais eram os meus interesses, os meus passatempos, eu diria que lia livros, e se ela quisesse saber quais, eu diria que era pessoal. Diria que, para mim, ler era como fazer amor, e eu não gostava de me gabar. Eu me achava a maior fofa. Imaginei que, por Rebecca ser professora ou sei lá o que ela fosse, me apreciaria como grande literária. Claro que eu, na verdade, não era capaz de discutir literatura. Era mais fácil para mim discutir as coisas que eram importantes na minha própria vida. "Você bebe gim?", por exemplo. Se ela quisesse saber por que eu estava curiosa, eu daria de ombros e diria: "Tem algo nas pessoas que gostam e gim e nas pessoas que não gostam". E, dependendo de sua resposta, eu categorizaria bebedores de gim ou como idiotas, ou como prenúncio de enorme pesar, ou como heróis. Fiquei refletindo sobre tudo isso, mas sabia que nunca teria a coragem de ser tão desagradável assim. Rebecca me intimidava demais.

"Iu-hu, Eileen. Está na hora de separar a correspondência", disse a sra. Murray, agitando os dedos e estalando a gengiva. Meu estômago revirava enquanto eu me punha a trabalhar. O relógio continuava ressoando.

Naquela tarde, a caminho da apresentação de Natal, que, acho que agora me lembro, aconteceu na capela, parei no banheiro feminino para conferir meu rosto no espelho e passar mais batom. Eu tinha o hábito de limpar o rosto com a manga do suéter para tirar a gordura que era absorvida pelo pó que eu usava. Eu sempre tinha uma fileira de espinhas ao longo da linha do couro cabeludo, mesmo depois de os ataques mais violentos de acne terem cedido nos meus anos de adolescência. Minha pele sempre tinha sido um problema. Até hoje, minha rosácea entra em ação, e tenho veiazinhas à mostra desde meus vinte e tantos anos. Talvez essas veiazinhas sejam a minha cruz, algum tipo de marca, de penitência. Eu gosto da minha aparência atual. Mas, naquela época, odiava meu rosto, ah, eu me sentia torturada por ele. Ajeitei o cabelo para trás e passei uma camada pesada de Vermelho Irreparável, tirei o excesso com papel-toalha, conferi os dentes. São, até hoje, dentes pequenos, como se fossem de criança, e pareciam amarelados em contraste com o batom que eu usava. Eu raramente sorria de forma genuína o suficiente para me esquecer de manter o lábio por cima dos dentes. Acho que já mencionei como meu lábio superior tinha a tendência de ressaltar minhas gengivas. Nada era fácil para mim. Nada.

Quando usei o banheiro, descobri que minha visita mensal tinha chegado, para meu desgosto. Pensando bem, é um milagre que eu chegasse a menstruar, levando em conta meus nervos em frangalhos e minha péssima nutrição. Não que eu jamais tenha colocado em uso minha fertilidade teimosa. Houve algo uma vez, mas foi embora antes de se transformar em qualquer coisa digna de nota. E depois mais uma vez, mas me livrei daquilo. Não posso dizer que não me arrependo de nunca ter tido filhos, mas arrependimento não serve para nada. Naquele dia em Moorehead, em vez de voltar ao meu armário para pegar os insumos necessários, desenrolei uma medida de papel-toalha até o chão, dobrei e enfiei na calcinha. O papel era seco e duro, da cor dos sacos de papel do supermercado. Disso eu me lembro, porque contribuiu muito para minha autoimagem enquanto eu caminhava pelos corredores, ao me lembrar de repente — como é que eu tinha esquecido? — que os meninos, até Randy e James, podiam me ver e olhar direto para o meu traseiro quando eu passasse. Devo acrescentar que não lavei as mãos depois de usar o banheiro.

Apesar do desespero brutal de Moorehead, a maneira como eu imagino a prisão naquele dia é menos como uma prisão e mais como uma escolinha infantil. Os corredores estavam enfeitados graças às voluntárias da igreja que tinham estado lá no fim de semana para colar retratos assustadores, desenhados à mão, de Jesus e do Papai Noel. O Natal sempre tinha sido uma pegadinha e hoje eu me recuso a reconhecê-lo. Dói demais. Eu me lembro de um homem que conheci quando estava na casa dos trinta anos e que cansou minha orelha certa noite ao tagarelar a respeito de sua infância feliz: presentes embaixo da árvore, chocolate quente, cachorrinhos, castanhas assando a céu aberto. Não existe nada que eu deteste mais do que homens com infância feliz.

Talvez o dr. Frye achasse que o Natal fazia bem para a psique. Ele sempre tinha incentivado os meninos a participar das atividades de fim de ano, como cantar músicas de Natal e fazer cartões de boas-festas uns para os outros. Aquele tiro saía pela culatra todos os anos, já que os meninos da prisão se humilhavam cantando e se metiam em brigas, xingando uns aos outros e dando risada e apontando o dedo para qualquer um que ousasse abrir a boca. E os cartões que recebiam uns dos outros estavam sempre carregados de ameaças e insultos e desenhos pornográficos. Eu sabia disso porque os oficiais de correção confiscavam tudo e depois mostravam para os guardas e para os outros funcionários, depois pediam — só para me humilhar, tenho certeza — que eu arquivasse. "Felis porra de Natal." No restante do ano, os meninos geralmente eram dóceis e alheios. Tomavam todo o tipo de remédio sob a supervisão do dr. Frye. Talvez ele pegasse leve nas prescrições durante as festas de fim de ano. Mas na maior parte do tempo estavam sempre sob forte sedação e dieta restritiva.

Naquela tarde, observei os meninos entrando na capela e se sentando nas primeiras fileiras de bancos, com os corpos largados, irritados. Randy estava parado ao pé do palco, de frente para eles. Para cumprir minha função, me sentei no banco alto no fundo e liguei na tomada o holofote velho que girava de um lado para outro em uma moldura de ferro fundido presa à parede dos fundos. Eu o direcionei para que iluminasse o palco, lançando um círculo de luz forte na cortina amassada cor de laranja. Agora isso me remete aos créditos de abertura dos desenhos animados do Pernalonga. Aquela musiquinha toca na minha cabeça de vez em quando, como uma forma de amenizar situações de transtorno. Me lembro das cenas daquela apresentação de Natal em tecnicolor vibrante. Foi simplesmente absurda.

Um momento antes de as luzes se apagarem, Rebecca apareceu à porta segurando um caderninho com uma caneta enfiada na espiral de arame da lombada. Os olhos dos guardas e os meus seguiram o seu pequeno traseiro infantil passando no corredor entre os bancos. Ela ocupou um assento mais para a lateral, perto da frente, ao lado do dr. Morris, onde Randy estava de sentinela. Isso me deixou nervosa. Eu teria preferido que os dois, Rebecca e Randy, nunca se cruzassem. Rebecca era bonita demais para que Randy não reparasse nela e, apesar da nossa nova conexão, eu ainda estava cheia de inveja. Não fazia a menor diferença que eu estivesse fantasiando sobre minha grande fuga para nunca mais voltar à Cidadezinha X e certamente não a Moorehead, e o fato de que Randy logo se transformaria no que é agora, um sonho que passou da data de validade, um fantasma, uma sombra. "Adeus, Randy, adeus", eu imaginava soluçar no meu trem a caminho de Nova York.

Me lembro que uma fileira de meninos, cada um usando um colete tricotado azul ou cinza, explodiu em uma saraivada de palavrões e começou a trocar socos quando as luzes se apagaram. Randy saiu de sua posição de estátua para separar a briga. Era uma maravilha observá-lo trabalhando. Ele se movia com tanta eficiência, de um jeito tão calmo, sem julgar ninguém, mas com força ligeira. Eu mal conseguia respirar ao observar como os músculos dele se retesavam contra o tecido rígido do uniforme. Suponho que eu realmente estivesse apaixonada por ele, no pior sentido: eu só me preocupava com a sua aparência, com seu corpo — eu não o conhecia nem um pouco.

Quando os meninos estavam todos de volta a seus lugares, o diretor entrou no palco. Dirigi a luz para o rosto dele, mas deixei que pousasse por um momento — por acidente ou não — na virilha. Alguns meninos deram risada. O diretor pegou o microfone e disse algo assim:

"Feliz Natal, prisioneiros, funcionários e visitantes. Todos os anos, promovemos uma reunião especial para comemorar este que é o mais importante dos feriados, e todos os anos observamos como há tanto na história do Natal que podemos utilizar para preservar nossos princípios, e isso é muita coisa, e oramos para ver se e quando falhamos e como a história de uma criança que não é diferente de muitos de vocês, meninos, que nasceu de pais jovens sem muito dinheiro e pouca esperança, pode nos mostrar os erros no nosso comportamento e nos inspirar a mudar, a ser bons e a viver a vida sem descontroles, crimes ou destruição. Então espero que relaxem e assistam com a mente aberta, questionando no fundo do coração onde podem melhorar, e o que os ensinamentos da nossa sagrada escritura dizem que devemos ser. Nossos caros amigos do Monte das Oliveiras ajudaram a dirigir a apresentação da Natividade deste ano, e eu quero que cada menino agora sente em cima das mãos e feche a matraca. Se eu ouvir uma risada ou um resmungo ou qualquer comentário inadequado, vão direto para a caverna. E não me testem. Também damos as boas-vindas a duas adições ao quadro de funcionários da prisão, dr. Morris, nosso novo profissional de sanidade mental, como gosto de pensar nele — bem-vindo, bem-vindo. E a srta. Saint John, nossa especialista em educação. Ela pode ser um bálsamo para os olhos, rapazes, mas eu garanto, ela é muito inteligente e vai compreender a mente doentia de vocês muito melhor do que eu jamais poderia esperar. Todos vão conhecê-la em seu devido tempo. Se isso não for incentivo suficiente para fazer vocês ficarem quietos nesta tarde, não sei mais o que pode ser. E, agora, sem mais delongas."

Hoje fico enojada de pensar em como eu tinha uma estranha quedinha pelo diretor. Talvez eu sentisse inveja da sua segurança, não sei. Ele sempre parecia muito satisfeito consigo mesmo. Apesar de aquilo mal esconder sua estupidez, havia uma certeza associada a ele que, presumo, eu achava atraente. Era tão fácil ser movida por vestígios de poder. Me lembro de o diretor se desvencilhar do fio do microfone e depois estender a mão para o padre idoso em sua cadeira de rodas. Pensando bem, o diretor provavelmente era homossexual. Ele fazia questão de dar palmadas nos meninos menores a sós em seu escritório, ouvi dizer. Mas essa é uma outra história que não me cabe contar.

Quando a cortina cor de laranja se abriu, um cenário espartano se revelou, feito para parecer o interior de uma cela de prisão. Um beliche, uma Bíblia sobre uma mesinha. Um dos meninos, inchado e pálido e vestido com o uniforme padrão de prisioneiro, um macacão de algodão azul, entrou no palco com as mãos nos bolsos. Ele balbuciou sem abrir a boca, mas sou capaz de adivinhar o que ele deve ter dito, porque era a mesma coisa todo ano: "Ah, o que eu vou fazer? Condenado a três anos para ficar aqui entre meninos da mesma fé — ruim demais. Tanto tempo para tramar que maldades vou fazer assim que sair. Mas, enquanto isso, suponho que eu possa ler um livro".

"Você não sabe ler!", uma voz veio da primeira fileira quando o ator enrubescido pegou a Bíblia. Os meninos todos deram risada e provocaram uns aos outros em seus assentos. Randy se aproximou, fez um gesto casual com um punho erguido e um dedo da outra mão nos lábios. A peça prosseguiu.

O menino no palco se sentou na cama de baixo do beliche e abriu a Bíblia. Outras duas crianças atravessaram o palco na direção dele, ambas usando vestes longas, uma de peruca e, parecia, um travesseiro atado ao abdômen por baixo da veste. De onde eu estava sentada, pude ver Rebecca agitada em seu assento. Claro que me incomodava ver o que estava acontecendo no palco, aquele tipo de humilhação. Mas suportei.

Eu não tinha coragem de me incomodar o suficiente para me aborrecer. Ninguém tinha. O menino vestido de Maria falou com a voz aguda: "Bom, estou muito cansada, será que podemos descansar naquela manjedoura ali?", e apontou para fora do palco, tão frágil quanto um coelho. A plateia deu risada. O menino vestido de José estendeu um saco e enxugou a testa. "Melhor do que pagar um hotel." Rebecca olhou ao redor, esticando o pescoço como se estivesse procurando um rosto específico na multidão. Eu torcia para que o rosto que ela procurasse fosse o meu. Mal conseguia distinguir a sua expressão na capela escura. Eu quase virei o holofote na direção dela para iluminar sua testa franzida e delicada, sua boca adorável apertada de desgosto. Ela era tão bonita, uma visão milagrosa em um lugar tão feio, fiquei surpresa pelos outros não estarem apontando e olhando fixo. Como era possível o dr. Morris, Randy, todos aqueles meninos seguirem em frente com tanta tranquilidade, como se ela fosse invisível a eles? Será que a minha avaliação sobre a beleza dela estava errada? Será que eu tinha perdido toda a perspectiva? Será que eu estava delirando? Será que ela não era a mulher mais radiante, mais elegante, mais charmosa do mundo? Foi o que fiquei me perguntando. Ela continuou examinando a plateia, fileira a fileira.

A peça prosseguiu, José e Maria recitando falas, às vezes rígidos, às vezes com um ar debochado de bravata. Mais crianças usando vestes multicoloridas apareceram, a cabeça baixa de vergonha ou tédio. Mal dava para escutar a voz delas entre as provocações e as risadas dos meninos na plateia. Um dos atores, uma criança menor, começou a chorar, com o queixo tremendo, o maxilar cerrado. Foi aí que Rebecca se levantou, de cara fechada, e saiu marchando pelo corredor entre os bancos, o pingente pulando entre os seios pequenos a cada passo. Eu a observei. Seu corpo era tão bonito, magro como o de uma bailarina, e também retesado. Ela reparou em mim quando chegou ao fundo da capela, então acenou e sacudiu a cabeça em sinal de descrença, proferiu algo que não fui capaz de decifrar, sem emitir som, e saiu. Me lembro de pensar: "Agora estamos unidas, nós contra eles". Eu adotaria sua raiva, ou pelo menos fingiria adotar, se isso significasse que eu podia estar ao seu lado. Foi assim que eu me senti.

Não era que não me importasse nem um pouco com os meninos. Era só que eu era jovem e triste e não tinha como ajudar. Na verdade, eu me sentia como se fosse um deles. Não era nem pior, nem melhor. Eu só era seis anos mais velha do que os meninos mais velhos que estavam ali. Alguns deles já pareciam homens — altos, esbeltos, com barba e bigode crescendo e mãos grandes e grossas, voz grave. Eram, na maior parte, de famílias de operários, mas havia alguns meninos negros também. Aqueles eram os que eu mais gostava. Sentia que eles compreendiam algo que os outros não entendiam. Eles pareciam mais relaxados, pareciam ter a respiração levemente mais profunda, estampavam no rosto máscaras mortuárias perfeitas enquanto os outros meninos faziam careta e franziam a testa e cuspiam e provocavam uns aos outros feito criancinhas, pirralhos em um pátio de escola. Eu sempre ficava imaginando o que todos eles pensavam de mim quando me viam parada do lado de fora da porta durante o horário de visitas, se chegavam a reparar em mim. Eles raramente olhavam para o meu lado, nunca, jamais erguiam os olhos vermelhos, quentes e lerdos na direção dos meus, em sinal de reconhecimento. Eu achava que talvez eles não fossem capazes de me identificar de um dia para outro, como se meu papel fosse desempenhado por incontáveis moças de aparência semelhante. Ou talvez eles ficassem lá com as mães durante o horário de visitação e me chamassem de "aquela vaca", me apontando com o queixo quando a minha cabeça estava virada e eu estava pensando em Randy, sem escutar. Ou talvez dissessem: "Ela é a única que eu não odeio". Ou talvez achassem que eu fosse louca. Eu certamente poderia passar por louca nos dias que não tinha dormido e aparecia desarrumada e de ressaca, revirando os olhos para cada barulhinho e rangendo os dentes a cada brilho de luz. Na minha atitude autocentrada infantil, eu fantasiava que era sobre isso que os meninos negros conversavam com as mães: como Eileen sofre, como Eileen parece precisar de uma amiga, como Eileen merece coisa melhor. Esperava que eles enxergassem através da minha máscara mortuária para ver minha alma triste e fogosa, apesar de eu duvidar que chegassem a me notar.

Eu não seria a primeira a admitir que ser uma moça e trabalhar em uma instituição totalmente masculina não tenha suas vantagens. Isso não quer dizer que minha posição em Moorehead me desse qualquer noção do meu poder enquanto mulher, nem que me aproximasse da realização de qualquer encontro romântico — nada dessas bobagens. Mas trabalhar em Moorehead de fato me dava um vislumbre da disposição masculina. Eu podia, às vezes, ficar quieta e observar os meninos como se fossem animais em um zoológico: como eles se moviam, respiravam, todas as nuances dos gestos e das atitudes que faziam com que parecessem especiais. Foi por meio do estudo do comportamento de jovens presos que desenvolvi a minha compreensão do estranho espectro das emoções masculinas. Dar de ombros significava "vou bater em você mais tarde". Sorrir era uma promessa de amor eterno e afeição ou de ódio profundo, fúria de cortar a garganta. Por acaso eu extraía prazer erótico de olhar para esses meninos? Só um pouco, sinceramente, porque eu não podia observá-los com regularidade e nunca em seu estado natural. Só os observava quando entravam ou saíam de reuniões em grupo ou no refeitório, e durante as visitas com as mães. Eu não estava em posição de espreitá-los em repouso em seus beliches, trabalhando na sala de recreação, nem brincando no pátio, onde imagino que ficassem mais à vontade, mais animados, e expressavam mais sutileza, mais vulnerabilidade, humor, espontaneidade. De todo modo, eu apreciava seus rostos variáveis, arrasados. O melhor era quando eu tinha a possibilidade de ver o rosto endurecido de um assassino de coração frio irrompendo das bochechas gordinhas e da suavidade inexperiente da juventude. Aquilo me emocionava.

Pode não ter sido naquele evento de Natal específico, mas me lembro de um menino que fez o papel de Maria arrancar o travesseiro de debaixo da fantasia, jogá-lo no chão e sentar sobre ele. Um Rei Mago uma vez imitou um strip tease. Então, os meninos tinham lá seu charme. Será que eu ia sentir falta deles quando fosse embora? Claro que não, e não senti falta deles, apesar de me perguntar, olhando para a nuca deles naquele dia na capela, se me lembraria de algum dos rostos, se ficaria mal caso algum deles morresse. Será que eu teria ajudado, se pudesse? Será que teria sacrificado qualquer coisa em benefício deles? A resposta era um vergonhoso, porém honesto, não. Eu era egoísta, unicamente preocupada com minhas próprias vontades e necessidades. Me lembro de observar Randy ali parado na escuridão do auditório. Me perguntei se suas partes íntimas estavam amassadas dentro da calça. Imaginei que ele devia tê-las colocado para o lado para que se adaptassem à forma da calça. Era apertada. Não consigo me lembrar da imagem precisa nesse momento, mas eu costumava examinar o arranjo das dobras na área da virilha que pudesse sugerir o lado que ele preferia. Eu não era completamente alheia às partes masculinas. Na verdade, não me lembro de ter visto nenhuma parte masculina nas revistas de sacanagem do meu pai, pensando bem, apesar de ser possível deduzi-las, acho. Meu conhecimento se limitava a desenhos anatômicos. Eu tinha assistido às aulas de saúde no primeiro ano do ensino médio, afinal de contas. Suando atrás daquele holofote quente, fiquei preocupada com a possibilidade de que a minha falta de experiência com homens fizesse com que Rebecca pensasse que eu era infantil e ridícula. Se descobrisse que eu nunca tinha tido namorado, ela iria me rejeitar, eu temia.

Quando o drama no palco chegou ao fim, o diretor reapareceu e deu início a uma longa ladainha a respeito da natureza do pecado. Eu abandonei meu posto atrás do holofote e saí da capela para vagar pelos corredores da prisão, na esperança de cruzar com Rebecca. A sala de recreação e os escritórios estavam vazios. A biblioteca, que abrigava sobretudo tratados religiosos e enciclopédias, o refeitório com suas mesas longas de aço com talheres de plástico sujo espalhados: tudo estava em silêncio. Os alojamentos onde os meninos dormiam ficavam bem no fundo. As janelinhas de lá davam vista para as dunas cobertas de neve. O mar além, como um cânion de mágoa, gelado e em movimento constante, estava tão agitado que imaginei Deus em pessoa emergindo da água, rindo de todos nós, cheio de desdém. Era fácil imaginar os pensamentos depressivos que aquela vista deve ter inspirado nos menininhos. As janelas eram tão baixas que era necessário ou se agachar ou ajoelhar para dar uma boa olhada lá fora. Fiquei escutando o rugido das ondas no aposento vazio durante um momento. Beliches acompanhavam a circunferência do lugar, que tinha formato de sino e linhas pintadas no chão para guiar o caminho que mostrava onde se posicionar durante os avisos da manhã, onde se ajoelhar para a reza noturna, em que direção caminhar até os chuveiros, o trajeto para o refeitório. Quando saí, o laminado azul--bebê rangeu sob meus pés com tanto barulho que pensei ter pisado em um rato.

Me lembro de voltar apressada até a cozinha e roubar uma caixa de leite longa vida da fila vazia da cafeteria. Era uma cozinha bem impressionante, toda de aço cinzento, maquinário pesado. Quando os meninos eram castigados por mau comportamento, eram forçados a fazer turno duplo lavando as panelas e as frigideiras e obrigados a dormir em um quarto que já tinha sido a antiga despensa de carne atrás da cozinha: confinamento solitário. Chamavam o quarto de "caverna". Um menino mandado para a caverna não tinha permissão de sair, a não ser para usar o chuveiro e lavar mais louça. Ele fazia as refeições ali, usava um balde como privada. Eu me lembro que o balde me despertava grande interesse. Como é de imaginar, eu me excitava com facilidade pelos hábitos mais nojentos do corpo humano: inclusive atividades relacionadas à privada. Só o fato de outras pessoas esvaziarem o intestino já me enchia de admiração. Qualquer função do corpo que era necessário esconder atrás de portas fechadas me atiçava. Me lembro que um dos meus primeiros relacionamentos — não um caso de amor pesado, só um bem leve — foi com um russo com senso de humor maravilhoso que me deixava espremer o pus das espinhas de suas costas e seus ombros. Para mim, essa era a maior das intimidades. Antes disso, ainda jovem e neurótica, simplesmente permitir que um homem me escutasse urinar era uma humilhação completa, tortura e, portanto, eu acreditava, prova de amor e confiança profunda.

Havia um menino que tinha passado várias semanas na caverna. Fui até os fundos e encontrei a antiga despensa de carne, cuja porta original de aço inoxidável tinha sido substituída por uma porta pesada de ferro com uma janelinha e um cadeado. O menino Polk estava lá dentro, sentado na caminha dele, olhando fixo para a parede. Eu o reconheci como o menino Polk do dia que ele tinha chegado a Moorehead, algumas semanas antes. Meu pai estava acompanhando as reportagens a respeito dele no *Post*. Durante o processo de recepção, o menino tinha ficado em silêncio e acabrunhado. Ele não tinha me marcado por ser atraente ou ter algo de especial. Tinha postura rígida, me lembro, e era magro, mas tinha ombros largos — a confluência desajeitada do sossego dos rapazes e da robustez imponente e abrutalhada dos homens. Nos dedos de sua mão direita havia letras recém-tatuadas, mas eu não conseguia identificá-las com clareza. Observei quando ele ergueu os olhos, como se estivesse lendo algo escrito no teto. Seus olhos eram claros, a pele, cor de oliva, e o cabelo, curto e castanho. Ele parecia contemplativo, melancólico, triste. Os meninos mais tristes em Moorehead eram os que fugiam de casa e eram presos por vadiagem ou prostituição. Enquanto observava pela janelinha, imaginava quanto custaria desvirginar um menino novo como esse. Ele tinha olhos inteligentes, pensei, braços e pernas compridos e elegantes, uma inclinação pensativa na cabeça. Eu torcia para que ele cobrasse bem caro, seja lá o que tivesse feito. Naquela época, eu ainda imaginava os michês trabalhando a serviço de donas de casa abastadas, divertindo-as enquanto o marido estava longe a negócios — eu era ingênua a esse ponto. Observei o menino virar o pescoço de um lado para outro, todo sensual, como que para relaxar. Ele bocejou. Não acho que tenha me visto através da janela. Até hoje, nem sei se ele chegou a saber o meu nome. Observei enquanto ele se deitava na caminha, virava de lado, fechava os olhos e se esticava. Por um minuto, pareceu que estava caindo no sono. Então, de forma aparentemente inconsciente, seus dedos desceram até a área da virilha. Prendi a respiração enquanto o observava envolver a genitália com a mão por baixo do uniforme. Seu corpo se curvou igual ao de um animalzinho. No meu esforço de compreender os movimentos da mão dele, pressionei o rosto contra a janela. Minha língua, fria do leite, encontrou a superfície do vidro. Observei por um minuto ou dois, absorta, estupefata, encantada, até que um barulho no corredor me deixou sobressaltada e me fez correr de volta para o escritório. Eu realmente não acho que o menino tenha me visto. Fiquei sabendo mais tarde que ele só tinha catorze anos. Podia ter passado por dezenove, vinte. Eu também não estava imune a ele.

Naquela tarde, quando a sra. Stephens estava vestindo o casaco para ir embora, ousei perguntar a ela o que o menino tinha feito para ser posto na solitária.

"Polk", ela disse raivosa, com seu queixo duplo. Calçou luvas de lã cheias de bolinhas nas mãos gordas e ressecadas. "Encrenqueiro", ela disse. "Um menino insuportável." Agora me dou conta de que eu era implacável com a sra. Stephens. Tudo que ela fazia eu interpretava como afronta pessoal, como algum tipo de ataque direto. Apesar de nunca ter retaliado, eu a considerava uma inimiga. É verdade que ela não era calorosa, nem mesmo agradável, mas nunca me fez mal. Só era infinitamente rabugenta. Depois que ela foi embora e as outras senhoras do escritório foram para casa, encontrei a ficha do menino Polk, os papéis levemente amarelados dentro da pasta. "Crime: parricídio." A pasta era grossa, cheia das anotações do dr. Frye, na maior parte datas e horários e rabiscos incompreensíveis que mais pareciam latim. Em um recorte de jornal preso à curta ficha corrida, li que Leonard "Lee" Polk tinha cortado a garganta do pai enquanto ele dormia. O menino não tinha histórico de comportamento violento, dizia o boletim de ocorrência, e os vizinhos disseram que ele era "um menino tranquilo, bem-comportado, nada de especial". Algo assim. A expressão dele na foto da ficha era rude, com lábios apertados curvados para baixo e olhos exaustos, distraídos. Na ficha, embaixo de "comentários", lia-se: "Mudo desde o dia do crime", na minha própria caligrafia de menininha.

Foi bem aí que, como um passarinho cantando à meia-noite, uma voz mágica e melódica soou do corredor mal iluminado. Era Rebecca dando boa-noite a James. Eu tentei retomar a compostura, prestando atenção à medida que as batidas dos saltos dela soavam mais altas. Depois de um momento, ela estava na minha frente com um casaco preto comprido, pasta executiva na mão. Agora, horas tinham se passado desde aquela apresentação de Natal ridícula. Tentei sorrir, apressada em ajeitar a ficha de Leonard Polk, mas deixei a pasta escorregar dos meus dedos e o conteúdo se espalhou por todo lado, as páginas caindo sobre o linóleo sujo.

"Ô-ôu", eu disse, feito uma tonta. Rebecca passou para trás do balcão do escritório para me ajudar a recolher os papéis. Eu a observei de costas enquanto ela agachava para alcançar atrás da mesa da sra. Stephens. Ela ergueu o tecido da saia para que não arrastasse no chão, revelando as canelas — curvas refinadas e suaves, bem diferentes das minhas, que eram finas e infantis. "Minha nossa", ela disse ao ler o documento em suas mãos. "Dá para imaginar, matar o próprio pai?" Ela me devolveu o papel, olhando para mim com um ar de quem entendeu tudo, me pareceu.

"Obrigada", eu disse com as bochechas coradas.

"É uma história que se repete ao longo das eras, claro. Mata o pai, vai para a cama com a mãe", Rebecca prosseguiu. "O instinto masculino pode ser terrivelmente previsível." Ela se inclinou por cima do meu ombro e apertou os olhos para ver melhor a foto do menino. Seu cabelo caía feito uma cortina entre nós. Ela jogou o cabelo para trás e mechas roçaram a minha bochecha como se fossem penas. Ela mordeu o lábio. "Leonard Polk", leu em voz alta. Senti cheiro de cigarro em seu hálito, além de bala de menta.

"Ele está na solitária", eu disse a ela. "Nunca vi o menino aqui, nem uma vez. Nenhuma visita."

"Ah, mas que pena", disse Rebecca. "Posso?" Ela estendeu a palma da mão aberta à minha frente. Entreguei a ela a pasta.

"Eu só estava arquivando", lhe disse, feito uma idiota, na esperança de que ela não fosse desconfiar que eu estava bisbilhotando.

Rebecca folheou os papéis na pasta. Fingi parecer ocupada, arrumando as coisas na minha mesa, examinando um questionário antigo. "Indique sua celebridade favorita. A que horas você vai para a cama à noite?"

"Vou pegar isto aqui emprestado", Rebecca disse, e colocou a ficha de Polk dentro de sua pasta executiva. "Uma leitura divertida para a hora de dormir", ela brincou. Recostei na cadeira, ansiosa e sem jeito, enquanto ela abotoava o casaco. "Mas que espetáculo tivemos hoje."

"Fazem isso todos os anos."

"Eu diria que é um castigo cruel e fora do comum", respondeu. Ela jogou um xale de angorá felpudo por cima dos ombros, soltou o cabelo. Senti que tinha falhado totalmente em impressioná-la. Resolvi falar mais, ser mais descolada, mais charmosa, mais engraçada, mais viva na próxima vez em que conversássemos. "Bom, a gente se vê de manhã", ela disse e saiu batendo os saltos pelo corredor rumo à noite tormentosa lá fora.

A caminho de casa naquela noite, fiz um estoque de álcool para o meu pai na Lardner's, e então passei em uma farmácia para comprar balinhas de menta e um maço de cigarro para mim mesma. Eu raramente fumava, mas quando algo me deixava agitada, gostava de saborear um ou dois cigarros. Tentei tirar Leonard Polk da cabeça, ainda que sua imagem tocando em si mesmo na caverna tivesse me excitado. Aquilo era o que eu sempre torcia para ver quando espiava Randy, só um pequeno vislumbre de alguma obscenidade dele. Sacudi a cabeça em um gesto brusco, como se a imagem do menino fosse se desalojar do meu cérebro, disparar para fora das minhas orelhas e me deixar em paz. Eu não era pedófila — palavra de que me lembrava das aulas de latim anos antes. Examinando o corredor dos cosméticos, encontrei um tom novo de batom — um vermelho-sangue lustroso: Amante Passional. Enfiei no bolso. As mangas do meu casaco — que tinha sido da minha mãe — eram compridas e largas nos punhos, então era fácil para mim surrupiar quase qualquer coisa. Eu sempre fui boa em roubar. Ainda levo coisas do supermercado de vez em quando — fio dental, uma cabeça de alho, um pacote de chiclete. Não vejo grande problema nisso. Imagino que tenha perdido ou dado o suficiente na vida para compensar minhas dívidas.

Naquela noite, paguei, junto com um pacote humilhante de absorventes íntimos, um estojinho de pó compacto, o tom mais claro que tinham: Rainha da Neve. Uma revista de moda no mostruário do balcão do caixa também chamou a minha atenção. A capa mostrava uma mulher ossuda e melancólica fazendo biquinho com um chapéu de pele cinza, olhando para cima, como que para um estadista com ar de desaprovação. "Não é mesmo romântico...", dizia-se na capa. O chapéu de pele, eu pensei, parecia um gato doméstico. Coloquei o dinheiro no balcão. A moça do caixa me entregou o pacote de absorventes íntimos como se já estivessem sujos, empurrando com a ponta dos dedos para dentro do saco de papel que abriu como se fosse uma caverna sobre o balcão. Enfiou a revista em um saco achatado de papel separado, e eu gostei disso. De volta ao Dodge, ajeitei todos os pacotes de papel pardo no banco do passageiro. As garrafas de álcool, os absorventes, a revista. Tirei o batom do bolso e apliquei nos lábios sem economizar, às cegas. Quando cheguei em casa, meu pai disse: "Você andou beijando a bunda rosada de quem?". Então pegou as garrafas de debaixo do meu braço. "Não é a sua cor", ele desdenhou, e voltou cambaleando para a cozinha. Assim como Leonard Polk, eu não proferi nenhuma palavra.

Terça-feira

Uma mulher adulta é igual a um coiote: consegue se virar com muito pouco. Os homens são mais parecidos com gatos domésticos. Deixe-os sozinhos durante muito tempo e morrerão de tristeza. Ao longo dos anos, passei a amar os homens por essa fraqueza. Tentei respeitá-los como pessoas cheias de sentimentos, instáveis e bonitas. Eu escutei, reconfortei, enxuguei as lágrimas. Mas, sendo uma moça na Cidadezinha X, não fazia ideia de que outras pessoas — homens ou mulheres — sentiam as coisas com tanta profundidade quanto eu. Não tinha compaixão por ninguém, a menos que o sofrimento da pessoa permitisse que eu chafurdasse no meu próprio. Meu desenvolvimento foi muito retardado nesse aspecto. Acaso eu sabia que os meninos em Moorehead — assim como prisioneiros no mundo todo, aparentemente — podiam sofrer pressão dos guardas para lutarem à noite, eram obrigados a defecar nas próprias fronhas, eram rotineiramente forçados a se despir na frente dos oficiais de correção que cuspiam neles, lhes davam surras, amarravam, humilhavam e abusavam deles? Surgiam boatos, mas consequências nunca foram registradas. Eu mal notava que os meninos eram algemados pelos guardas quando eram levados e trazidos da sala de visitação. Por que meu coração doeria por alguém além de mim? Se havia alguém presa, sofrendo e sendo abusada, era eu. Eu era a única cuja dor era real. A minha dor.

Se aquela terça-feira no trabalho tivesse sido uma terça-
-feira típica, eu teria passado o dia inteiro sentada à mesa,
sem fazer nada, olhando para o relógio, tramando minha
fuga da Cidadezinha X pela centésima vez. Se eu deixasse
o Dodge em um posto de abastecimento em Rutland — até
mesmo ao lado de uma bomba de gasolina — e simplesmente saísse andando, com a cabeça coberta por um lenço,
e embarcasse no próximo trem da estação de Rutland para
Nova York sem ninguém reparar em mim, as pessoas da Cidadezinha X poderiam desconfiar que eu tinha sido raptada
por algum bandoleiro moderno, pensar que eu fosse ser encontrada sem cabeça em algum lugar do outro lado do país,
largada na beira da estrada em algum cenário de motel barato.
"Coitada da Eileen", meu pai lamentaria. Eu imaginava. Eu
sonhava. Mas, naquela terça-feira, eu não estava pensando
em nenhuma dessas coisas. Em vez disso, pensava em Rebecca, cuja chegada em Moorehead parecia uma doce promessa de Deus de que minha situação podia melhorar. Eu
não estava mais sozinha. Finalmente, aqui estava uma amiga
que eu podia admirar e com quem me abrir, que poderia entender a mim, às minhas dificuldades e me ajudar a superá-
-las. Ela era o meu ingresso para uma vida nova. E ela era tão
inteligente e bonita, eu pensei, a personificação de todas as
fantasias que eu tinha para mim mesma. Eu sabia que não podia ser ela, mas podia estar com ela, e isso bastava para me
deixar animada. Quando ela chegou naquela terça-feira, irrompendo das rajadas de neve daquela manhã gelada, tirou
o casaco como que em câmera lenta — é assim que eu me
lembro — e sacudiu como se fosse uma capa de toureiro ao
caminhar pelo corredor na minha direção, o cabelo esvoaçando atrás dela, os olhos feito adagas atravessando meu
coração até atingirem as entranhas. Ela era magia pura. Seu
casaco volumoso era de lã cor de carmim com gola de pele

cinza. Era o mesmo tipo de pele que eu tinha visto na capa da revista. Eu me levantei, nervosa, quando ela se aproximou, cheia de expectativa, como se eu fosse sua assistente, sua secretária, sua servente. Ela cumprimentou educadamente as senhoras de idade do escritório com um gesto de cabeça e me olhou nos olhos a caminho do vestiário, e foi para lá que eu a segui.

Eu tinha me arrumado para a ocasião. A partir do guarda-roupa da minha mãe, compus um conjunto que julguei me deixar com um visual mais cosmopolita — azul-marinho, é claro. Até coloquei um colar de pérolas falsas. Escovei o cabelo e passei meu batom com mais cuidado naquela manhã, passando pó compacto nas beiradas da boca para que ficasse no lugar. Me lembro disso porque, como eu disse, eu era obcecada pelo meu visual. Por ironia, apesar da minha preocupação, a minha aparência na maior parte dos dias era desmazelada, até ofensiva. "Uma desgraça", dizia meu pai. Mas eu achava que estava bem melhor naquela manhã. A palavra que eu teria usado provavelmente seria "caprichada". De todo modo, segui o som dos saltos delicados de Rebecca batendo contra o piso de linóleo e, no vestiário, ela se virou para mim e disse: "Pode me ajudar a abrir meu armário de novo? Parece que não consigo". Ela ergueu as mãos compridas e agitou os dedos nas luvas cinza cor de pombo e bem justas. "Parece que eu só tenho polegares", ela disse. Essa incapacidade era algum tipo de flerte, acho, uma manipulação de papéis para me manter a serviço dela, apesar de eu não ter sido capaz de compreender isso na ocasião. Me senti perfeitamente contente de girar o disco com delicadeza, corada como se meu talento para abrir um armário fosse um sinal de grande virtude.

"Mas como é que você sabe a minha combinação?", ela perguntou.

O armário abriu com um barulho metálico agudo. Dei um passo para trás, cheia de orgulho.

"Todas as combinações são iguais", eu disse a ela. "Mas não conte para s velhas. Elas todas teriam ataques."

"Você é engraçada", Rebecca disse e franziu o nariz. Ela carregava a pasta executiva e uma bolsinha de couro, de onde tirou cigarros que enfiou no bolso do suéter. O suéter dela dava a impressão de ser tão macio — devia ser angorá, caxemira — que parecia flutuar à sua volta como algodão-doce. Naquele dia, apenas a segunda vez que eu a via, ela usava vários tons de roxo diferentes: lavanda, violeta, malva. Se ela fosse qualquer outra mulher, eu teria achado que era uma atrevida, com aquele vestido tão justo, tão elegante, completamente inapropriado para o trabalho em uma prisão. Afinal de contas, aquilo não era uma noite romântica. Mas Rebecca não era nada atrevida. Ela era divina. Fiquei olhando para a dobra elegante do seu braço quando pendurou o casaco no armário.

"Sei que é errado usar pele", ela disse ao perceber que eu a olhava fixo. "Mas não consigo evitar. Chinchila." Ela deu tapinhas na gola do casaco dentro do armário como se fosse um gato.

"Não, não", eu disse. "Só estava admirando a sua cigarreira."

"Ah, obrigada", ela disse. "Foi um presente. Está vendo? Tem as minhas iniciais." Ela tirou do bolso e me mostrou. Era uma cigarreira prateada e estriada, do tamanho de um baralho. A minha vontade era perguntar: "Presente de quem?", mas segurei a língua. Ela abriu e me ofereceu um cigarro. Eram da marca Pall Mall, grossos e sem filtro, e o cigarro mais forte que eu já fumei. Foi o que fumei durante muitos anos mais tarde na vida, sempre bastante comovida pela beleza inesperada do lema escrito no logotipo — um escudo entre dois leões: *Per aspera ad astra*. Através dos espinhos até as estrelas. Isso descrevia as minhas dificuldades ao pé da letra, eu pensava na época, apesar de, é claro, não ser verdade. Rebecca acendeu o meu cigarro com um floreio do pulso. Isso me deixou emocionada. Quando ela acendeu o próprio cigarro, deixou a cabeça pender para o lado feito um passarinho pensativo, sugando as bochechas ligeiramente. Me lembro disso tudo com precisão. Eu estava apaixonada por ela, obviamente. E sentia, de certa maneira, que só de a conhecer eu já estava sendo promovida para longe da angústia. Eu estava fazendo algum progresso.

"Eu não costumo fumar", eu disse e me engasguei um pouco, apesar de estar com um maço de Salem na bolsa.

"Péssimo hábito", Rebecca disse, "mas é por isso que eu gosto. Não é muito atraente em uma dama, no entanto. Amarela os dentes. Está vendo?" E ela se inclinou na minha direção, puxando o lábio inferior com o dedo, esticando as gengivas para me mostrar o interior da boca. "Está vendo as manchas? São de café e cigarro. E de vinho tinto." Mas seus dentes eram perfeitos: pequenos e brancos como papel. As gengivas eram rosadas e lustrosas, e a pele do rosto era milagrosamente suave, igual à de um bebê, sem imperfeições e radiante como a luz. A gente vê mulheres assim de vez em quando: tão lindas quanto crianças, imaculadas, de olhos arregalados. As bochechas eram cheias, mas firmes, alegres. Os lábios eram rosa-claros e arqueados, mas rachados. Fiquei levemente decepcionada com essa pequena imperfeição e, no entanto, me senti redimida.

"Eu não tomo café", eu disse, "então acho que deveria ter dentes perfeitos. Mas são todos cariados por causa da minha propensão a doces." Essa palavra, *propensão*, não fazia parte do meu vocabulário do dia a dia na época, e foi estranho dizer aquilo, e temi que Rebecca enxergasse de cara a minha tentativa de parecer inteligente e desse risada de mim. Mas o que ela disse a seguir fez meu coração quase explodir de êxtase.

"Bom, eu nunca imaginaria de olhar para você!" Ela abriu um sorriso amplo e levou às mãos à cintura. "Você é magérrima, com toda a certeza! Eu admiro tanto isso, como você é mignonne." Aquilo foi o céu. E então ela prosseguiu. "Eu também sou magra, é claro, mas alta e magra. Ser alta tem suas vantagens, mas a maior parte dos homens simplesmente é baixa demais para mim. Você já reparou, ou sou eu que estou imaginando coisas, que os homens hoje em dia estão ficando cada vez mais baixinhos?" Assenti e revirei os olhos em solidariedade, apesar de eu não ter como responder àquela pergunta. Ela colocou a bolsa no armário e fechou a porta. "Parecem menininhos. É difícil encontrar um homem de verdade, ou pelo menos um homem que pareça ser um homem de verdade. Para ser sincera", ela começou a dizer — prendi a respiração —, "eu tinha esquecido a senha do meu armário. Mas não vou mais incomodar você. Deve ter coisa melhor para fazer, tenho certeza. Anotei na minha mesa. Agora, preciso achar o caminho de volta para a sala que me deram ontem. Também não vou pedir ajuda com isso. Eu devia ser capaz de seguir meu próprio faro. O cheiro de couro antigo." Ela fez uma pausa. "Tem um sofá velho na sala do Bradley, vizinha da minha, sabe qual, o sofá desbotado. Que coisa mais freudiana", ela disse e arregalou os olhos com sarcasmo. "Que antiquado, quero dizer."

"Bradley?" Eu tinha me esquecido do substituto do dr. Frye, o dr. Bradley Morris, aquele careca. Será que ele era magricela? Será que era um homem de verdade de acordo com os padrões de Rebecca? Eu não fazia a menor ideia. Será que ela tinha algum envolvimento com ele?

"O psiquiatra novo", Rebecca disse. "Para dizer a verdade" — lá estava aquela frase mais uma vez —, "acho que a cabeça dele poderia dar uma encolhida, se é que você me entende." Demorei um momento para computar. Será que este era um comentário relativo a proporções? Eu era igual a um menino pubescente, lutando com as palavras. Ao ver minha expressão vazia, Rebecca disse, quase como quem pede desculpas: "Ele tem um cabeção, quero dizer. Mas estou brincando. Ele parece uma pessoa perfeitamente bacana".

Xinguei a mim mesma por ser tão devagar, tão densa. Eu queria explicar que era inteligente, que lia muito, que tinha feito faculdade, que sabia quem era Freud, que o meu lugar não era naquela prisão, que eu era excepcional, que eu era legal, mas pareceu mesquinho defender a mim mesma.

"Nunca estive dentro daquela sala", foi o que eu disse, em vez disso. "O dr. Frye sempre deixava trancada, só os meninos entravam lá." Eu não era espirituosa como ela. Eu era sem graça, banal e lerda. Tirando meu tamanho, eu não tinha como impressionar Rebecca, de jeito nenhum. Eu deveria ter feito perguntas sobre ela, qual eram seus planos para Moorehead, como ela se interessou por trabalhar em uma prisão, quais eram os seus objetivos, seus sonhos e ambições, mas minha cabeça não funcionava desse jeito naquela época. Eu não tinha modos. Eu não sabia como fazer amigos.

"Venha fazer uma visita a hora que quiser", ela disse, mesmo assim. "A menos, é claro, que a porta esteja fechada. Isso significa que estou com um dos meninos."

"Obrigada", eu disse. A minha intenção era soar profissional. "Dou uma passada na próxima vez em que estiver por lá."

"Eileen", ela disse, apontando o dedo para a minha barriga. "Certo?"

Fiquei muito vermelha e assenti.

"Pode me chamar de Rebecca", ela disse, deu uma piscadela e saiu batendo os saltos.

Eu podia ter me derretido de acanhamento e de êxtase. Ela tinha se lembrado do meu nome. Isso tinha enorme importância para mim. Eu tinha me esquecido completamente da ficha de Leonard Polk. Mais cedo, naquela mesma manhã, eu esperava que Rebecca a devolvesse, para o caso de a sra. Stephens perceber que não estava lá e me questionar. Mas que importância isso tinha agora? Eu tinha uma amiga de verdade: alguém que me conhecia, desejava a minha companhia, alguém a quem eu me sentia conectada. Repassaria aquela conversa com Rebecca, e todas as outras que tive com ela, repetidamente durante anos depois, quando me tranquilizava pensando no que aconteceria nos dias seguintes. Naquele momento, eu me senti feliz. Conhecer Rebecca era como aprender a dançar, descobrir o jazz. Era como se apaixonar pela primeira vez. Eu sempre tinha ficado esperando o meu futuro entrar em erupção ao meu redor em uma avalanche de glória, e agora eu sentia que aquilo estava acontecendo de verdade. Só foi preciso Rebecca, mais nada. *Per aspera ad astra.*

Tive que deixar de lado as minhas reflexões sobre o breve diálogo com Rebecca naquela manhã, já que era dia de visitação e eu tinha que trabalhar. Já havia um bando de mães e criancinhas chorosas sentadas com impaciência nas cadeiras na sala de espera quando voltei para a minha mesa. Me lembro que uma das mães estava ali para ver o filho de doze anos que tinha tocado fogo na casa da família. Era um menino baixinho, de bochechas cheias e cabelo castanho, pés chatos e o início de um bigode por cima do lábio superior. Prestei muita atenção naqueles pelos estranhos que cresciam ali. Os dele me faziam lembrar do meu próprio lábio superior. Eu costumava arrancar aqueles pelos rotineiramente com uma pinça. Com todo o tempo que eu desperdiçava arrancando pelos do meu rosto no espelho do banheiro, poderia ter escrito um livro. Poderia ter aprendido a falar francês. Minhas sobrancelhas sempre tinham sido finas e fracas, então eu não precisava depilar. Ouvi dizer que ter sobrancelhas fracas é sinal de indecisão. Prefiro pensar que seja a marca de um coração aberto, de um apreço pela possibilidade. Naquela revista de moda com o gorro de pele de gato, eu tinha lido que algumas mulheres desenham as sobrancelhas com lápis para ficarem grossas e escuras. Ridículo, pensei. Parada do lado de fora da sala de visitação, bati nas pontas ossudas do meu quadril com o punho fechado, um hábito que me dava segurança, de algum modo, quanto à minha superioridade, à minha grande força.

Quando o pequeno incendiário se sentou à mesa na frente da mãe, ele fez o que todos os meninos mais novos faziam. Cruzavam os braços e ficavam virados para a parede, se fechavam, fazendo bico e de olhos apertados, em uma frieza inalcançável. Mas, quando davam uma olhada no rosto sofrido da mãe, desmanchavam-se em lágrimas. O incendiário se desmanchou em lágrimas. Sua mãe tirou um lenço do bolso e entregou a ele do outro lado da mesa. Randy disparou sala adentro, estendeu uma palma da mão firme na frente do menino e bloqueou a mão estendida da mãe com a outra. "Desculpe", ele disse em tom monótono. "Isso não é permitido."

"Pode dar um abraço nele quando for embora", eu interferi, "mas não pode entregar nada a ele. É por segurança, para manter as crianças seguras." Eu tinha algum discurso ensaiado desse tipo.

Claro que a regra não existia para proteger as crianças de lenços. Eu sabia que o que tinha acabado de dizer simplesmente não era verdade. Mas eu era jovem o bastante e tinha sido escravizada o bastante pela minha educação em escola pública e pelo meu pai, com seu catolicismo, e tinha medo suficiente de ser castigada ou questionada ou distinguida como aquela que obedecia a todas as regras que existiam em Moorehead. Eu seguia todos os procedimentos. Batia ponto na entrada e na saída todos os dias, no horário.

Roubava coisas de lojas, era pervertida, pode-se dizer, e mentirosa, é claro, mas ninguém sabia disso. Fazia valer as regras ainda mais, afinal, por acaso isso não provava que eu vivia de acordo com um código moral elevado? Que eu era boazinha? Que jamais desejaria levantar a saia e esvaziar meu intestino solto por cima do linóleo todo? Eu compreendia perfeitamente que a regra que proibia os pais de dar presentes aos filhos servia para manter os meninos em estado de desespero. O diretor praticava proselitismo em toda ocasião possível. A lógica dele era bem sólida, eu acreditava. Apenas uma alma desesperada sentiria remorso por seus pecados, e se o remorso fosse profundo o suficiente, o menino se renderia e, portanto, poderia ser dobrado, finalmente disposto a ser transformado, ou pelo menos era o que o diretor dizia. As últimas pessoas na terra que eu colocaria a cargo de transformar qualquer outra pessoa seriam aquele diretor e o dr. Frye, ou o dr. Morris — apesar de nunca tê-lo conhecido —, ou, sinto dizer, Rebecca. Ela talvez fosse a pior de todas. Mas falo com a vantagem de olhar em retrospecto. No começo, sim, Rebecca era um sonho para mim, ela era mágica, era poderosa e tudo que eu queria ser. Então, nada de lenços. Nada de brinquedos, nada de gibis ou de revistas ou de livros. As crianças que chorassem. Ninguém me oferecia nenhuma ternura, afinal de contas. Por que qualquer um daqueles meninos devia ter a vida mais fácil do que a minha? Baixei os olhos para a virilha de Randy quando ele saiu andando da sala de visitação. Ele só chupou a saliva entre os dentes e suspirou.

"Está tudo bem", disse o pequeno incendiário enquanto enxugava o rosto com a barra do uniforme. Sua mãe choramingou. Lembro que ela usava um cachecol branco, e quando o cachecol caiu, vi que a pele do seu pescoço era grossa e marcada de cicatrizes cor-de-rosa e amareladas de queimaduras. O período da visitação terminou quando o relógio mostrou que sete minutos tinham se passado — as visitas tinham sete minutos de duração, e suponho que isso tivesse algum tipo de significado religioso —, e nesse ponto acenei para James, que levou o incendiário de volta à sala de recreação e trouxe o garoto seguinte. Randy ficou parado perto da porta enquanto eu coletava a assinatura final da mãe em prantos na saída. O amargor dela transpareceu na caligrafia. Ao passo que a primeira assinatura era limpa, cuidadosa, a assinatura da saída era violenta, cheia de pontas e apressada. Era sempre assim. Todo mundo tinha sido destruído. Todo mundo sofria. Cada uma daquelas mães tristes exibia algum tipo de cicatriz: uma medalha de dor para atestar a mágoa por seu próprio filho, a própria carne da sua carne e o sangue do seu sangue, estar crescendo na prisão. Eu fazia todo o possível para ignorar tudo aquilo. Tinha que ser assim, se eu quisesse agir com normalidade, manter minha compostura indiferente. Quando eu ficava muito perturbada, quente e tremendo, tinha um modo específico de me controlar. Encontrava uma sala vazia e rangia os dentes e beliscava os mamilos enquanto chutava o ar feito uma dançarina de cancã até me sentir tola e envergonhada. Sempre funcionava.

Algo me bateu enquanto eu observava Randy coçar o cotovelo e depois se recostar mais uma vez no batente da porta da sala de visitação: eu já não estava mais apaixonada por ele. Ao olhar para ele com olhos agora vitrificados por minha nova afeição por Rebecca, ele parecia um ninguém, um rosto na multidão, cinzento e sem sentido como um velho recorte de jornal de uma reportagem que eu tivesse lido tantas vezes que já não me impressionava mais. O amor pode ser assim. Pode desaparecer em um instante. Isso voltou a acontecer, também. Um amante abandonou o êxtase da minha cama para pegar um copo d'água e, quando voltou, me encontrou fria, desinteressada, vazia, uma desconhecida. O amor também pode reaparecer, mas nunca mais ileso. A segunda rodada é inevitavelmente acompanhada por dúvida, intenção, desgosto próprio. Mas que não está lá nem cá.

Quando James voltou, o menino que ele conduzia pelo corredor era, para a minha grande surpresa, Leonard Polk. Leonard caminhava como quem não quer nada, quase gingando, com as mãos algemadas às costas. Ele era mais alto do que eu esperava e tinha os braços e as pernas soltos com aquela suavidade desajeitada que os homens têm antes de o corpo enrijecer. Havia um saltitar estranho nos passos dele. O rosto estava alegre e relaxado, desperto e sereno de um jeito que o rosto de nenhum outro menino jamais tinha parecido, um ar livre de merecimento que eu me peguei admirando. Ele parecia satisfeito, impenetrável e calmo como se nada jamais pudesse incomodá-lo e, no entanto, tão inocente quanto a criatura silenciosa que eu tinha visto antes tocando-se distraidamente em sua caminha na caverna. Tentei achar algo em seu rosto, alguma coisa que aquela máscara de contentamento pudesse entregar, mas não havia nada. Ele era um gênio nesse sentido, um mestre. Sua máscara era a melhor que eu já tinha visto.

James acompanhou o menino pela parede de vidro da área de espera. Quando passaram pela sra. Polk do outro lado, Leonard sorriu. Imaginei esse menino no quarto escuro dos pais, parado sobre o pai adormecido com uma faca de cozinha, o luar bruxuleando na lâmina feito raios quando ele a baixou com força e rapidez, cortando a garganta do homem. Será que essa criatura estranha e maleável poderia ter feito uma coisa assim? Randy levou o menino para a sala de visitação, ajeitou-o na cadeira, soltou as algemas e se postou à porta.

"Sra. Polk?", chamei.

A mulher se ergueu do assento na área de espera e veio na minha direção. Me lembro dessa primeira visão dela com uma excelente clareza, apesar de ela ser absolutamente comum. Vestia calça preta com um vinco bem marcado, justa em volta das coxas inchadas. Seu suéter parecia uma manta de crochê, com os diversos quadradinhos de cores variadas alinhados sobre o peito e a barriga grande. Ela era repugnante, pensei, em seu desmazelo gordo. Não era uma mulher obesa, mas tinha uma bela pança e parecia inchada e cansada e nervosa. Caminhava rígida, balançando-se de um lado para outro a cada passo, como as pessoas gordas fazem, e carregava um casaco marrom pendurado no braço, sem bolsa. Quando ela entrou na sala, reparei em alguns tufos de algo branco enfiados na parte de trás do cabelo crespo, que estava bem preso em um coque. O batom era de um tom de fúcsia barato e bastante falso. Fiquei olhando fixo para seu rosto, tentando determinar que tipo de inteligência existia ali. Como ela era uma mulher acima do peso, parti do princípio de que era uma idiota — eu ainda tinha a tendência de julgar esse tipo de gente como pessoas glutonas, tolas —, mas seus olhos eram de um azul límpido, aguçados, com o mesmo toque estranho dos olhos do filho. Vi a semelhança nos olhos, nas sardas, nos lábios fazendo bico. Ela pareceu nervosa ao entregar o casaco para Randy enquanto eu a apalpava. A palma da minha mão pousou com um baque na parte baixa da coluna dela, que era macia e larga. Segurei um impulso estranho de abraçar a mulher, tentar fornecer um pouco de consolo. Ela parecia tão deselegante, tão lamentável, feito uma porca à espera do abate.

"Tudo certo", eu lhe disse. Ela pegou o casaco de volta e se sentou à mesa, na frente de Leonard, ou Lee, como era chamado. A sra. Polk estava com os olhos agitados. O menino só sorriu. Olhei da mãe para o filho. Se a teoria de Édipo de Rebecca estivesse correta, talvez eu tivesse julgado muito mal o tipo de mulher que os rapazes achavam atraentes naquele tempo, porque não imagino que a sra. Polk fosse alguém por quem outra pessoa mataria. Mas, bom, talvez Lee Polk tivesse perdido a cabeça. Era impossível saber o que ele podia estar pensando. A máscara dele não se abalou. Não era a minha máscara mortuária de pedra sem expressão, nem era a pose rígida e alegre que fazia sucesso entre donas de casa e outras mulheres tristes e transtornadas. Não era a máscara feroz de menino mau usada para afastar ameaças em potencial com a promessa de violência e raiva fervente. Também não era a doçura tímida dos homens que fingem ser tão fracos, tão sensíveis que se desmanchariam se alguém alguma vez os desafiasse, ainda que só um pouquinho. A aparência de contentamento calmo era uma máscara peculiar, única em sua falsidade, porque não parecia nem um pouco falsa.

Na tentativa de não chorar, parecia, a sra. Polk fechou os olhos bem apertados e soltou a respiração. Depois de um momento, ela cruzou as mãos e as pousou sobre a mesa, então abriu a boca para falar. Mas nesse instante, do corredor, passos ruidosos que batiam no piso fizeram com que todos nós nos virássemos. Era Rebecca. Lá vinha ela caminhando a passos firmes na nossa direção. Ela segurava um caderno em uma mão, um cigarro na outra. A sra. Polk, Randy e eu ficamos paralisados quando ela se aproximou, primeiro uma silhueta trêmula, depois uma visão em tom de lavanda, cabelo castanho-avermelhado solto balançando ao redor dos ombros. Quando ela chegou mais perto, estava séria e quieta, e vi que seus dedos prendiam o caderno como as pernas de um lagarto agarrado a uma pedra. Havia uma tensão nela. Ela tentou sorrir, os olhos nervosos e brilhantes. No final das contas, ela era humana e neurótica por trás daquela beleza. Isso era reconfortante. A coincidência do momento que ela escolheu para aparecer me surpreendeu. Será que ela tinha convidado a sra. Polk? O que Rebecca tinha feito com a ficha de Leonard? Ela fez um gesto com a cabeça para mim e Randy e se postou entre nós dois diante da porta aberta, segurando o caderno junto ao corpo. Enquanto observava a mãe e o filho ali sentados, ela escrevia sem parar, sem olhar para o papel, batendo a cinza do cigarro no chão distraidamente enquanto ele queimava até chegar aos seus dedos.

A sra. Polk ficava com o nariz empinado enquanto falava. Não me lembro do que ela lhe disse, mas não foi muita coisa. Isso e aquilo sobre os primos dele, talvez algo relativo a dinheiro. Nada importante. O filho permaneceu em silêncio. A certa altura, a sra. Polk soltou um suspiro de frustração e ficou olhando fixo para a parede, exasperada. Quando tentei espiar por baixo da mão de Rebecca para ler o que ela estava escrevendo, parecia um monte de rabiscos. Como eu nunca tinha visto taquigrafia antes, achei que fosse só um monte de bobagem, linhas em um papel que ela tinha inventado só para parecer que estava fazendo anotações. Eu não entendi nada. O dr. Frye, quando aparecia para observar as visitas da família, nunca tinha feito anotações. Fiquei imaginando, claro, o que Rebecca estava fazendo ali. O dr. Bradley nunca apareceu por ali, nem uma única vez.

Depois de um minuto de silêncio, com o menino olhando fixo para as mãos da mãe na mesa entre os dois, a sra. Polk ergueu o rosto, encarou Lee bem nos olhos. As rugas dela eram longas e flácidas, como se o rosto algum dia tivesse sido maior, mais cheio, mas tivesse desinflado e deixado para trás dobras profundas que mais pareciam trincheiras cavadas. Ela começou a chorar. Se eu ouvi o que ela disse, não me lembro com precisão, mas deduzi que fosse algo do tipo: "Como você pôde fazer isso comigo?", em tom de voz lamentoso e suave. Então limpou a garganta e soltou um gemido alto. Suas mãos eram pequenas e vermelhas e rachadas, vi quando ela pegou um lenço de papel. Assoou o nariz nele e depois o amassou em uma bolinha, igual a uma criança irritada, e voltou a enfiar no bolso com violência. Naquele momento, ela lembrou a minha mãe e suas rápidas variações de humor, o jeito como em um minuto ela era um raio de sol cantarolando e, no segundo, estava xingando a roupa suja no porão, chutando as paredes. Era esse tipo de duplicidade: falar de um jeito, mas agir de outro. Rebecca tinha parado de rabiscar e estava com o peso apoiado em uma perna, torcendo o outro salto no chão, amassando a bituca de cigarro. Randy olhou para aquele pé exagerado e coquete com o canto do olho, ou pelo menos acho que olhou. Rebecca estava com o lápis na boca, e quando me virei de frente para ela, vi sua língua bem para cima e uma bolha de saliva estourou quando seus dentes se fecharam na borracha na ponta do lápis. Fiquei profundamente magoada ao ver a parte de dentro da boca dela daquele jeito, a boca de uma criança, rosada, borbulhando de juventude e beleza. Queimei de inveja. Claro que Randy escolheria Rebecca em vez de mim. Ela era fácil de amar. Coloquei minha máscara mortuária, fervendo por baixo de vergonha. Quando os sete minutos de Lee terminaram, bati na moldura da porta e Randy fez um gesto para que Rebecca se afastasse para que a sra. Polk pudesse sair. Mas, antes, a sra. Polk se assegurou de deixar algumas lágrimas caírem na mesa e então disse, mais para nós do que para o filho: "Eu me culpo". Lee ergueu os olhos para o relógio, inabalável.

Fui atrás da sra. Polk de volta ao escritório, mas me virei para observar enquanto Rebecca entrava na sala de visitação e se instalava na cadeira da mãe, agora vazia, perto da de Lee. Ela falou com ele, e o sorriso dele se desfez. Ele assentia com a cabeça enquanto escutava. Parecia que os dois tinham uma relação íntima, mas quando isso poderia ter se desenvolvido? Rebecca tinha acabado de chegar a Moorehead e já estava se aproximando tanto, inclinando a cabeça abaixo da dele, as sobrancelhas erguidas, os olhos brilhando e examinando os dele. Conduzi a sra. Polk na direção do balcão, lhe entreguei uma caneta e observei enquanto ela assinava o nome: Rita P. Polk. Não foi com caligrafia raivosa. Foi com letra casual, despreocupada — irrelevante. Ela não se virou para olhar para o filho, só piscou pesado, suspirou como se estivesse batendo o ponto para sair do trabalho, então jogou o casaco por cima dos ombros e saiu caminhando pelo corredor. Imaginei que ela voltaria para casa e faria mais um casaco horroroso de crochê, xingando e rangendo os dentes cada vez que errava um ponto. Fiquei com pena dela. Eu sabia por instinto que aquela mulher, aquela viúva, não tinha outros filhos.

De acordo com o protocolo, fiz um sinal para James se preparar para a visita do próximo menino. Mas Rebecca ainda estava conversando com Lee. Ele tinha virado para o outro lado e suas mãos estavam pousadas sobre a mesa. Entrei na sala para pedir que eles se retirassem, de repente cheia de coragem. Foi então que vi a palavra tatuada com clareza nos dedos de Lee. Era "AMOR". Isso me perturbou profundamente. Eu não disse nada, mas observei enquanto o menino fungava e quando enxugou com brutalidade uma lágrima da bochecha com as costas da mão. Rebecca pousou a mão em seu ombro. Então colocou a outra mão no joelho dele embaixo da mesa. Assim, à vista de todos, e comigo ali parada, ela ousou se aproximar tanto do menino, tocando nele daquele jeito, abaixada de um modo que, se ele simplesmente erguesse os olhos, poderia espiar por dentro de sua blusa, poderia facilmente erguer o queixo para levar os lábios ao encontro dos dela. Fiquei olhando, descrente. Será que eles realmente não repararam em mim? Como é possível o menino não ter se agitado e recuado? Ele parecia bem à vontade, para falar a verdade. Como é que eu poderia interromper? Fixei os olhos no chão. Quando James voltou com a criança seguinte, bateu de leve na moldura da porta.

"Desculpe", consegui dizer, "mas precisamos da sala."

"Claro", Rebecca respondeu. Então falou baixinho com Lee. "Podemos conversar mais na minha sala. Quer uma coca?" Lee assentiu. "Vou pegar uma coca para você", ela disse. Quando eles se levantaram, Randy entrou com algemas. "Ah não", Rebecca disse. "Isso não é necessário." E ela pegou Lee pelo braço e o conduziu pelo corredor, deixando James estupefato e corado até eu limpar a garganta e apontar para o menino novo ao seu lado. Observei os passos agora desanimados de Lee quando eles se afastaram. Foi tão estranho, e aquilo me irritou porque eu não conseguia entender o que tinha acontecido e por que Rebecca parecia se preocupar mais com aquele Lee Polk do que comigo.

Durante o resto do período de visitação, repassei a cena na cabeça vez após outra: Rebecca debruçada tão perto do menino, o cabelo lhe caindo pelas costas e pelos ombros, tão perto que ele com certeza era capaz de sentir o cheiro do xampu, do perfume, do hálito, do suor dela. E ela deve ter sentido a reação dele, a tensão no ombro se intensificando embaixo de sua mão, o peito subindo e descendo a cada respiração, o calor emanando dele. Mas, daí, colocar a mão no joelho dele, eu não podia imaginar o significado que aquilo poderia ter. Se eu não estivesse presente, se eles estivessem sozinhos, será que a mão dela teria começado a massagear a coxa do menino, percorrendo a costura interna da calça, aninhando nas partes íntimas dele? Será que ele teria tirado o cabelo de Rebecca da frente e seus lábios teriam se separado enquanto ele cheirava o pescoço dela? Será que teria beijado o pescoço dela, segurado seu rosto entre as mãos quase de homem, passando os dedos, AMOR, pelos pulsos finos dela e subindo pelos braços até os seios, beijando, puxando

Rebecca para perto, sentindo todo o corpo dela, quente e macio e inteiro ali em seus braços? Será que eles teriam feito tudo isso?

Fantasiei o melhor que pude, primeiro com ciúme de Rebecca, depois de Lee, e passando de um para outro na medida em que considerava seus papéis e como tinham me traído, porque eu já resolvera que Rebecca era minha. Ela era meu prêmio de consolação. Ela era minha passagem para sair dali. O comportamento dela com esse menino de fato ameaçava tudo. Será que era isso que tinham ensinado Rebecca a fazer em Harvard? Conquistar esses meninos com charme e afeição para depois educá-los? Talvez esse fosse algum novo meio, eu tentei pensar, algum tipo de pensamento libertário. Mas, quanto mais eu refletia, mais louco parecia. O que ela dizia a ele? Será que podiam ter se aproximado tanto em questão de dias? O que Rebecca tinha feito ou dito para conquistar a confiança de Lee? Imaginei a cena na sala de Rebecca. Queria saber o que estava acontecendo. Visitantes entraram e saíram. Eu me sentia enjoada de abandono. Eu também era muito dramática. Achei que devia deixar os dois ali mesmo, para me poupar de mais angústia. Mais uma vez, imaginei jogar meu Dodge do penhasco para as pedras junto ao mar. Não seria emocionante? Não seria uma maneira de mostrar a todos que eu era corajosa, que estava cansada de seguir as regras deles? Eu preferia morrer a ficar lá parada, estar entre eles, andar de carro por suas ruas asseadas, ou ficar sentada naquela prisão certinha: não, eu não. Quase chorei ali parada. Até Randy, lindo e cheirando a fumaça e a couro engraxado, não era capaz de me animar.

Mas foi então que eu vi: o caderno. Rebecca o tinha deixado no peitoril da janela atrás da mesa. Então, quando a última visitante foi embora, peguei o caderno e saí pelos corredores na direção da sala de Rebecca, bem contente de ter encontrado uma desculpa tão boa para bisbilhotar. Eu tinha esperança de que Lee ainda estivesse ali dentro com ela e eu pudesse pegar os dois em flagrante. Não sei o que esperava encontrar, mas encostei o ouvido na porta, me esforçando para ouvir suspiros e gemidos, ou seja lá que barulhos as pessoas produzissem enquanto faziam amor. Eu nunca tinha ouvido os meus pais fazerem amor. Se eles faziam amor, faziam em silêncio, como ladrões de banco, como cirurgiões. Eu não ouvi nem senti nada. Bati na porta da sala de Rebecca.

"Ah, Eileen", ela disse alegre ao abrir a porta. "Está tudo bem com você?"

Dei um passo para trás, me sentindo como uma criança, um incômodo. Estendi o caderno em sua direção. Ela pegou, agradeceu, disse esperar que eu não tivesse lido.

"Claro que eu não li", disse a ela. Eu não poderia ter lido, de todo modo: aqueles garranchos eram indecifráveis.

"Estou brincando", ela deu risada. "Meu livro de segredos." Ela agarrou o caderno junto ao peito. Ela tinha um jeito de dar risada, com a cabeça jogada para trás, o maxilar tão liso e branco e rígido, como se coberto de porcelana, os olhos primeiro apertados em êxtase, depois arregalados e enlouquecidos — olhos diabólicos, olhos lindos —, em seguida o rosto baixo, radiando de afeto ou desdém, eu não sabia dizer. Me virei para me retirar, mas ela me deteve ao pousar a mão no meu ombro. Isso causou calafrios na minha espinha. Fazia anos que ninguém me tocava assim. Eu a perdoei imediatamente por me trair com o menino. Pude ouvi-lo lá dentro, limpando a garganta.

"Diga uma coisa", ela começou. "Está a fim de um drinque depois do trabalho hoje à noite? Eu não conheço ninguém aqui nesta cidade desgraçada e adoraria convidar você para tomar um coquetel, se você estiver a fim."

O jeito como ela falava era tão cheio de frases feitas, tão planejado, que me inspirou a usar frases feitas também. "Diga uma coisa." Ninguém falava assim, na verdade. "Um coquetel." Se ela parece nada sincera, é porque agiu assim. Foi tremendamente arrogante e, mais tarde, pensando bem, achei que tinha insultado a minha inteligência ao me vender seu discurso ensaiado. "Essa desgraça toda." Mas, ao mesmo tempo, senti que estava sendo convidada a entrar em um mundo de elite de gente bonita. Fiquei envaidecida. E fiquei transtornada. Eu nunca tinha recebido um convite assim na vida, então isso foi tão emocionante e tão apavorante quanto ouvir alguém dizer: "Eu te amo". Me senti cheia de gratidão. Não pensei no meu pai, nas minhas obrigações da noite, em nada disso. Só respondi: "Tudo bem".

"Tudo bem? Estou forçando você a alguma coisa?", Rebecca brincou. Ela deixou a porta abrir um pouco. Enxerguei Lee Polk sentado em uma cadeira na frente da mesa dela, examinando um álbum de fotos grande. Quando ele me viu, ergueu o álbum para esconder o rosto.

"Claro", eu disse. "Que tal no O'Hara's por volta das sete?" Fiquei chocada ao ver como as palavras saíram fácil da minha boca. Torci para que minha máscara mortuária não tivesse me traído, rezei para parecer descolada. O O'Hara's não passava de um buraco escuro com reservados de madeira maciça, um lugar que a classe baixa local frequentava. A clientela de sempre era formada por policiais e bombeiros e estivadores que exalavam um cheiro forte de suor e de sal. Duas mulheres solteiras em um lugar como o O'Hara's inspirariam olhares estranhos ou coisa pior. Mas eu estava a fim. Eu era um peão e eu era uma criança, mas não era covarde. "É o único bar da cidade", completei.

"Parece perfeito", Rebecca sussurrou. Ela fez uma careta brincalhona, conivente. "A gente se vê lá. Estou contando os minutos! Será que é essa a expressão?" Ela fechou a porta.

Então, tinha alguma coisa ali. Você precisa se lembrar que eu era aquilo que se poderia chamar de uma perdedora, uma quadrada, uma palerma. Eu era uma estraga-festa. Nunca tinha saído à noite. Até na faculdade, os bailes eram vigiados, e entre as meninas do meu alojamento havia a ideia de que se afastar da multidão significava que você era uma vagabunda, uma prostituta, uma pecadora, mesquinha, desgraçada, uma ameaça à civilização, má. Colocar o pé em um lugar como o O'Hara's teria sido considerado algo bem ruim. Mas se era algo que Rebecca faria, eu também faria. O que eu tinha a perder? Saí do trabalho mais cedo para ter tempo de ir para casa e trocar de roupa. Achei que devia colocar um vestido, fazer uma maquiagem, achar o perfume da minha mãe. Me arrumar toda era uma bobagem completa, claro. Sempre dá para ver quando uma mulher se arruma demais: ou ela está por fora, ou é louca.

Eu não era uma desconhecida no O'Hara's. Sandy, o atendente do bar, era um homem burrão de movimentos lentos, com cicatrizes profundas de acne e uma cruz de ouro, vivia dando em cima de todo mundo. Eu tinha estado no lugar um monte de vezes, primeiro quando era menina e era mandada para buscar meu pai depois de uma cervejada estendida após o expediente com os colegas policiais enquanto a minha mãe ficava esperando no carro, e depois como acompanhante sóbria quando ele ficava bêbado e se recusava a aceitar uma carona para casa. Me lembro de uma noite de outono específica quando eu tinha vindo da faculdade para passar o fim de semana em casa e a minha mãe me mandou até o bar para buscar meu pai. No caminho de casa ao longo das ruas iluminadas pelo luar, ele pousou a cabeça no meu ombro, disse que eu era uma boa menina, que ele me amava, que sentia muito por não poder ser melhor, que sabia que eu merecia um pai de verdade. No começo, fiquei comovida, mas daí a mão dele foi até o meu peito. Eu o afastei com facilidade. "Pare de frescura, Joanie", ele disse e se largou no assento. Nunca comentei isso com ninguém.

Antes de eu sair de Moorehead naquele dia, bebi todo o vermute do meu armário, então fui até a loja de bebidas para comprar mais gim e cerveja para meu pai e outra garrafa de vermute para mim. Eu precisava de um trago antes de me encontrar com Rebecca no O'Hara's, estava nervosa nesse grau. Em casa, pousei a sacola de bebida ao lado do meu pai, que estava dormindo na poltrona reclinável com o rosto amassado contra a almofada, as sobrancelhas erguidas, a testa franzida, o corpo retorcido e desajeitado embaixo do roupão de flanela. Corri para o chuveiro fazendo o menor barulho possível. Quero ser bem clara a esse respeito: eu não era lésbica. Mas sentia atração por Rebecca, ansiava pela atenção e pela aprovação dela e a admirava. Pode chamar de paixonite. Rebecca podia muito bem ser Marlon Brando, James Dean. Elvis. Marilyn Monroe. Diante de alguém assim, qualquer pessoa normal iria querer parecer bem, cheirar bem. Eu me preocupava com o que poderia acontecer se Rebecca quisesse se aproximar de mim como tinha feito com Lee. E se ela conseguisse farejar que eu estava menstruada e não tinha tomado banho? E se ela tivesse sentido esse cheiro inconfundível e não dissesse nada? Como, então, eu saberia se ela tinha sentido o cheiro ou não, e como eu devia agir para fingir que não sabia que Rebecca tinha sentido o cheiro? Minhas pobres partes íntimas. A prontidão do meu corpo para acomodar um bebê me parecia sem classe e vulgar, e eu achava que, se Rebecca fizesse ideia de que eu estava menstruando, eu ficaria humilhada. Eu morreria. Eu estava pensando nessas coisas enquanto me ensaboava.

Quando saí do chuveiro, envolvi o cabelo numa toalha e tentei escutar o som do meu pai se agitando no andar de baixo, na esperança de conseguir me esgueirar sem ter que falar com ele. A música mais bonita que escutei na vida foi o silêncio da casa naquela noite, só os canos batendo com suavidade, o vento uivando lá fora. Eu me vesti como sempre, usando o guarda-roupa da minha mãe, escolhendo o que achava que ficaria bem: um vestido preto de lã com gola alta, um broche de folhas douradas dentro de um círculo. Penteei o cabelo, que ainda estava molhado, passei minha cor nova de batom, vesti uma meia-calça nova roubada, e então fiquei parada, perplexa, na frente do armário cheio de sapatos da minha mãe, que são todos de um tamanho maior. Eu não tinha nenhum sapato além dos meus mocassins gastos e das minhas botas de neve, assim, calcei as botas de neve. Elas faziam com que eu me sentisse tola e sonsa, mas era inverno, afinal de contas. Escolhi uma capa preta da coleção de casacos de inverno da minha mãe, peguei a bolsa, fechei a porta com cuidado e corri para o carro. Estava tão frio que, quando cheguei à rua, meu cabelo estava com mechas congeladas. Elas batiam umas contra as outras fazendo barulho igual a insetos mortos enquanto eu dirigia com as janelas fechadas, sem respirar. Parei embaixo de um poste com a lâmpada quebrada na frente do O'Hara's, retoquei o batom no espelho retrovisor e deslizei sobre o gelo até o bar.

Quando abri a porta para a algazarra escura e quente, lá estava Rebecca, as pernas cruzadas em uma banqueta alta de bar, de frente para um reservado cheio de rapazes desmazelados. Todos pareciam estar suando um pouco, sorridentes, nervosos feito gatinhos e girando a cerveja no copo. Cada um deles estava vestido com a habitual jaqueta pesada de lã, cinza ou xadrez vermelho, e um gorro — ou de tricô, apertado na cabeça, ou com abas que caem por cima das orelhas — e tinham o rosto vermelho e a pele rachada por causa

148

do vento, do sol e do frio. Os quatro escutavam enquanto Rebecca discorria sobre algo que eu não conseguia escutar.

"Ah, Eileen!", ela exclamou, interrompendo a si mesma. Sua voz cantarolou através da fumaça e das musiquinhas de Natal que tocavam no jukebox — Perry Como ou Frank Sinatra, eu não sabia distinguir. Os rapazes do reservado ficaram imóveis, todos os olhos grudados em Rebecca e nenhum em mim quando caminhei até ela. Ainda assim, me senti importante, até mesmo como uma celebridade. Rebecca girou sobre a banqueta do bar, ignorando a plateia de admiradores, e acenou para mim como se fôssemos boas amigas que se encontravam depois de um período dramático de separação, como se ela estivesse apoiada na grade de algum navio de cruzeiro romântico, e eu fosse uma visão de alívio para olhos cansados, tanto sobre o que conversar. Ela bebia um martíni, e observei o jeito como ela segurava o copo, que dedos usava, o indicador e o mindinho erguidos no ar como se estivesse em uma noitada elegante. Ela estava absolutamente deslocada no O'Hara's. Estava usando a mesma roupa do trabalho, mas tinha penteado o cabelo em uma trança. Seu casaco estava acomodado sobre o assento da banqueta ao seu lado. Quando me aproximei, ela se virou, pegou o casaco e adicionou à pilha de gorro de pele e luvas de couro no assento à sua esquerda. "Eu tinha reservado estes dois lugares", ela disse, "para o caso de alguém tentar se sentar, sabe como é? Bom, pode se sentar aqui. O que você vai beber?"

"Vou tomar uma cerveja, acho", respondi.

"Uma cerveja, que gracinha", disse Rebecca. Aquilo era antiquado para ela, uma cerveja. Estava claro que ela era de uma família dita afluente, tão afluente que parecia não se incomodar nem um pouco com o que qualquer pessoa pensasse dela. Ela se motivava por algo além de dinheiro: valores pessoais, suponho. Mas, ao passo que ela tinha a desenvoltura e o refinamento inconfundíveis da classe alta, ou pelo menos de uma classe bem mais alta do que a minha e a dos ótimos clientes do O'Hara's, também havia nela algo bem pé no chão. O cabelo, principalmente a cor ruiva, o frisado, a beleza selvagem, impedia que ela parecesse esnobe. Sandy veio na nossa direção, secando as mãos com um pano. Jogou o pano por cima do ombro, apoiou o cotovelo no balcão e se inclinou na direção de Rebecca.

"Então, o que vai ser agora, querida?", ele disse, ignorando a minha presença. Rebecca mal olhou para ele. Para a minha surpresa, colocou a mão em cima da minha. A dela era quente e leve.

"Nossa, céus, você está absolutamente congelada", ela disse. "E o seu cabelo está molhado." Ela se voltou para Sandy. "Uma cerveja, por favor, e talvez também um uisquezinho para esquentar a minha menina. Que tal, hein?" Ela olhou para mim e sorriu. "Estou tão feliz por você ter saído." Ela deu um apertão na minha mão e se inclinou para trás como que para me examinar, com uma expressão estranha. Quando tirei a capa, ela disse algo como: "Nossa, quanto glamour".

Eu corei. Eu não era glamorosa. Ela estava sendo gentil, e isso me deixou acanhada. Bebi meu uísque. "Achei que ia ser difícil encontrar o lugar, mas aqui está", ela cantarolou, apontando para o tubarão-martelo empalhado na parede. "Não é engraçado? Na verdade, é meio triste. Bom, não tão triste." Ela estava falando qualquer coisa. Homens se levantavam e se apoiavam no balcão ao seu lado, mas ela parecia nem reparar. Alguém botou para tocar "Mr. Lonely" no jukebox, a música de Bobby Vinton. Eu sempre detestei essa música. Tomei minha cerveja em pequenos goles rápidos enquanto Rebecca reclamava do frio, das ruas cobertas de gelo, dos invernos da Nova Inglaterra. Eu me sentia agradecida só de estar ali sentada ao seu lado, escutando enquanto ela falava.

Depois de um ou dois minutos, seus olhos dispararam por todo o meu rosto. "Está tudo bem com você?"

"Ah, claro, está tudo bem", respondi. Rebecca olhava para mim cheia de expectativa, então pensei em algo que pudesse dizer a ela. "O meu carro está com um problema", foi a única coisa em que consegui pensar na hora. "Então, preciso andar com as janelas abertas, senão, enche de fumaça."

"Isso parece de fato horrível. Tome outro uísque. Eu insisto." Ela fez um sinal para Sandy, apontou para os copos vazios. "Seu marido não pode consertar para você?"

"Ah, eu não sou casada", eu disse a ela, envergonhada por Sandy poder me escutar. Mas é claro que eu não era casada. Ela só queria me provocar.

"Não quero ficar deduzindo. Algumas pessoas agem de um jeito esquisito com as solteiras." Ela falava com cuidado. "Pessoalmente, não sei qual é o problema. Eu mesma sou solteira." Ela bateu na haste do copo com as unhas. "Simplesmente não estou interessada em casamento."

"Não conte para aqueles caras", eu disse, impressionada com minha própria sagacidade. Eu estava de olho nos rapazes do reservado, que cochichavam em tom de segredo; pareciam estar avaliando as opções, planejando algo. Todos eles me pareciam familiares — podiam ser amigos de Joanie —, mas eu não sabia o nome deles.

"Você é engraçada, sabia?", Rebecca prosseguiu. "Eu sempre fui solteira. E quando tenho um cara por perto, é só por diversão e é breve. Não passo muito tempo em lugar nenhum, com nada. É um pouco o meu modus vivendi, ou a minha patologia — depende do interlocutor." Ela fez uma pausa, olhou para mim "Com quem eu estou falando? Para quem estou tagarelando?", ela arregalou os olhos em uma expressão cômica.

"Eileen", respondi, toda inocente, então corei ao perceber que ela só estava fazendo piada com a minha reticência.

Fiquei contente por Rebecca não ser casada nem estar procurando marido. Era isso que as moças faziam naquela época: caçavam marido. Imagino se ela chegou a se casar. Gosto de imaginá-la com um marido baixinho, narigudo — um judeu, provavelmente — porque acho que era disso que ela precisava, alguém inteligente e sério e neurótico, que não se impressionasse com sua simpatia e mordacidade. Um homem controlador. Sandy pôs bebidas novas na minha frente.

"Coloque tudo na minha conta", Rebecca disse, apontando para os meus copos com movimentos circulares.

"Está na conta deles", Sandy disse, apontando com a cabeça para a mesa dos homens.

"Ai, meu Deus, não", Rebecca disse. "Não funciona assim. Aqui está um sinal." Ela fez deslizar uma nota de vinte dólares pelo balcão. Sandy deixou-a lá e preparou mais um martíni para ela, provavelmente o segundo martíni que tinha preparado na vida. Eu me lembro dessas cenas com muita clareza e as relato porque acho que dizem algo a respeito da maneira como Rebecca me atraiu quando eu era nova, como ela conseguiu conquistar a minha confiança. Primeiro, ela despertou minha inveja, depois se esforçou para acabar com ela. Ao dispensar completamente os homens do bar, e depois todos os homens em geral, ela desfez as minhas suspeitas iniciais a respeito de seu relacionamento com Lee Polk e arrefeceu meu medo de que pudesse roubar Randy de mim. Ela deu um gole na bebida, cutucou a nota de vinte dólares que tinha posto no balcão. "Os homens e seu dinheiro." Ela sabia exatamente o que dizer. "Mas chega de falar de mim", ela disse. "Quero saber de você. Há quanto tempo você trabalha em Moorehead?"

"Três, quatro anos?", eu mal era capaz de contar. Na presença de Rebecca, meu passado parecia se achatar até desaparecer.

"Era só para ser temporário, quando voltei para cá durante um período quando minha mãe adoeceu", expliquei. "E daí ela morreu e eu simplesmente continuei na prisão. E o tempo simplesmente passou voando", eu disse, entoando a voz para parecer alegre, engraçada.

"Ai, não. Ai, nossa", Rebecca sacudiu a cabeça. "Isso parece absolutamente horrível. Uma prisão não é lugar para o tempo passar rápido. Caramba. E a sua mãe morrer. Deve estar louca para sair daqui. Está?"

"Eu estou feliz aqui", menti e tomei um gole da cerveja.

"Sabe, eu também sou órfã", Rebecca disse. Não me dei ao trabalho de corrigir, dizer que meu pai ainda estava vivo. "Minha mãe e meu pai morreram quando eu era pequena. Afogados", ela disse. "Meu tio me criou no oeste, onde o sol brilha. Nunca vou entender como vocês todos fazem aqui, inverno após inverno. É mesmo de arrepiar, toda a escuridão, e tanto frio. Isso quase me deixa louca." Ela falou do mar, de como adorava a praia. Quando era criança, passava horas brincando no sol e na areia, e por aí vai. E então falou da mudança para Cambridge, contou que ela e as amigas remavam botes no rio Charles. Elogiou a folhagem, a história, fez chacota dos intelectuais — "os rígidos" —, disse que estava tendo "um caso amoroso estranho com a Nova Inglaterra". Nunca mencionou seus estudos em Harvard. Não falou absolutamente nada a respeito de sua vida profissional. "As coisas aqui parecem reais demais, não é verdade? Simplesmente não existe fantasia. E nenhum sentimentalismo. É isso que me fascina. Existem história e orgulho, mas muito pouca imaginação aqui."

Eu fiquei só escutando. Estava com meu uísque e minha cerveja e com Rebecca, e eu mal me importava em discordar da avaliação que ela fez do lugar, do meu lar. Eu só assentia. Mas é claro que ela estava totalmente errada. Nós, da Nova

Inglaterra, somos tensos, com certeza, mas nossa mente é forte. Usamos nossa imaginação com eficiência. Não desperdiçamos nosso cérebro em noções mágicas nem em frescuras inúteis, mas temos, sim, a capacidade de fantasiar. Poderia citar inúmeros pensadores e escritores e artistas como exemplos. E lá estava eu, afinal de contas. Eu estava ali. Mas não falei muito. Só fiquei lá sentada, muda, torcendo o pé ao ritmo da música. Depois de um tempo, ela disse: "Peço desculpa. Eu bebi demais. Minha tendência é falar demais quando bebo."

"Tudo bem", eu disse e dei de ombros.

"Melhor do que falar pouco demais", ela disse e piscou para mim. "Só estou brincando." Ela girou na banqueta do bar e acertou minhas pernas antes que eu tivesse a oportunidade de me ofender. "O silencioso de verdade é aquele Leonard Polk. Você viu o menino hoje?"

Assenti. A coincidência do novo interesse de Rebecca em Lee Polk com o surgimento repentino da mãe dele em Moorehead ainda me parecia estranha, mas não achei que fosse meu papel fazer perguntas. Afinal de contas, eu era apenas uma secretária.

"Que conclusão você tirou daquela cena com a mãe dele?", Rebecca perguntou. "Foi estranho", ela apertou os olhos para mim, "você não achou?"

Dei de ombros. Suponho que eu ainda estava envergonhada de ter observado o menino na caverna. Só de lembrar a aparência dele através daquela janelinha fez meu coração bater mais rápido: as mãos se movendo embaixo do uniforme, os olhos semicerrados e sonolentos. Aquilo me deixou excitada, ali mesmo. A vergonha da excitação, a excitação da vergonha. "Não sei", comecei a dizer. "Talvez ele tenha parado de falar porque não tinha nada de bom a dizer. Sabe como é, o que dizem às crianças: Se não consegue pensar em nada de bom para dizer, não diga nada."

"As pessoas dizem isso às crianças?" O rosto de Rebecca se franziu de desgosto. "Bom, eu fiquei imaginando se por acaso Lee tinha algo a esconder, ou se tinha feito esse voto de silêncio como protesto contra seu encarceramento. Ou seria apenas para torturar a mãe, ser a pedra no seu sapato, já que não teve a oportunidade de cortar a garganta dela também? Li a ficha toda dele, sabe?"

"Acho que faz sentido", eu disse. "Não tem nada pior do que quando alguém não fala com a gente. Pelo menos, é uma coisa que me deixa louca." Eu não contei a ela que meu pai passava dias em silêncio, me ignorando, os olhos vidrados como se eu fosse invisível, sem dizer nada por mais que eu implorasse para que ele respondesse. "O que eu fiz de errado? Por favor, me diga." Rebecca não me pressionou por detalhes.

"Mas ela pareceu irritada para você, a sra. Polk?", ela perguntou.

"Ela parecia aborrecida. Essas mães, elas estão sempre aborrecidas", disse a ela. Eu não tinha certeza aonde Rebecca queria chegar.

"Talvez o silêncio dele seja para o bem dela. O silêncio dele pode ser um tipo de caridade, sabe como é?" Ela sacudiu a cabeça, pensativa, examinou meu rosto em busca de uma resposta. Eu não tinha acompanhado o raciocínio dela, mas assenti, tentei sorrir. "Segredos e mentiras?", ela disse, enfiou o dedo na bebida e lambeu. "Vou dizer uma coisa, boneca", ela disse. Eu fiquei corada. "Algumas famílias são tão doentes, tão distorcidas, que a única saída é alguém morrer."

"Meninos sempre serão meninos", foi a única coisa em que pude pensar para dizer. Rebecca só deu risada.

"O diretor disse a mesma coisa hoje à tarde quando perguntei a ele a respeito de Leonard." Isso me surpreendeu. Ela terminou o martíni e então girou na banqueta do bar, ficou mais uma vez de frente para a mesa de homens. Ao acender um cigarro, sua postura se tornou angular e sedutora. Ela soprou a fumaça em uma pluma comprida que subiu até o teto baixo. "Eu perguntei a ele", ela começou a dizer com a voz modulada em um registro mais alto, os olhos apertados na direção dos homens, que pareceram se retesar, limpar a boca e se animar, "o que Leonard tinha feito para merecer tantos dias na caverna, como vocês chamam. E ele disse o que você disse, Eileen." Ela colocou a mão no meu joelho e a deixou lá, como se tivesse encontrado seu lugar de direito na minha perna. "Meninos sempre serão meninos. Aposto que o motivo foi de natureza sexual. Algo pervertido. Eles não gostam de contar essas coisas para nós, as moças. Leonard tem aquela cara. Entende o que quero dizer?", ela perguntou.

Fiquei chocada, é claro. Mas eu sabia exatamente o que ela queria dizer. Eu tinha visto "aquela cara" através da janelinha no dia anterior. "Sei, sim", eu disse a ela.

"Foi o que pensei", ela disse, deu uma piscadela e um apertão na minha coxa.

"Como você disse que se chama mesmo?", um dos homens berrou, interrompendo nosso momento íntimo. Rebecca ergueu a mão, levou até o peito, arregalou os olhos.

"O meu nome?", ela perguntou, descruzando e voltando a cruzar as pernas. Os homens se agitaram nos assentos, cheios de expectativa feito filhotinhos de cachorro. "Eu me chamo Eileen", ela disse. "E esta é minha amiga." A mão dela encontrou a minha, ainda gelada e largada no colo. "Vocês todos conhecem a minha amiga aqui?"

"E qual é o seu nome, gracinha?", um deles me perguntou. Não tenho como explicar como era divertido estar ali com Rebecca, uma mesa cheia de homens à nossa disposição. Pelo menos, foi o que pareceu.

"Diga aos meninos qual é o seu nome, boneca", Rebecca deu a deixa. Quando olhei para ela, ela piscou. "A minha amiga está tímida hoje à noite", ela disse. "Não seja tímida, Rebecca. Estes meninos não mordem."

"A menos que você nos peça para fazer isso", o primeiro homem respondeu. "Mas faltam alguns dentes ao nosso Jerry, aqui. Mostre para elas, Jerry." Jerry, o homem mais próximo de mim, sorriu e puxou o lábio para mostrar uma abertura cômica. "Vá com calma, Jerry", o amigo dele disse e lhe deu uns tapinhas no ombro.

"Como foi que isso aconteceu, Jerry?", Rebecca perguntou. Sandy colocou mais bebidas para nós no balcão. Bebi a minha rápido. Eu tinha tolerância moderada para o álcool, mas uma sede extrema por ele depois que começava. Eu provavelmente já estava bêbada àquela altura. "Brigou com a mulher?", Rebecca provocou.

Os homens deram risada. "É isso. Você acertou. O braço da velha dele é igual ao de Joe Frazier."

"Minha nossa", Rebecca sacudiu a cabeça, virou para pegar seu martíni, deu uma piscadela marota para mim. "A Jerry", ela disse e ergueu o copo. O restante brindou e comemorou e, durante o momento silencioso em que todos deram goles nas bebidas, olhei ao redor, estupefata com meu novo lugar no mundo. Lá estava eu, uma dama, celebrada e adorada.

"Digam uma coisa, cavalheiros", Rebecca prosseguiu. "Por acaso algum de vocês sabe consertar um escapamento quebrado? Vocês todos parecem bem habilidosos."

"Seu carro está com problema?", Jerry perguntou, falando com a língua presa feito um menino de doze anos.

"Não o meu carro", Rebecca respondeu. "O da minha amiga aqui. Explique para eles."

Sacudi a cabeça e me escondi atrás do meu copo de cerveja.

"Como disse mesmo que era seu nome, querida?", um dos homens perguntou.

"Rebecca", respondi. Rebecca deu risada.

"Está a fim de dançar, Rebecca?", ela me perguntou.

Como que por magia, o jukebox começou a tocar mais uma vez. Pousei o meu copo. Não sei dizer onde de repente encontrei coragem para dançar. Eu nunca dançava. Eu estava bêbada, é claro, mas, mesmo assim, fico estupefata de ver como Rebecca me puxou da minha banqueta com facilidade. Fui atrás dela até o pequeno espaço perto do jukebox, tomei as mãos dela na minha e deixei que ela me conduzisse, dando risadinhas e parando a cada poucos segundos, cobrindo o rosto de acanhamento e alegria enquanto gingávamos no embalo. Dançamos durante o que pareceu ser uma hora, primeiro melodias dançantes e rápidas, rindo, e depois valsamos pelo salão ao som de canções lentas de amor, no começo com sarcasmo, mas depois entramos no ritmo marcado e arrebatador da música. Eu, descrente, olhava fixo para o rosto sereno e melancólico de Rebecca, seus olhos fechados, suas mãos no meu ombro como um anjo e um demônio debatendo a lógica do desejo. Rebecca e eu nos movimentávamos juntas em um pequeno círculo enquanto dançávamos, e eu a enlacei pela cintura, só com os pulsos pressionados de leve contra seu corpo. Fiquei com as mãos rígidas e apontadas para fora, para que não tocassem nela. No começo os homens, em seu reservado, ficaram hipnotizados e se divertiram, mas depois cansaram. Nenhum deles tentou dançar conosco. Quando a música parou, minha cabeça rodava. Rebecca e eu voltamos a nos sentar com nossas bebidas. Ainda em transe e nervosa, virei o uísque e terminei a cerveja. "Para mim, chega", Rebecca disse e empurrou o martíni para longe. Eu bebi do copo dela também. Era gim.

Sandy se aproximou, contou o troco de Rebecca.

"Como vai o pai?", ele me perguntou.

"Ele é seu irmão?", Rebecca perguntou, chocada.

"Não, é só que ele conhece meu pai", expliquei.

"Cidades pequenas", Rebecca disse com um sorriso.

Eu nunca confiei em Sandy. Ele parecia ser terrivelmente bisbilhoteiro. Ele não é uma figura importante aqui, mas, para deixar registrado, o nome dele era Sandy Brogan e eu não gostava dele. Ele disse algo do tipo: "Não sei se é bom eu não ter visto seu pai faz tempo, ou se significa outra coisa".

"Significa outra coisa", eu disse e voltei a vestir minha capa, coloquei o capuz por cima da cabeça. Eu estava me sentindo muito atrevida. "Pode me dar um cigarro, por favor?" Sandy sacudiu o maço dele na minha direção e eu peguei um cigarro. Ele acendeu para mim.

"Que mulher", Rebecca disse.

"Esta é uma boa menina", Sandy afirmou e assentiu. Ele era um idiota.

Fiquei fumando sem jeito, segurando o cigarro como se fosse uma criança de nove anos, a mão rígida, os dedos estendidos, observando a ponta queimando, os olhos vesgos quando o levava até os lábios. Tossi, corei e dei risada com Rebecca, que me pegou pelo braço. Juntas, caminhamos para fora do bar, ignorando os homens ao sair.

Na rua, Rebecca se voltou para mim. A noite fria e gelada brilhava atrás dela, a neve e as estrelas eram uma galáxia de esperança e maravilhamento com ela no centro. Ela era tão viva e adorável. "Obrigada, Eileen", ela disse e olhou para mim de um jeito esquisito. "Sabe, você me lembra um quadro holandês", ela disse, olhando bem nos meus olhos. "Você tem um rosto estranho. Incomum. Simples, mas fascinante. Tem uma turbulência linda escondida nele. Eu adoro. Aposto que você tem sonhos brilhantes. Aposto que sonha com outros mundos." Ela jogou a cabeça para trás e deu aquela risada malévola, então abriu um doce sorriso. "Talvez vá sonhar comigo e com meu remorso da manhã, que, pode ter certeza, vai acontecer. Eu não devia beber, mas bebo. *C'est la vie.*" Observei enquanto ela entrou no carro — de cor escura, de duas portas, é tudo de que me lembro — e partiu.

Mas eu ainda não queria voltar para casa. A noite era uma criança e eu era amada. Eu finalmente era alguém importante. Então voltei para dentro do O'Hara's, passei pelo mesmo reservado de homens que estavam bêbados, dando risada, batendo na mesa, derramando a cerveja. Ocupei o assento que Rebecca tinha usado, sentindo só um indício do calor que ela tinha deixado para trás. Sandy deslizou um cinzeiro na minha direção, bateu um guardanapo de coquetel ao lado da minha mão fechada no balcão, vermelha por causa do frio. "Uísque", eu disse e amassei a ponta do cigarro.

A minha lembrança seguinte é de acordar de manhã, caída sobre a direção do carro, que eu tinha estacionado quase dentro de um monte de neve na frente da minha casa. Havia uma poça de vômito congelado ao meu lado, no assento. Minha meia-calça estava cheia de fios puxados. No retrovisor, eu parecia uma louca: o cabelo espetado em todas as direções, batom borrado pelo queixo. Assoprei as minhas mãos congeladas, apaguei os faróis. Quando estendi a mão para pegar as chaves, não estavam na ignição. Tinha perdido a capa, o porta-malas estava aberto, e a minha bolsa tinha desaparecido.

Quarta-feira

A casa estava trancada. Através das janelas, enxerguei meu pai adormecido em sua poltrona na cozinha, a porta da geladeira escancarada. Às vezes ele a deixava assim quando o calor do fogão e do forno o faziam suar. E, nos pés do meu pai, sapatos. À exceção dos domingos, quando ele era vigiado de perto pela irmã para ir e voltar da igreja, se meu pai estivesse calçando sapatos, significava que haveria confusão. Ele não era uma ameaça violenta, mas quando saía de casa, fazia coisas que o diretor da prisão chamaria de ofensivas do ponto de vista moral: cair no sono no gramado de alguém, dobrar ao meio os cartões-postais na farmácia, derrubar uma máquina distribuidora de chicletes. Entre suas indiscrições mais agressivas estavam mijar no tanque de areia do parquinho infantil, berrar para os carros na rua principal, jogar pedras em cachorros. Cada vez que ele saía de casa, a polícia o encontrava e o trazia de volta. Como eu estremecia ao som daquela campainha quando um policial da Cidadezinha X se postava na frente da varanda com meu pai, bêbado e repuxando o queixo, os olhos vesgos. O policial tirava o quepe quando eu abria a porta, falava em sussurros enquanto meu pai irrompia pela casa em busca de bebida. E se ele, em vez disso, preferisse ficar e participar da conversa, havia apertos de mão e tapinhas no ombro, o fingimento respeitoso de amor e lealdade. "Visita de rotina, senhor", o policial dizia. Se um policial tentasse expressar a menor preocupação que fosse, meu pai puxava o sujeito de lado e começava a discorrer sobre os arruaceiros, a máfia, os barulhos estranhos na casa. Ele reclamava da saúde ruim, de problemas no coração, de dor nas costas, e de como eu, sua filha, era negligente, de como eu abusava dele, de como eu só estava atrás de todo o seu dinheiro. "Será que alguém pode dizer a ela para, por favor, devolver os meus sapatos? Ela não tem esse direito!" E assim que ele se virava para mim, as mãos tremendo e se erguendo na direção do meu pescoço, o policial assentia, dava meia-volta, fechava a porta e ia embora. Nenhum deles tinha coragem de entrar nos delírios dele: bichos-papões e gângsteres, fantasmas e a máfia. Permitiriam que ele se safasse de assassinato, eu imaginava. "Os melhores homens da América", os guardas da prisão do mundo civilizado, esses policiais. Vou dizer que, até hoje, não há nada que eu tema mais do que um policial batendo à minha porta.

Naquela manhã, toquei e toquei a campainha, mas meu pai não se mexia. Concluí que as chaves deviam estar no bolso do roupão dele ou, pior ainda, penduradas em seu pescoço, como eu costumava usá-las, um laço de forca prontinho, apesar de eu nunca ter pensado dessa forma. Podia ter tentado ir caminhando para o trabalho naquele dia, estender o polegar na estrada, é verdade. Ninguém teria olhado duas vezes para minha roupa no escritório. Ninguém se incomodava.

Dei a volta até os fundos da casa e tentei abrir a porta do porão. Ter me abaixado e puxado a porta fez com que eu arrotasse e ficasse com ânsia de vômito. Não foi uma manhã agradável. Nada é mais perturbador do que acordar com gosto de vômito na boca. Com as mãos nuas, quebrei a camada de gelo solidificado por cima da neve alta e enchi minha boca com ele. Fez minha cabeça doer. Talvez tenha sido aí que a noite anterior me voltou: Rebecca, Sandy, sair do bar e voltar para casa. Lembro de me sentar em um reservado, das fagulhas de fósforos, de cambalear por entre punhos masculinos com os meus Salems, a lã áspera do meu vestido ou o suéter grosseiro de um homem se esfregando no meu pescoço, e depois cair no chão dando risada.

"Rebecca", alguém tinha dito e eu respondi: "Pois não, boneca?". Eu tinha sido Rebecca por uma noite. Tinha sido uma pessoa completamente diferente. Uma noite de muita bebida iria me matar agora. Não sei como eu fazia isso na época, apesar de ter certeza de que minha vergonha e meu constrangimento eram bem piores do que a ressaca. Dispersei minhas lembranças fraturadas e tentei obter acesso à casa. A porta do porão estava trancada, é claro. Pensei em quebrar uma das janelas dos fundos com o salto da bota, mas não achei que conseguiria alcançar alto o bastante para passar o braço e abrir a tranca por dentro da porta dos fundos. Imaginei cortar o braço no vidro quebrado, o sangue esguichando por cima da neve. Tinha certeza de que meu pai não continuaria bravo comigo se eu estivesse sangrando até a morte no quintal. A imagem da neve manchada de sangue revirou meu estômago e eu me abaixei para vomitar, mas só saiu bile amarela. Minha cabeça latejou quando lembrei do monte de vômito congelado à minha espera no carro. Limpei a boca com a manga do vestido.

Quando voltei para a frente da casa e toquei a campainha mais uma vez, vi que meu pai não estava na poltrona. Ele estava se escondendo de mim. "Pai?", eu chamei. "Pai!" Eu não podia erguer muito a voz, senão os vizinhos iam escutar. E tendo em vista que o dia estava começando, as mães mandando os filhos para a escola, os homens saindo com os carros para ir ao trabalho, logo veriam o velho Dodge enfiado no monte de neve. Estava tudo bem com o carro, mas a pessoa que o estacionara obviamente tinha perdido a cabeça.

Nós, os Dunlop, já éramos considerados uma espécie de caso perdido na vizinhança. Nem a reputação do meu pai como policial — cidadão de bem, um homem a serviço de seu país — era capaz de compensar o fato de que em anos recentes o gramado na frente da nossa casa nunca era cortado, nossas cercas vivas nunca eram aparadas. Um vizinho fazia isso para nós uma ou duas vezes a cada verão, para manter as aparências, tenho certeza, mas ficava subentendido que era um gesto de apreço pelo bom trabalho do velho e por solidariedade a mim, a moça magricela sem mãe e com pouca esperança de arrumar marido. A nossa era a única casa do quarteirão sem luzinhas de Natal presas aos arbustos, sem árvore enfeitada piscando através das janelas, sem uma guirlanda festiva pendurada na porta. Eu comprava doces para o Halloween, mas nenhuma criança jamais tocava a nossa campainha. Eu acabava comendo todos os doces sozinha, mastigando e cuspindo tudo no sótão. Eu não gostava de nenhum dos nossos vizinhos, assim como meu pai: nem os luteranos, nenhum deles, por mais que nos mandassem presentes ou fizessem favores. Eram todos metidos a bonzinhos, eu achava, e sentia que me julgavam por ser jovem e desleixada e por dirigir um carro que enchia o quarteirão todo de fumaça quando eu dava a partida. Mas eu não queria ser alvo de ainda mais escárnio deles. Não queria dar a ninguém mais pano para a manga da fofoca. Tinha que colocar o carro na garagem antes que suscitasse desconfiança. Esse era o meu raciocínio. E eu tinha que limpar o assento cheio de vômito antes que meu pai visse.

Mas, é claro, ele já tinha visto. Suponho que tivesse ficado me esperando acordado na noite anterior e saiu e arrancou as chaves da ignição depois que eu apaguei. Tudo me ocorreu ao mesmo tempo: ele impediu que eu morresse sufocada pelo monóxido de carbono. É possível que tenha salvado a minha vida. Vai saber se o motor estava ligado quando ele saiu e arrancou as chaves. É possível. As janelas estavam fechadas quando recobrei a consciência. Talvez ele só quisesse pegar os sapatos no porta-malas, e foi por isso que apanhou as chaves. Mesmo assim, eu gosto de pensar que seus instintos paternos — seu desejo de me proteger, de me manter viva — tenham se manifestado naquela noite, superado sua loucura, seu egoísmo. Prefiro contar essa história para mim mesma a acreditar em sorte ou coincidências. Essa linha de pensamento mágico sempre leva a um limite muito agradável. De todo modo, eu me senti grata por estar viva, e isso foi bacana. No começo, fiquei morrendo de medo do que o meu pai poderia dizer, do que iria querer em troca por ter salvado a minha vida. Mas daí eu pensei em Rebecca. Com ela por perto, eu não precisava implorar pela misericórdia do meu pai. Ele podia vociferar e berrar, mas não podia me machucar. Afinal de contas, eu era amada, pensei.

Mais uma vez, tentei bater na porta da frente, mas meu pai continuou a me ignorar. Subi no corrimão de ferro batido que acompanhava os degraus de tijolinho, pulei atrás dos arbustos da frente e espici através das janelas da sala. Fazia anos que não eram lavadas. Esfreguei uma parte da sujeira, mas ainda tinha uma camada grossa de poeira do lado de dentro. Mas dava pra enxergar. Então tive um vislumbre bizarro do meu pai: pálido, nu da cintura para cima, magro e frágil, mas cheio de tensão, cambaleando devagar ao longo das janelas da sala com uma garrafa na mão. Parecia ter criado pequenos seios. E quando ele se virou, pensei enxergar hematomas roxos compridos subindo e descendo por suas costas. O fato de ele ter ficado vivo por tanto tempo é prova concreta de sua teimosia. Bati com o punho no vidro espesso, mas ele só acenou e continuou andando. Acabei me esgueirando para dentro por uma janela suja da sala. Estranhamente, estava destrancada.

Eu era uma pessoa adulta, eu sabia disso. Não tinha horário para chegar em casa. Não havia regras oficiais da casa. Só havia os arbitrários ataques de fúria do meu pai, e quando isso acontecia, ele só relaxava se eu concordasse com qualquer castigo estranho e humilhante que ele inventasse. Ele me proibia de entrar na cozinha, me mandava ir e voltar a pé da Lardner's na chuva. O pior crime que eu podia cometer, aos seus olhos, era fazer algo para meu próprio prazer, qualquer coisa que estivesse fora das minhas obrigações de filha. Evidência de vontade própria da minha parte era vista como a traição máxima. Eu era a sua enfermeira, sua auxiliar, sua *concierge*. No entanto, a única coisa que ele exigia era gim. Raramente faltava em casa — como eu disse, eu era uma boa moça —, mas, de algum modo, tudo que eu fazia, minha própria existência, era ruim para ele. Até minhas revistas *National Geographic* lhe davam motivo para reclamar da minha bagunça. "Comunista", ele me xingava ao folhear as páginas. Eu sabia que ele estava furioso naquela manhã. Mas não estava com medo. Fiquei parada em cima do tapete no hall de entrada, tirando as botas devagar. "Ei", gritei para ele. "Por acaso viu as chaves?"

Ele saiu do armário com um taco de golfe, subiu os degraus e se sentou no patamar de cima da escada. Quando ele estava irritado de verdade, ficava em silêncio: a calmaria antes da tempestade. Eu sabia que ele nunca tentaria me matar. Ele realmente não seria capaz de fazer isso. Mas parecia sóbrio naquela manhã, e quando ele estava sóbrio, era particularmente maldoso. Não me lembro exatamente o que dissemos um ao outro enquanto ele estava ali sentado, batendo com o taco de golfe no suporte do corrimão, mas me lembro de ter levado as mãos ao rosto, para o caso de ele jogar o taco de golfe em cima de mim.

"Pai", pedi mais uma vez, "pode me dar as chaves?"

Ele pegou um livro das pilhas que se estendiam pelas paredes do corredor e jogou em cima de mim. Então foi até o quarto da minha mãe, pegou um travesseiro da cama e jogou em mim também.

"Pode se acomodar", ele disse e se aboletou no degrau mais alto de novo. Batia o taco de golfe contra o suporte do corrimão feito um guarda de prisão com seu cassetete nas barras das celas. "Não vai a lugar nenhum antes de ler esse livro. De capa a capa", ele disse. "Quero que leia cada palavra." Era um exemplar de *Oliver Twist*. Peguei o livro, abri na primeira página, limpei a garganta e parei por aí. Uma semana antes, eu teria me dobrado e lido algumas páginas até ele ficar com vontade de beber. Mas, naquele dia, simplesmente pousei o livro. Me lembro de erguer os olhos para ele sem deixar de proteger o rosto com as mãos. Através dos dedos, para meu desgosto, avistei seu escroto cinzento saindo da cueca amarelada e folgada.

"Sabe onde estão as chaves do carro?", perguntei. "Vou me atrasar para o trabalho."

Todo seu corpo pareceu corar de raiva. Os sapatos que ele usava eram os Oxfords pretos desgastados.

"Passou a noite inteira fora, quase bateu o carro, dormiu no próprio vômito, e agora está preocupada em chegar ao trabalho na hora." Sua voz era estranhamente calculada, grave. "Mal consigo olhar para você de tanta vergonha. Oliver Twist se sentiria agradecido por este lar, esta casa tão boa. Mas você, Eileen, parece achar que pode simplesmente ir e vir como bem entende." A voz dele falhou.

"Eu saí com uma moça do trabalho", disse a ele. Foi um erro fazer essa revelação, mas suponho que eu estivesse orgulhosa e quis esfregar na cara dele.

"Uma moça do trabalho? Acha que eu nasci ontem?"

Eu me recusei a me defender. No passado, eu teria implorado pelo seu perdão, feito qualquer coisa para aplacar sua ira. "Desculpe!", eu teria clamado, caindo de joelhos. Eu tinha me aprimorado na dramaticidade; ele só se satisfazia quando eu me rebaixava totalmente. Mas, naquela manhã, eu não ia me rebaixar ao nível dele.

"Bom", ele disse, "quem é ele? Eu pelo menos quero conhecer o menino antes de você engravidar e vender a sua alma a Satanás."

"Por favor, pode me dar as chaves? Eu vou me atrasar."

"Você não vai a lugar nenhum vestida assim. Agora, de verdade, Eileen. Como tem coragem? A sua mãe usou esse vestido no enterro do meu pai. Você não tem respeito", ele disse, "por mim, pela sua mãe, por ninguém, e menos ainda por si mesma." Largou o taco de golfe e se assustou com o barulhão que ele fez ao cair pela escada. Então, começou a tremer. Ele se sentou em cima das mãos, baixou a cabeça. "Lixo, Eileen, só lixo", ele choramingou. Achei que fosse começar a chorar.

"Vou pegar uma garrafa para você", eu disse.

"Qual é nome dele, Eileen? Quero saber o nome do menino."

"Lee", eu respondi, quase sem pensar.

"Lee? Só Lee?" Ele fez uma careta, sacudiu a cabeça para a frente e para trás para zombar de mim.

"Leonard."

Ele rangeu os dentes, o maxilar pulsando, e esfregou as mãos.

"Agora, já sabe", eu disse, e afastei as mãos do rosto como se a minha mentira fosse capaz de me proteger da ira do meu pai. "Chaves?"

"As chaves estão no meu roupão", ele disse. "Volte logo e troque de roupa. Não quero que ninguém veja você vestida assim. Vão achar que eu estou morto."

Encontrei o roupão do meu pai jogado na lareira vazia. Peguei as chaves, desenterrei a minha bolsa de uma pilha de tralhas ao lado da porta de entrada, vesti um casaco e voltei para o carro. O vômito já estava derretendo, a beirada da poça coincidindo com a tira do cinto de segurança. Era um horror. O cheiro se transferiu para tudo que eu estava usando e permaneceu no meu casaco muito tempo depois de eu abandonar o Dodge e desaparecer alguns dias mais tarde. Não tinha intenção de ir à loja de bebidas assim tão cedo, já que ela estaria fechada, de todo modo. Mas tinha que desencalhar a frente do carro do monte de neve. Isso exigiu um certo esforço. Meu pai podia ter salvado a minha vida naquela noite, mas ele obviamente não se incomodava muito com o meu bem-estar. Ele não era capaz de muita coisa, disso eu sabia. A única vez que ousei lhe dizer que não implicasse comigo, ele caiu na gargalhada, então fingiu um ataque cardíaco na manhã seguinte. Quando a ambulância chegou, ele estava sentado no sofá fumando um cigarro. Disse que se sentia ótimo. "Ela está menstruada ou algo assim", ele disse aos paramédicos. Todos trocaram apertos de mão.

Quando tirei o carro do monte de neve, fui de novo até o O'Hara's. Se eu fosse esperta, podia ter fugido ali mesmo. Poderia ter simplesmente desaparecido pela manhã, uma mulher livre. Quem poderia me deter? Mas eu ainda não podia ir embora. Não podia abandonar Rebecca. Estacionei na frente do bar e entrei. Lá dentro estava escuro como sempre, apenas lâminas finas de luz penetravam a tinta preta que descascava na janela sobre a porta. O cheiro de cerveja choca fez meu estômago revirar. Sandy estava atrás do balcão bebendo um copo d'água.

"Posso pegar uma garrafa de gim emprestada?", perguntei a ele.

"Você voltou", ele disse. Seu sorriso me perturbou. Ele parecia um homem que acariciaria uma criança de maneira inadequada. Era realmente nojento.

"Meu pai precisa de um trago", eu disse.

"Vocês, moças, beberam todo o gim que eu tinha ontem à noite", Sandy deu uma risadinha. "Será que seu pai acreditaria nisso, hein?"

"Tem alguma outra coisa que eu posso pegar emprestado?"

"Tenho gim, sim, querida", ele disse, paternal. Foi para trás do balcão, agachou e desapareceu por um momento, voltou a se levantar com uma garrafa de Gordon's. "E considere um presente de Natal. Para o seu pai, não para você. Você merece algo bem melhor", ele disse. "Mas tome um gole comigo primeiro", ele disse, e colocou no bar dois copinhos, abriu a garrafa com uma torção violenta, um estalo, como se ossos se quebrassem quando ele girou a tampa. "Um gole comigo e o resto é seu." Ele empurrou o copo na minha direção. Eu engoli rápido. O sabor ensaboado, que queimava, ao menos pareceu se sobrepor ao gosto de bile na minha boca. "Que menina boazinha", Sandy me disse. Quando ele me entregou a garrafa, ergueu a outra mão para acariciar meu rosto. Eu me desviei de supetão.

"Diga ao seu pai que fui eu quem mandou, certo?"

"Vou dizer", falei. "Obrigada."

Essa foi a última vez que vi Sandy. Nos anos que se passaram desde então, fiquei imaginando que lembranças eu teria dele, enterradas naquela noite anterior, talvez das mãos gordas e manchadas de cerveja me agarrando, talvez sua boca em mim em algum lugar, uma língua azeda penetrando a minha garganta, um nojo. Vai saber. Sandy, onde quer que você esteja enterrado, espero que tenha ficado longe de confusão.

Mas, se não ficou, tenho certeza de que pagou o preço, de algum modo. Todo mundo paga, no fim.

De volta a casa, meu pai parecia estar dormindo quando coloquei a garrafa na mesa da cozinha, mas, antes que eu pudesse sair, ele se ergueu subitamente da poltrona reclinável. Sua mão disparou e agarrou meu pulso.

"Leonard, você disse? Leonard do quê?", ele perguntou.

"Polk", respondi, bem estúpida.

"Polk", ele repetiu. Deu para ver suas engrenagens enferrujadas girando. Ele sacudiu a cabeça. "Eu conheço esse menino?"

"Duvido muito", respondi, me desvencilhei do agarrão dele e subi a escada correndo. Fiquei aliviada quando ouvi a garrafa de gim sendo aberta. Imagino que ele tenha apagado qualquer lembrança desse diálogo imediatamente. Ele nunca mais voltou a mencionar o nome Polk, apesar de a minha esperança ser de que ele tenha pensado se tratar de uma pista que ele não conseguiu seguir quando desapareci. "Eu deveria saber que ela estava encrencada", imaginei que ele diria.

Peguei um monte de panos de limpeza de debaixo da pia do banheiro e voltei para o carro e fiz o vômito escorregar do assento do passageiro para a neve. Foi impressionante como removi facilmente a poça toda de uma vez só, mas ficou uma mancha. Salpiquei detergente em pó de lavar louça por cima e cobri com uma toalha. Tenho certeza de que tive ânsia de vômito e engulhos o tempo todo, ainda que, na verdade, eu só me lembre de correr para o chuveiro depois. Me esfreguei novamente com vigor — uma lambança que tinha fermentado a noite toda — e lavei o vômito seco que encontrei no cabelo. Minhas mãos estavam inchadas e rígidas enquanto eu me atrapalhava com a toalha, ainda úmida da noite anterior. Àquela altura, a meia-calça azul-marinho estava em frangalhos, parecia um fantasma ali jogada no piso de azulejos do banheiro. Eu me vesti bem rápido, penteei o cabelo molhado, peguei o casaco e a bolsa e corri de volta para o carro.

Suponho que os detalhes do meu comportamento naquela manhã sejam desnecessários, mas eu gosto de lembrar de mim mesma em ação. Agora eu sou velha. Não me movo mais com vigor nem frenesi. Agora sou graciosa. Eu me movo com precisão calculada e elegante, mas sou lenta. Sou igual a uma linda tartaruga. Não desperdiço minha energia. Agora a vida é preciosa para mim. De todo modo, quando voltei para o carro, havia uma viatura de polícia bloqueando a saída da garagem. Fiquei horrorizada. O nome do policial era Buck Brown. Eu me lembro dele porque tínhamos feito o ensino fundamental juntos. Ele era grande e lerdo e falava com a língua presa, os olhos ainda cheios de sono, cuspe branco nos cantos da boca, o tipo de homem que, para enganar e fazer com que você baixe seu nível de expectativa, age como se fosse mais idiota do que é. Eu realmente não gosto de homens que fazem isso. Ele ajeitou o quepe e enfiou as mãos nos bolsos.

"Senhorita", ele começou a dizer com a língua presa. "Podemos trocar uma palavra?" Os policiais eram sempre tão formais. Depois de me conhecer por não sei quantos anos, nunca me chamavam pelo nome. Nunca confie em ninguém que mantém um decoro assim tão rígido. "É sobre o seu pai", Buck começou. Claro que sim.

"Estou escutando, Buck", eu disse, impaciente. Tentei sorrir, mas estava tão cansada. E parecia não haver motivo para tentar apaziguar o homem. Antes de Rebecca, eu sempre tinha me sentido envergonhada e nervosa demais para agir com todo o mau humor que eu sentia. "O que você quer?"

"É a arma dele", foi a resposta.

Por um momento, imaginei meu pai lá dentro, talvez no porão, sangrando de um ferimento à bala autoinfligido porque eu não voltei suficientemente rápido com o gim. Talvez ele tivesse deixado o telefone fora do gancho na cozinha, a linha aberta para a delegacia de polícia: "Vou acabar com tudo!", suas últimas palavras. Mas é claro que eu o tinha visto vivo e bem o bastante para me atormentar um momento antes.

"O que tem a arma?", perguntei.

"Viemos até aqui ontem à noite, quando você estava fora", ele disse, olhando para mim com ar de acusação. Ele era mesmo desprezível, todo mundo era desprezível. Depois de uma pausa, ele explicou. "Ontem à tarde, recebemos várias ligações de vizinhos, e do diretor da escola, dizendo que Padre Dunlop", ele hesitou, "que o sr. Dunlop estava naquela janela", ele fez um sinal para a janela da sala, "apontando uma arma para as crianças que voltavam da escola."

"Ele está aí dentro", eu disse. "Vá você mesmo falar com ele." Ou talvez eu não tenha sido assim tão incisiva. Talvez eu tenha dito: "Ah, nossa", ou "Pelo amor de Deus", ou "Sinto muito". É difícil imaginar que essa moça, tão falsa, tão irritável, tão acostumada, era eu. Essa era Eileen.

"Senhora", ele disse. Eu podia ter cuspido na cara dele por me chamar assim. "Eu conversei com seu pai", ele disse, "e ele concordou em colocar a propriedade dela aos seus cuidados, desde que prometa não a usar contra ele. Essas palavras foram dele."

Eu realmente não entendia aquela confusão. Não achava que ele mantivesse a arma carregada. Ele tinha medo demais, eu pensava. Mas continuava limpando a arma com regularidade, disso eu sabia.

"Senhora", ele disse e apontou para a casa. "Preciso entregar para a sua pessoa."

"O que isso significa?"

"As ordens são de entregar a arma para a senhora imediatamente. As crianças vão começar a passar a caminho da escola a qualquer minuto." Eu nunca tinha tido tanta vontade de ir para a prisão. "Vai ser bem rápido", Buck disse e me acompanhou até a porta da frente, subindo a escadinha.

Lá dentro, chamei pelo meu pai. "Pai, tem alguém aqui querendo falar com você."

"Eu sei do que se trata", ele disse, cambaleando da cozinha com seu roupão, agora manchado com marcas de fuligem da lareira. Ele estava com aquele sorriso de bêbado que eu tinha aprendido a reconhecer como uma expressão de submissão — a boca reta, os olhos quase fechados, só apertados o suficiente para fazer com que parecesse um pouquinho deliciado. Ele abriu o armário do hall de entrada, remexeu lá dentro e pegou a arma. "Tome", ele disse. "É toda sua."

"Obrigado, senhor", disse Buck. Aquela cerimônia era tanto cômica quanto enlouquecedora. "Acredito que a srta. Dunlop cuidará muito bem da arma."

"Como ela faz com tudo o mais, como você pode ver", disse meu pai, gesticulando em círculo com a arma para a casa caindo aos pedaços. Buck deu um passo para trás, assustado. Imaginei um daqueles pingentes de gelo pendurados sobre ele rachando naquele momento e mergulhando direto em seu crânio. Meu pai entregou a arma a Buck, que a colocou com cuidado nas minhas mãos abertas.

Eu nunca tinha segurado a arma do meu pai, nem qualquer outra arma, aliás. Era uma coisa pesada, muito mais pesada do que eu esperava, e gelada. Segurar aquilo no começo me deixou com medo. Na época, eu não saberia dizer que tipo de arma era, mas me lembro de sua aparência com clareza. "Dunlop" estava gravado no cabo de madeira. De lá para cá, pesquisei em livros de armas e a identifiquei como uma Smith & Wesson Modelo 10. Tinha cano de dez centímetros e pesava quase um quilo. Fiquei com ela algumas semanas depois que fugi, então a joguei da ponte do Brooklyn.

"Muito bem", Buck disse. Ele voltou gingando para a viatura.

Meu pai se afastou arrastando os pés, resmungando para si mesmo, então disse, com clareza: "Seu dia de sorte, Eileen". Ele tinha razão. Coloquei a arma na bolsa. Não sabia mais o que fazer. Achei que meu pai lutaria para recuperá-la, mas só ouvi um copo tilintar na cozinha, depois a poltrona reclinável ranger sob o peso de seu corpo. Não seria bem certo dizer que esse incômodo com a arma me perturbou, já que havia anos eu era indiferente à presença dela em casa. Mesmo assim, era estranho segurá-la agora. Tranquei a porta da frente com cuidado, pensando nas pontas de gelo, e saí. Enquanto esfregava o vômito no meu carro, suponho, meu pai, com toda sua disfunção, deixou seus sapatos para mim na varanda. Talvez fosse para me lembrar que eu tinha uma tarefa a cumprir, que eu era, acima de tudo, a pessoa que tomava conta dele, que se preocupava com ele, sua guarda de prisão.

Enquanto eu dirigia para o trabalho, considerei as vantagens que a arma poderia me proporcionar. Era a arma que meu pai carregou para todos os lados durante todos os anos que passou na força policial. Quando eu era criança, ela parecia ter seu lugar próprio na mesa de jantar: meu pai na cabeceira, minha mãe na frente dele, Joanie e eu de um lado, a arma do outro. Então, desde sua aposentadoria, ele a escondia em seu coldre contra o abdômen nu enquanto perambulava pela casa. Em um sinal vermelho, tirei a arma da bolsa com cuidado, pensando em enfiá-la no porta-luvas. Mas, quando vi o rato lá dentro, desisti. Aquela pequena criatura ficou lá dentro até o amargo fim. Não significa muita coisa, mas me lembro de sua carinha vermelha: o focinho comprido, a boca escancarada, os dentinhos, as orelhas brancas e macias. Aquela foi provavelmente a última vez que eu vi o rato. Fiquei com a arma no colo enquanto dirigia. Aquilo surtiu um efeito em mim, como acho que surtiria em qualquer pessoa: me acalmou. Me reconfortou. Talvez a ressaca fosse a única causa do meu descuido, mas quando parei no estacionamento de Moorehead naquela manhã, em vez de trancar a bolsa no porta-malas com a arma dentro, levei-a comigo para a prisão e a deixei à vista em cima da minha mesa. O feio couro marrom fazia meu coração palpitar com medo e agitação cada vez que eu estendia a mão para tocar na bolsa.

Suponho que tenha sido uma manhã típica em Moorehead, mas, cada passo que eu ouvia, e cada vez que a porta se abria para deixar entrar uma rajada de vento, eu primeiro me encolhia — a dor de cabeça da minha ressaca era igual a um golpe no cérebro — e depois erguia os olhos, cheia de maldade e animação para ver Rebecca entrar, mas ela não apareceu. Eu estava ansiosa para voltar a vê-la, reafirmar o que tinha sentido na noite anterior. Eu era capaz de sentir o cheiro da minha animação saltando do meu corpo como o choque pungente de enxofre queimado quando se risca um fósforo. Como é que eu poderia ir embora da Cidadezinha X agora que Rebecca estava ali comigo? Talvez ela me acompanhasse quando eu desaparecesse, imaginei. Ela tinha dito que nunca conseguia passar muito tempo em um lugar só, não foi? Nós iríamos nos divertir juntas. Fantasiava como mudaria minha aparência quando chegasse a Nova York, as roupas que usaria, como cortaria o cabelo, aplicaria tintura se necessário, ou usaria uma peruca comprida, um par de óculos falsos. Eu poderia mudar de nome se quisesse, pensei. "Rebecca" era um nome tão bom quanto qualquer outro. Eu tinha tempo, disse a mim mesma, para resolver o futuro. O futuro podia esperar, pensei. A certa altura naquela manhã, fui ao banheiro feminino para passar batom. Foi aí que Rebecca fez a porta ranger e trepidou para o meu lado, alinhando seu rosto com o meu no espelho.

"Ah, olá, velha amiga", ela disse ao meu reflexo. Ela era brincalhona. Ela era engraçada.

"Bom dia", eu disse. Resolvi ali mesmo parecer confiante, bem-humorada, como se tudo estivesse ótimo, excelente.

"Não fiquei fofa com minhas cores de festas?", ela perguntou, e deu uma voltinha. Estava usando um tailleur de lã vermelha e um cachecol verde no pescoço. "Fiquei tonta", ela disse, segurando a cabeça em um gesto melodramático.

"Adorável", eu disse e assenti.

"Pena que eu não dê a mínima para Jesus Cristo", ela disse, ou algo igualmente grosseiro. "Mas as crianças gostam do Natal, acho." Ela caminhou com passos firmes na direção de um reservado e continuou falando enquanto urinava. Fiquei escutando e observei meu rosto ficar vermelho no espelho. Tirei o batom. Aquela cor nova não ficava nada bem em mim: era forte demais. Meu pai tinha razão. Fazia com que eu parecesse uma criança brincando com a maquiagem da mãe. "Eu estava aqui imaginando o que você vai fazer na véspera de Natal", Rebecca prosseguiu, "considerando que temos folga." Ela deu a descarga e saiu, com a anágua à mostra, erguendo as meias. As coxas dela eram tão finas quanto as de uma menina de doze anos, e também rígidas da mesma maneira. "Está a fim de beber alguma coisa na minha casa amanhã? Acho que seria legal. Quer dizer, a menos que tenha planos."

"Não tenho plano nenhum", eu disse a ela. Fazia anos que eu não comemorava o Natal.

Rebecca arregaçou a manga e tirou uma caneta do bolso da lapela. "Vamos fazer assim. Escreva aqui seu telefone. Assim eu não vou perder, a menos que eu tome banho, coisa que não vou fazer", ela disse. "A menos que tenha que fazer uma visita ao médico, ou receba um pretendente", ela deu risada, "eu quase nunca tomo banho. De qualquer jeito, aqui faz frio demais. Não conte para ninguém." Ela ergueu os braços e esticou o pescoço para a frente e para trás entre as axilas em um gesto cômico, então levou o dedo aos lábios, como que para me silenciar.

"Eu também", eu disse. "Às vezes eu gosto de me ensopar na minha própria sujeira. Como se fosse um segredinho embaixo das minhas roupas." Nós éramos iguais, ela e eu, pensei. Rebecca compreendia isso. Não havia motivo para esconder nada dela. Ela me aceitava — até gostava de mim — do jeito que eu era. Ela me entregou a caneta e estendeu o braço para que eu escrevesse. Segurei o pulso fino e pálido e escrevi meus dígitos no seu antebraço, em uma pele tão limpa e macia e firme que me senti como se eu estivesse profanando alguma coisa tão imaculada quanto um bebê recém-nascido. Minhas próprias mãos sob a luz fluorescente estavam vermelhas e queimadas do frio e ásperas e inchadas. Enfiei as mãos dentro das mangas do suéter.

"Hoje eu vou sair mais cedo", ela disse. "Ligo para você amanhã. Nós vamos nos divertir."

Imaginei uma mesa farta posta com pratos refinados, um mordomo de smoking servindo vinho em taças de cristal. Essa era a minha fantasia.

Ao meio-dia, fiquei feliz de ter que pegar o carro para ir até o supermercado mais próximo para comprar o almoço. Significava que eu podia pegar a arma na mão mais uma vez, deixar o Dodge rodar, sentir o vento no cabelo. A fome que senti naquele dia foi diferente de qualquer fome que eu alguma vez tivesse sentido. Comprei uma caixinha de leite e um pacote de biscoitos de queijo. Comi tudo com voracidade, sentada no carro, no estacionamento de Moorehead — o fedor de vômito ainda estava forte —, então engoli o leite como se fosse um jogador de futebol. Nunca algo tinha sido tão delicioso. A arma, um peso duro no meu colo, parecia ter algo a ver com meu apetite. A qualquer momento, eu poderia ter apontado para alguém e exigido que me entregasse a carteira, o casaco, que fizesse algo para me agradar, cantar uma música ou dançar ou me dizer que eu era bonita e perfeita. Eu poderia ter feito Randy beijar os meus pés. Os Beach Boys começaram a tocar no rádio. Na época, eu não entendia rock 'n' roll — a maior parte das músicas de rock me davam vontade de cortar os pulsos, faziam com que eu pensasse que havia uma festa maravilhosa em algum lugar, e eu estava perdendo —, mas talvez eu tenha dançado um pouquinho ali sentada naquele dia. Eu me sentia feliz. Mal me sentia eu mesma.

No estacionamento, firmei o salto dos sapatos no solo salgado, absorvi a vista geral da prisão infantil. Era uma construção de pedra, cinzenta e velha, que, de longe, me lembrava a casa de veraneio de um rico. Os detalhes entalhados na pedra, as dunas de areia subindo e descendo além do cascalho cercado, aquilo podia ser bonito em outras circunstâncias. Parecia um lugar apropriado para o descanso, para a paz, para inspirar contemplação, algo assim. Segundo o que eu pude aprender em uma ou outra vitrine com desenhos históricos, mapas e fotografias no corredor da frente, o lugar tinha sido construído mais de cem anos antes, primeiro como abrigo para marinheiros em caso de mau tempo. Depois foi expandido e convertido em hospital militar. A brisa do mar era refrescante, afinal de contas, fazia bem para os nervos. A certa altura, foi usado como internato, acho, quando essa parte do estado era próspera, cheia de gente inteligente que preferia uma vida tranquila longe da cidade grande. Em certa ocasião, existiu um monumento a Emerson na frente, com um caminho circular, uma fonte com um jardim inglês, pelo que me lembro. Mais tarde, o lugar foi transformado em orfanato, depois em hospital de reabilitação para veteranos de guerra combalidos, depois em uma escola para meninos, depois em uma escola e, finalmente, vinte e poucos anos antes de eu chegar, transformou-se na prisão de meninos. Se eu tivesse nascido menino, provavelmente teria acabado ali.

Eu me inclinei para fora pela janela aberta do carro, as orelhas bem vermelhas por causa do frio, apliquei pó no nariz me olhando no espelhinho lateral e observei um oficial de correção acompanhar um menino para fora do assento traseiro da viatura e para dentro da prisão. Sentia uma animação especial quando um preso novo chegava, coisa que só acontecia mais ou menos uma vez por semana. Haveria documentação a processar, haveria digitais a tirar. Haveria fotos a fazer.

As senhoras do escritório me olharam feio quando eu entrei atrasada depois do almoço naquele dia. Sentindo que meu humor e minha saúde estavam bem melhores, pendurei o casaco na cadeira com um rodopio, usei os dentes para tirar as luvas inúteis, esfreguei o sono do canto dos olhos e juntei as mãos. A sra. Stephens conversava com o oficial de correção enquanto o menino novo remexia nas algemas. Era um adolescente loiro e gorducho com o nariz arrebitado, mãos grandes e carnudas, mas ombros pequenos como os de uma menina. Eu me lembro dele. Ele apertava os olhos bem fechados em um esforço para não chorar, coisa que me comoveu. Estava sentado na minha frente, algemado e sedado. Perguntei o nome dele e anotei, tirei a altura, o peso, anotei a cor dos olhos, conferi para ver se não tinha nenhuma cicatriz facial, entreguei a ele o uniforme azul engomado. Eu me sentia como uma enfermeira, seca e cuidadosa e imperturbável. Me lembro da expressão dele no visor da câmera, a estranha mistura passiva de resignação e raiva, a tristeza cheia de ternura. A fotografia do menino me estimulou, uma sensação parecida com a que tenho quando dou uma espiada no rato morto no meu porta-luvas. "Ainda bem que eu não sou você", foi o que senti. Durante todo o tempo, o oficial de correção ficou atrás do menino, de braços cruzados, esperando para testemunhar a assinatura dele. Dois guardas circulavam por perto, para o caso de o menino tentar fugir ou me atacar, apesar de nenhum deles jamais ter feito isso. Ele não podia ter mais de catorze anos, pelo que me lembro. Senti compaixão por ele, acho, porque eu estava de bom humor e ele era bem baixinho e gordinho para a idade, e com o seu pesar apreendi que, assim como eu, ele era uma criança fora do comum, profundamente magoado pelo mundo ao seu redor, sensível, desconfiado. Quando guardei a ficha dele no arquivo, li a acusação: infanticídio por afogamento.

Quando conduzia esses breves exames, me sentia normal, apenas uma pessoa como outra qualquer cumprindo as tarefas do dia. Eu gostava de ter um conjunto de instruções claras, de seguir o protocolo. Aquilo me dava uma noção de utilidade, um bem-estar. Era uma breve pausa nos circuitos ruidosos e raivosos dentro da minha cabeça. Tenho certeza de que as pessoas me achavam estranha, e ainda acham. Eu mudei muito nos últimos cinquenta anos, claro, mas sou capaz de deixar algumas pessoas muito sem jeito. Hoje, por motivos completamente diferentes. Agora temo que seja desbocada demais, amorosa demais. Sou sentimental, passional demais, efusiva demais, tudo demais. Naquela época, eu só era uma moça esquisita. Uma jovem sem jeito. A angústia não estava tão em voga naquele tempo. A minha antiga expressão alienada me deixaria apavorada se eu a visse no espelho hoje. Pensando agora, diria que eu mal era civilizada. Havia um motivo pelo qual eu trabalhava em uma prisão, afinal de contas. Eu não era exatamente uma pessoa agradável. Achava que preferiria ser caixa de banco, mas nenhum banco jamais teria me contratado. E foi melhor assim, suponho. Duvido que demoraria muito até roubar do caixa. A prisão era um lugar seguro para eu trabalhar.

O horário de visita chegou e passou. Eu me sentia feliz da vida de ver a bolsa feia de couro marrom pendurada pela alça surrada nas costas da cadeira da minha mesa. Se alguém esbarrasse nela, a arma dentro da bolsa iria bater nas costas de metal oco da cadeira. O que Rebecca pensaria, imaginei, se ela soubesse que eu estava armada? Eu tinha uma vaga noção de que portar armas era algo de mau gosto. A menos que você fosse absolutamente rico, caçar era para a classe baixa abrutalhada, para os interioranos incivilizados, para gente primitiva, pessoas burras e toscas e cheias de raiva. A violência era apenas mais uma função corporal, não menos estranha do que suar ou vomitar. Estava na mesma prateleira das relações sexuais. As duas se misturavam com frequência, parecia.

Durante o resto do dia, cumpri minhas tarefas de forma mecânica. Tentei me fixar mais uma vez em Randy, como sempre olhando para ele sentado em sua banqueta, mas o meu fascínio não se materializou. Como uma música preferida que você ouviu tantas vezes que começa a irritar, ou como quando você se coça com tanta força que passa a sangrar, o rosto de Randy agora parecia comum, seus lábios carnudos infantis, quase femininos, o cabelo, bobo e pretensioso. Não havia nada de chamativo na virilha dele, nem seus braços pareciam assim tão especiais — a magia dos seus músculos tinha desaparecido. Eu até me senti um pouco enjoada quando o imaginei se aproximando de mim no escuro, o hálito dele cheirando a linguiça, café queimado, cigarro. O coração é uma coisa caprichosa, mesquinha, suponho. Mas ele realmente era especial. Queria simplesmente ter dito a Randy que eu o amava quando tive a oportunidade, antes de Rebecca aparecer. Ele tinha me cativado. É raro conhecer alguém capaz de fazer isso com a gente. Randy, seja lá onde você estiver, eu enxerguei você, e você era lindo. Eu te amei.

Saí de Moorehead pela última vez naquela tarde, mas eu não teria como saber disso. Deixei minha mesa uma bagunça. O vermute e os chocolates ficaram no meu armário, um livro da biblioteca, na minha gaveta. Não me lembro dos meus últimos momentos naquela prisão, e de vez em quando pensava sobre o que aconteceu com os meus pertences, ou no que as senhoras do escritório ficaram falando sobre mim quando não apareci para trabalhar depois das festas de fim de ano. A sra. Stephens provavelmente voltou a ser responsável pela visitação, a sra. Murray, pela admissão. Duvido que tenham feito muito caso. Se Rebecca voltou lá, talvez tenha tentado me acobertar. "Ela foi visitar parentes", pode ter mentido. Para mim, tanto faz. Eu não perdi nenhum sono pensando no que deixei para trás em Moorehead.

Eu estava exausta no caminho de casa naquela noite e já sofria da dor forte e torturante que costumava acompanhar minha menstruação no terceiro dia. Estava cansada demais para passar na Lardner's a caminho de casa. Se meu pai precisasse de algo, o problema era dele. Ele não morreria se tomasse um copo de leite, se passasse uma única noite sóbrio, pensei. Ou, talvez, morreria *de fato*. De todo modo, eu não me importava. Suponho que tenha sido naquele momento, com o peso da arma na bolsa no meu colo, ao fazer a curva para entrar em casa pelo caminho escuro e gelado, entre dois paredões altos de neve, que pensei em arrancá-lo de sua tristeza. Eu poderia ter atirado nele, mas isso faria muita sujeira e poderia me meter em encrenca. Os comprimidos da minha mãe eram uma ideia melhor, mas sobravam apenas uns poucos no frasco. Ela tomava aquilo para aliviar a dor da morte, como o médico tinha prescrito. Ela disse, no entanto, que tomava para proteger a filha, pobrezinha de mim, de ter que ouvir os gemidos e os gritos e as queixas e as reclamações dela o dia inteiro. Eu também tomava às vezes, enquanto a esperava finalmente "bater as botas". Foi assim que descrevi o que aconteceu quando liguei para Joanie na manhã depois que ela morreu. Eu tinha passado a noite anterior no pretume que aqueles ótimos comprimidos proporcionavam, então acordei com um corpo morto e frio na cama ao meu lado, o cadáver irritado da minha mãe.

A arma pesava na bolsa pendurada no meu ombro quando subi os degraus da frente naquela noite. Entrei pela porta principal, tomando cuidado embaixo das adagas de gelo que pingavam. Mesmo com a pouca luz, deu para ver que os jornais velhos e as garrafas tinham sido recolhidos do hall de entrada, que tinha até sido varrido. A forma fria de uma toalha branca circular na mesa da cozinha me indicou que alguém tinha feito a limpeza. Talvez a delegacia tivesse mandado um novato depois que circulou a notícia de que meu pai estava morando em um chiqueiro. Ou talvez meu pai tivesse limpado sozinho: fervido um bule de café forte, ficado prestativo, sóbrio por um dia. Ele já tinha empreendido projetos para aprimorar a casa no passado — montar uma prateleira para organizar o porão, instalar isolamento térmico no sótão —, projetos que sempre abandonava assim que o café esfriava e ele concluía que merecia uma cerveja. Nenhuma de suas juras de largar a bebida duravam mais do que uma tarde. Quando fui embora, ainda havia rolos cor-de-rosa de isolamento térmico enfiados nos cantos do sótão, embaixo do telhado inclinado. Eu tinha olhado para eles durante anos ao cair no sono.

O casaco do meu pai estava pendurado no gancho ao lado da porta da frente. Quando acendi a luz na cozinha, encontrei a poltrona dele vazia. Tirei duas fatias de pão da geladeira, passei um pouco de maionese em uma delas, juntei as duas fatias e deixei cada mordida derreter na minha língua. Aquele foi meu jantar. Demorei anos para aprender a me alimentar da maneira correta, ou, melhor, demorei anos para desenvolver o desejo de me alimentar da maneira correta. Lá na Cidadezinha X, eu esperava desesperadamente que seria capaz de me esquivar da necessidade de aparentar ser uma mulher adulta. Eu não achava que nada de bom pudesse vir daquilo.

Quando subi a escada, vi que havia uma luz acesa no quarto da minha mãe, que estava com a porta fechada. Através dela, escutei a respiração irregular do meu pai adormecido. Os antigos comprimidos da minha mãe estavam em uma gaveta na mesinha de cabeceira, mas não tive coragem de entrar e correr o risco de acordá-lo. Uma garrafa de gim pela metade estava no alto da escada. Levei comigo para o sótão. No verão anterior, meu pai tinha caído da escada do sótão em uma manhã que subiu para me acordar, berrando que havia mafiosos no porão que planejavam matar nós dois. Eu mal estava acordada quando ouvi o tropeção e o estrondo pelos degraus, a madeira rachando igual a trovões até o corpo dele atingir o patamar com um baque surdo. Tive que me vestir e ajudá-lo a mancar até o carro. Eu o levei ao pronto-socorro, onde o encheram de líquidos, fizeram uma avaliação do fígado, e um médico me deu a má notícia de que, se ele parasse de beber, poderia morrer, e se continuasse, com certeza iria morrer. "É um beco sem saída", o médico me disse, baixando os olhos para os meus joelhos ralados. "Coma uma lata de espinafre, mocinha", ele disse. Fui para casa. Lavei a roupa suja. Tomei um banho de banheira. A casa sem meu pai dentro dela parecia pertencer a desconhecidos. Todos os meus pertences estavam ali, mas todos os cômodos pareciam tão vazios, estranhos. Aquilo me deixou desconcertada. No final, meu pai foi mandado para casa com uma bengala e uma atadura no tornozelo, um ponto no queixo. Ele exibia seu ferimento com orgulho, no começo limpando com cuidado, depois limpando demais, com álcool antisséptico, do qual exigia quantidades cada vez maiores. Eu também gostava do cheiro daquilo e, quando meu pai não estava olhando, tomei um gole e quase morri engasgada.

Naquela noite, levei minha bolsa e o gim para o sótão, vesti o pijama e coloquei a arma embaixo do travesseiro. Fazer isso pareceu uma oração, ou como quando meu primeiro dente caiu na minha infância e eu o coloquei ali antes de dormir. Me lembro de uma vez em que acordei e encontrei duas moedas reluzentes de dez centavos embaixo do meu travesseiro. O que me chocou não foi a transformação do dente em prata, mas a ideia de que eu tivesse continuado a dormir em meio à perturbação da minha mãe ou do meu pai se esgueirando pelo meu quarto durante a noite, que eu tivesse permanecido inconsciente, completamente alheia, vulnerável. Me lembro da minha pergunta naquela manhã: o que mais eles tinham feito comigo enquanto eu dormia? Com frequência penso em tudo o que pode ter acontecido enquanto eu dormia, que brigas, que segredos. Quando lembro da minha infância, não aparece muita coisa além da casa em si, a mobília e seus arranjos, a mudança das estações no quintal. Não há rosto nas pessoas, apenas suas sombras entrando e saindo do campo de visão ao deixarem a sala. O que eu mais me lembro da minha mãe é do leve peso dela em sua cama na manhã em que morreu, as mãos frias quando as toquei, talvez pela primeira vez desde que eu era criança, a elasticidade de seu ombro quando me apoiei nele e chorei.

Fiquei bebendo durante um tempo naquela noite, lembrando. Então larguei a garrafa, peguei minhas leituras. Devo confessar que, entre minhas pilhas de revistas *National Geographic*, estavam escondidas várias das revistas pornográficas do meu pai. Peguei uma delas e fiquei folheando com tranquilidade até cair no sono.

Véspera de Natal

Minha mãe nunca preparava lanche para eu levar para a escola quando eu era pequena. Eu ficava sentada olhando para os joelhos enquanto as outras crianças comiam seus sanduíches, meu estômago vazio e roncando. Logo que eu chegava em casa, à tarde, enchia a barriga de pão e manteiga, a única coisa que conseguia encontrar na cozinha bagunçada da minha mãe. Quando eu era criança, os jantares ao redor da mesa da cozinha dos Dunlop não eram exatamente nutritivos. As refeições eram breves e sem jeito. Meus pais só brigavam na minha frente e de Joanie, como se precisassem da nossa plateia para discutir seus assuntos pessoais. Nossa mãe choramingava e nosso pai resmungava, jogava o garfo para o outro lado da mesa e olhava para sua Smith & Wesson, que ficava ao lado do prato. Se Joanie ou eu nos queixássemos, minha mãe batia um pano no chão para fazer um barulho de estalo, repentino e ruidoso, feito um raio, feito um rojão. Não me lembro do que eles sempre discutiam. Eu só mastigava a comida rápido e levava o prato para a pia e corria escada acima. Além do mais, as refeições que minha mãe preparava eram horríveis. Nunca comi bem até o meu segundo marido. Ele explicou que bife não era um pedaço de músculo igual a couro queimado em uma frigideira, mas algo espesso, cheiroso, delicioso, e que o melhor deles poderia ser comido com uma colher cega. Engordei cinco quilos, acho, no primeiro mês em que ficamos juntos. De volta à Cidadezinha X, os jantares dos Dunlop tinham sido, na melhor das hipóteses, frango seco, purê de batata saído de uma caixa, feijão enlatado, bacon molenga. O Natal era um pouco diferente. Pão de ló comprado pronto é a única coisa que me lembro de saborear ano após ano. Os Dunlop nunca foram muito de comer.

Mas a bebida sempre correu solta nas festas. Claro que sim. Imagine as festividades: minha mãe pegando a coqueteleira — "Vamos fazer isso direito!" — para preparar drinques que ela chamava de Diplomata e Stormy Weather. Esses drinques antigos tinham nomes ótimos. Maggie May, Old Fashioned. Ela fazia o dela e o meu pai mandava eu fazer o dele, Blue Blazer e Highball, com a bebida boa que ele ganhava todo Natal de seus supostos amigos da polícia. Tínhamos um livrinho com várias receitas. Eu tomava goles, sem dúvida, mastigava metade do frasco de cerejas ao marasquino indo e voltando da cozinha, onde eu preparava copos de Lee Burn, Mamie Taylor, Manhattan. Whiskey Milk Punch era o meu preferido, porque tinha gosto de milk-shake. Me lembro de outro, o Morning Glory, que me obrigava a quebrar ovos como se eu fosse uma chapeira. Essas são lembranças divertidas: discos tocando, fogo queimando na lareira, eu, nos bastidores e prestativa, lambendo a espuma de um coquetel na cozinha e sempre esperando algo de bom no Natal — um microscópio, uma aquarela — e Joanie divertindo a todos na sala, torcendo braços e pernas ao ritmo de Elvis.

O Natal era um dos poucos momentos do ano em que meus pais recebiam visita. Minha tia Ruth, minha única tia, não se interessava muito por mim e Joanie quando éramos pequenas — coisa que nunca entendi nem perdoei — e só bebia martínis com gim. O gim corria pelo sangue da família Dunlop havia gerações, tenho certeza. Talvez tia Ruth só tenha aceitado seu destino antes do meu pai. Aqueles martínis nunca pareciam fazer muito bem a ela. Ela estava sempre de cara amarrada, a pele tão sem vida, o rosto tão chapado que quase parecia molhado, brilhante igual a uma poça. Amargamente é a melhor maneira de descrever o jeito como ela exprimia sua afeição. Para o Natal, ela trazia algo como tender enlatado ou um pote de amendoins, uísque barato para meu pai, talvez uns chocolates para minha mãe. Ela não tinha filhos e era mandona, e era a única a insistir para que rezássemos antes de comer. Minha mãe, já bêbada, revirava os olhos, dava um beliscão em mim embaixo da mesa, me fazia dar risada. Minha mãe não era assim tão péssima, parecia, no Natal. Eu sempre ia para a cama cheia de esperança, bêbada e farta de pão de ló. Era inevitável: toda manhã de Natal, meu pai dava a Joanie e a mim uma nota de um dólar, dobrada e cheia de fiapos do bolso da calça do seu uniforme. Algumas vezes, nossa mãe nos dava meias ou lápis. Nada mais.

Meu pai e eu tínhamos combinado, tacitamente, que dispensaríamos o Natal depois que minha mãe morreu. Em um ano qualquer, eu de fato dei a ele um presente — algo cruel em sua inutilidade, dada a sua situação: uma gravata. Joanie mandava um cartão quando lembrava. Ela organizava comemorações de Natal por conta própria, eu sabia, mas nunca me convidou. Não tomo isso contra ela. Eu não era muito divertida.

Quando acordei naquela fatídica véspera de Natal, a última da minha vida na Cidadezinha X, eu tinha 647 dólares escondidos na minha caixinha de joias. Essa era uma boa soma de dinheiro na época. As economias da minha vida. E eu tinha uma arma. Tirei o revólver de debaixo do travesseiro e até que achei bem bacana possuir aquilo. Sua estranha proveniência não me iludia. Meu pai tinha usado aquilo primeiro como auxiliar de poder na linha de trabalho, e depois como ameaça aos criminosos invisíveis que só ele enxergava. Aqueles fantasmas, ele alegava, compreendiam que ele atiraria para matar. A pessoa começa a pensar em termos de autoestima grandiosa quando tem uma arma na mão, é verdade. Devo usar a arma para abrir o meu caminho para a liberdade, pensei naquela manhã, mirando obstáculos invisíveis. Tenho vergonha de me lembrar de como aquela coisa me encheu de confiança e pareceu abrir um mundo de possibilidades. Pensei em talvez mostrá-la para Rebecca naquela noite. Talvez eu sugerisse que fôssemos ao bosque para atirar em árvores. Ou poderíamos ir até o lago congelado e ficar lá atirando para a lua. Ou à praia, deitar de barriga para cima, fazer anjos na neve, atirar nas estrelas. Tais eram as minhas ideias românticas para a noite com a minha nova melhor amiga.

Ali deitada na minha caminha, agonizei em relação ao que vestir. Imaginei que Rebecca estaria vestida com algo confortável — nada de vestido rebuscado nem joias caras, afinal e contas, era a casa dela —, mas lindo, talvez um suéter grosso de caxemira e calça justa, como se fosse Jackie Kennedy em uma estação de esqui. Quanto à casa de Rebecca, eu imaginava grandes tapetes orientais escuros, sofás suntuosos com almofadas de veludo, um tapete de pele de urso. Ou talvez a decoração fosse mais moderna e austera, pisos de madeira escura, mesa de centro fria de vidro, cortinas cor de vinho, rosas recém-colhidas. Eu estava animada. Quase caí no sono repassando mentalmente as roupas no armário da minha mãe e coordenando as peças que vestiria naquela noite. Eu conhecia cada item de dentro para fora. Nada me servia direito, como já disse, eu com frequência usava camadas de suéteres ou roupa de baixo comprida só para dar preenchimento, na época. Ali deitada, eu tinha o mau hábito de bater com os punhos na barriga e beliscar a quantidade desprezível de gordura nas minhas coxas. Acreditava com sinceridade que, se houvesse menos de mim, eu teria menos problemas. Talvez fosse por essa razão que eu usava as roupas da minha mãe — para ser vigilante na minha missão de nunca chegar sequer às proporções minúsculas dela. Como eu já disse, a vida dela, a vida de uma mulher, me parecia absolutamente detestável. Não havia nada que eu desejasse menos naquela época do que ser a mãe de alguém, a mulher de alguém. Claro que eu já tinha me transformado exatamente naquilo para meu pai, à tenra idade de vinte e quatro anos.

"Eileen!", meu pai berrou, e subiu a escada do sótão pisando firme em algum momento daquela manhã. "A loja já abriu. Ande logo, desça!" Quando abri a porta, ele estava vestido e com as mãos na cintura. "Hoje não é véspera de Natal?", ele perguntou.

"Não, pai", menti. "Você perdeu o Natal. O Natal foi ontem."

"Espertinha", ele disse. "Não vou criar um inferno se você descer agora, rápido."

"Tudo bem", eu disse. "Mas quem vai dirigir?"

"Você vai dirigir. Agora, entre no carro e vamos logo. Eu vou com você."

Era raro meu pai ter coragem de dar as caras fora de casa feito uma pessoa normal, mas ele foi insistente quanto a isso naquela manhã. Talvez tenha sentido, de algum modo, que eu iria abandoná-lo. O mais provável é que ele estivesse com medo de que o comércio fechasse por causa do feriado e não confiasse em mim para comprar bebida suficiente para ele aguentar até as lojas reabrirem. Ele nunca explicou a escolha de passar da poltrona na cozinha para a cama no andar de cima. Pode ter sido uma mudança estratégica. Sem a arma, ele não tinha defesa contra os arruaceiros e era melhor se esconder. O leito de morte da minha mãe era um lugar tão bom para morrer quanto outro qualquer, ele pode ter pensado. Não que ele tivesse se rendido, isso estava claro. Ele parecia tão em guarda como sempre. "Ande logo!", ele berrou, e abriu a porta de supetão para a manhã clara e reluzente. "Antes que esgote tudo. É véspera de Natal. Vinho para os lobos. Venha já aqui. Está com as chaves? Tranque a casa. As pessoas ficam loucas nesta época do ano. Os crimes aumentam. É um fato comprovado, Eileen. Jesus Cristo." Eu fui pegar os sapatos dele, joguei na varanda. Ele continuou falando. "Todo mundo está fora, provavelmente deixaram a porta escancarada. Estúpidos. Idiotas. Não sabem que esta cidade está cheia de ladrões?" Ele enfiou os sapatos e foi arrastando os pés até o carro, apertando os olhos por causa do sol, feito um homem rastejando para fora de uma caverna, os braços fracos erguidos por cima da cabeça, protegendo os olhos. No assento do passageiro ao meu lado, ele levantou os pés, um por um, e fez com que eu me abaixasse para amarrar os cadarços.

As ruas a caminho da loja de bebidas brilhavam com neve fresca mais uma vez. Os postes de luz estavam enfeitados com fitas e azevinho, as vitrines das lojas eram festivas, bonitas. Ao longo das calçadas, as pessoas andavam apressadas, usando gorros e casacos de lã xadrez e botas e luvas. A barra da saia das mulheres roçava os montes de neve ao longo das calçadas. As pessoas equilibravam pilhas de pacotes coloridos nos braços e enfiavam tudo no porta-malas dos carros. Era quase como se houvesse música no ar. Crianças faziam bonecos de neve na frente das casas, brincavam no pátio da biblioteca pública. Eu sentiria falta daquela velha biblioteca. Na época, eu não era capaz de perceber que aqueles livros tinham sido a minha salvação. Abri a janela.

"Está frio", disse meu pai. Eu nem tinha comentado com ele o problema do escapamento.

"O ar aqui dentro está rançoso", respondi. Na verdade, ainda cheirava a vômito ali dentro, mas meu pai não era capaz de detectar. O gim que ele exalava pela pele e pelo hálito se sobrepunha a todos os outros cheiros a seu redor, deduzi.

"Rançoso? Quem se incomoda com ranço?" Ele estendeu a mão por cima do meu colo, roçando minhas coxas, então sem querer enfiou o cotovelo entre os meus joelhos ao girar a manivela para erguer a janela. Eu só olhava para a frente, calma. Ele não tinha respeito pelo meu conforto nem pela minha privacidade. Quando eu era mais nova e só estava começando a me desenvolver, ele às vezes se sentava à mesa da cozinha à noite, bebendo com minha mãe, e me chamava para avaliar meu progresso, para me beliscar e me medir. "Não está muito bom, Eileen", ele dizia. "Precisa se esforçar mais."

"Pegue leve", minha mãe disse, dando risada. "Não seja cruel." E daí, uma vez, em vez disso, ela falou: "Ela está grande demais para você ficar pegando nela, Charlie", e estalou a língua.

Poderia ter sido muito pior, claro. Outras meninas eram esfregadas e agarradas e estupradas. Eu só era cutucada e ridicularizada. Ainda assim, aquilo me magoava e me irritava, e, no futuro, me faria explodir quando eu sentia que estava sendo medida e julgada. Um homem com quem morei durante um tempo sugeriu que eu desejava secretamente ter peitos grandes, que eu me sentia mal por ter decepcionado meu pai por ser "uma tábua. Toda menina quer as mãos do papai nos peitos dela", aquele homem tinha dito. Que idiota. Ele não passava de um músico medíocre de família rica. Aguentei o sujeito durante um tempo porque achava que talvez ele estivesse apontando para alguma verdade obscura a meu respeito, e suponho que estivesse mesmo. Eu era uma tonta de ficar com um homem como ele. Era uma tonta em relação aos homens em geral. Aprendi sobre amor pelo caminho mais longo, bati em todas as casas da rua antes de acertar. Agora, finalmente, vivo sozinha.

"Aonde diabos você está indo?", meu pai sibilou, se retesando e escorregando pelo assento quando dobrei uma esquina. Sua cabeça não era muito boa, como eu já disse. Ele tinha medo da própria sombra. Acho que isso já está claro a esta altura. "Este não é o caminho. Tem gente ruim aqui, caramba, Eileen, eu não trouxe a minha arma."

"Podemos jogar bolas de neve", eu disse, dando risada. A arma estava na minha bolsa, claro. Meu pai parecia preferir acreditar que ele simplesmente a tinha colocado em algum lugar e esquecido. Eu não me importava. Nada era capaz de atrapalhar meu bom humor. Finalmente, com Rebecca para comemorar, eu teria um Natal que poderia aproveitar. Meu pai podia tirar toda a minha roupa e jogar estilhaços de vidro em mim, eu não estava nem aí. Nada iria me irritar naquele dia. Logo eu estaria na casa de Rebecca, onde seria tratada como uma rainha.

"Me tire daqui", ele choramingou, e cobriu a cabeça com a gola do casaco. Parados em um semáforo, ele fez um gesto com o polegar por cima do ombro. "Arruaceiros", ele sussurrou, os olhos anuviados de medo. Eu só dei risada, continuei rodando pelas ruas da cidade, passei pelo cemitério, pela delegacia de polícia, depois voltei, fazendo o retorno pelo estacionamento da escola de ensino fundamental. Acho que eu estava tentando torturar meu pai. "Diga para mim o que você está vendo", ele pediu. "Estão seguindo a gente? Eles me viram? Aja com naturalidade. Não fale nada. Só dirija. E abra as janelas, é, essa é uma boa ideia. Assim, se atirarem em nós, o vidro não vai estilhaçar."

Abri a janela com satisfação. Apreciei a loucura do meu pai naquele dia. Ele era uma figura cômica, quase um pastelão. Quando chegamos à Lardner's, ele falou em cochichos com o sr. Lewis atrás do balcão, pediu uma caixa de gim e pegou alguns sacos de batata frita da prateleira. Comprei uma garrafa de vinho para a minha noite na casa de Rebecca. Meu pai não perguntou nada. No caminho de volta para casa, ele se deitou no banco de trás, tremendo e suando. E quando entrei na garagem de casa, ele se arrastou para fora do carro, nadou pela neve até a varanda, implorando "ande logo, abra a porta, deixe eu entrar. Não é seguro aqui fora". Carreguei a caixa de bebida com toda a calma pelo caminho até a varanda, mas ele estava impaciente, entrou pela janela da sala, dando bronca em mim por tê-la deixado destrancada: "Você é louca?". Quando ele abriu a porta de dentro, rasgou a tampa da caixa de gim e tirou duas garrafas, colocou cada uma embaixo de um braço. "Eu criei uma tonta", ele disse. Observei enquanto ele cambaleava para dentro, chutava os sapatos para longe. "Parece que nasceu há dois dias!", ele berrou e limpou a garganta, acomodando-se na poltrona com o jornal que achou congelado na varanda. Eu estava preocupada demais com os meus próprios planos para me incomodar em voltar a trancar os sapatos dele no porta-malas imediatamente.

No andar de cima, encontrei os comprimidos da minha mãe e os coloquei na bolsa, mas não tomei nenhum. Eu queria reservá-los. Queria garantir um sono profundo para o dia de Natal que passaria em casa com meu pai depois que ele voltasse da missa. Fui para a minha caminha e retornei às minhas fantasias da noite na casa de Rebecca. Imaginei que ela diria coisas como: "Nunca conheci ninguém como você antes". E também: "Nunca me senti tão próxima de ninguém antes. Temos tanta coisa em comum. Você é perfeita". E imaginei horas de conversa profunda, vinho delicioso, uma lareira quentinha, Rebecca dizendo: "Você é a minha melhor amiga. Eu te amo" e beijando a minha mão do jeito que alguém beijaria a mão de um oráculo ou de um sacerdote. Puxei a mão de debaixo do corpo, vermelha e com cãibras, e a beijei com reverência. "Eu também te amo", eu disse a ela, e dei risada da minha própria bobeira, puxando as cobertas por cima da cabeça. Fiquei esperando o telefonema de Rebecca. De algum modo, dormi. Não me lembro daqueles sonhos, os últimos que tive naquela casa. Gostaria de poder lembrar. Espero que tenham sido bons.

Mas me lembro do meu pai uivando ao pé da escada do sótão naquela tarde.

"Qual é o problema, pai?", eu berrei e disparei para fora da cama.

"O telefone tocou", ele disse. "Tem uma mulher que quer falar com você. Talvez seja uma policial, não sei."

"O que você disse para ela?"

Bati o pé esperando sua resposta.

"Nada", ele jogou os braços para cima. "Eu não sei de nada e não disse nada. Fiquei calado." Disparei escada abaixo, encontrei o telefone da cozinha pendurado pelo fio, fora do gancho, o bocal batendo contra o armário de madeira.

"Ora, olá, anjo do Natal", foi como Rebecca respondeu quando atendi.

É importante ter em mente, diante do que estou prestes a relatar — que é tudo de que me lembro daquela noite — que eu realmente nunca tinha tido uma amiga de verdade antes. Quando eu era criança, só tinha Joanie, que não gostava de mim, e uma ou duas amigas da escola aqui e ali, geralmente a outra rejeitada da classe. Me lembro de uma menina com aparelho nas pernas no ensino fundamental, e uma menina obesa no ensino médio que mal falava. Teve uma menina oriental cujos pais eram donos do único restaurante chinês da Cidadezinha X, mas até ela me dispensou quando entrou para a equipe das animadoras de torcida. Aquelas não foram amigas de verdade. Por acreditar que uma amiga é alguém que ama você, e que esse amor é a disposição para fazer qualquer coisa, sacrificar qualquer coisa pela felicidade da outra, fixei um ideal impossível na cabeça, até Rebecca aparecer. Segurei o telefone perto do coração, prendi a respiração. Eu poderia ter soltado gritinhos de prazer. Se você já se apaixonou, conhece esse tipo de anseio único, esse êxtase. Algo estava prestes a acontecer, e eu sabia disso. Suponho que eu estivesse apaixonada por Rebecca. Ela despertou no meu coração algum dragão que estava adormecido havia muito tempo. Nunca mais senti aquele fogo queimando do mesmo jeito. Aquele dia foi, sem dúvida, o mais emocionante da minha vida.

Ela me disse para ir a casa dela a qualquer hora que eu quisesse. Disse que estaria em casa "relaxando. Só vamos ficar aqui sem fazer nada, conversando", ela disse. "Nada de especial. Vai ser divertido. Tem alguns discos que podemos colocar para tocar e quem sabe dançar outra vez, se tudo correr bem." Eu me lembro da voz gentil e contida, todas as suas palavras muito claras. Anotei seu endereço — não era um nome de rua que eu reconhecesse. Coloquei o telefone no gancho, quase me derretendo, e fiquei lá parada por um minuto, cega de tanta alegria.

"Não é da sua conta", balbuciei para meu pai quando ele bateu na mesa da cozinha para me despertar do meu transe.

"Quero umas batatas!", ele berrou em resposta. Ele parecia ter esquecido a história da minha noite com Leonard Polk. Achei que a mentira tinha sido expurgada com o gim da noite anterior. Corri para cima para me arrumar. Meu rosto no espelho parecia menos monstruoso do que o normal. Se Rebecca tinha vontade de olhar para ele, talvez não fosse tão mau, pensei. O que a mente faz quando o coração bate forte é fantástico. Escolhi um terninho de linho cinza do guarda-roupa da minha mãe, algo que, pensei, Rebecca aprovaria. Nada chamativo. Eu devia estar parecendo uma vovó deselegante com aquele terninho, mas na hora pareceu correto: discreto, maduro, calculado. Pensando bem, vejo que era o que uma ajudante vestiria, um uniforme de serviço, uma página em branco. Vesti uma calcinha de náilon branca, uma meia-calça azul-marinho nova, minhas botas de neve, o casaco caramelo da minha mãe. Me lembro perfeitamente dessas peças de roupa, já que eram o que eu estava vestindo e tudo que acabei levando comigo do guarda-roupa da minha mãe quando fui embora da Cidadezinha X, afinal de contas. Apesar dos meus planos grandiosos, fui embora só com aquelas roupas nas costas e uma bolsa cheia de dinheiro, além da arma, claro. Penteei o cabelo na frente do espelho. Meu batom gorduroso de repente pareceu pretensioso, vagabundo, idiótico. Resolvi ir sem maquiagem. Afinal de contas, Rebecca não usava nada. E suponho que meu desejo de me tornar uma pessoa próxima de Rebecca, de ser compreendida e aceita por ela, aliviou meu medo de ser vista sem a minha máscara de cosméticos e indiferença.

Eu me lembro de sair para pegar o mapa da Cidadezinha X no carro e de voltar galopando para dentro de casa feito uma corsa desajeitada através dos montes reluzentes de neve. Eu estava cheia de energia. Quando olhei para o outro lado do quintal, fechando a porta da frente com cuidado, os sinos de igreja soaram através das árvores nuas, e pensei como a luz do céu estava bonita naquele momento, tingida de laranja e de azul enquanto o sol se punha. Eu estava feliz.

Estava mesmo, pensei. Logo tracei meu trajeto até a casa de Rebecca, que parecia ser em uma zona ruim, como se diz — isso não soava muito estranho na época —, e então dobrei o mapa e o enfiei no bolso do casaco. Ele ainda está na minha casa, pendurado atrás da porta do armário. Desbotado e rígido, agora; eu o carreguei comigo durante anos e chorei muitas vezes sobre ele. É o mapa da minha infância, da minha tristeza, do meu Éden, do meu inferno e do meu lar. Quando olho para ele agora, meu coração incha de gratidão, e então se encolhe de nojo.

Antes de sair para a casa de Rebecca, bebi um pouco de vermute para me acalmar, calcei luvas de couro preto e vesti o gorro de pele de raposa da minha mãe — a única pele que ela tinha — e me despedi do meu pai, que estava debruçado sobre a pia descascando um ovo cozido.

"Aonde você pensa que vai?", ele perguntou em tom benevolente, arrastando as palavras.

"A uma festa de Natal", respondi. Peguei o vinho.

Ele fez uma pausa e pareceu genuinamente perplexo por um instante, então disse em tom de zombaria: "Apenas volte para casa na hora do jantar". Ele deu uma risadinha e enfiou o ovo inteiro na boca, limpou as mãos na camisa. A última vez que tínhamos jantado juntos de verdade havia sido anos antes de a minha mãe morrer, talvez para comemorar o aniversário de alguém: frango queimado até ficar crocante na frigideira, uma panelada de macarrão molenga. Aquele ovo cozido e um saco de batatas fritas eram tudo que o meu pai comeria o dia todo. Por acaso me senti mal de abandoná-lo naquela noite? Não. Achei que eu estaria em casa naquela noite para aguentar o fardo da sua mágoa, ouvir todas as suas reclamações, tomar uma bebida com ele de manhã antes que ele saísse para a missa e engolir os últimos poucos comprimidos da minha mãe, que, eu avaliei, me fariam dormir durante a maior parte do dia. Eu devia ter ficado triste de deixar o meu pai sozinho no Natal, mas toda vez que ele achava que corria o risco de ser alvo de pena, me atacava com um insulto direcionado à minha autoestima.

"Você está pálida igual a um fantasma, Eileen", ele disse, voltando a se reclinar em sua poltrona. "Vai deixar as criancinhas com os cabelos arrepiados."

Eu só dei risada dele. Naquele momento, nada poderia me ferir.

Saí saltitante pelo caminho limpo de neve em direção à rua molhada que brilhava com a neve. Estava a caminho de encontrar o meu destino.

Nada poderia ter me dado mais prazer do que a minha ansiedade no percurso através da Cidadezinha X a caminho da casa de Rebecca naquela noite — nem as ruas calmas, nem a neve que caía de mansinho, nem as casas cheias de pequenas famílias felizes, nem as luzinhas piscando alegres em cada árvore de Natal. Apesar do fedor de fumaça de escapamento e de vômito do meu carro, o ar do lado de fora tinha cheiro de tender assado e biscoitos, mas eu não precisava daquela alegria das festas. Agora eu tinha Rebecca. A vida era maravilhosa. Meu mundinho de fumaça de escapamento e vômito de algum modo era maravilhoso. Observei através da janela aberta convidados chegando a uma casa, uma criança carregando uma torta em uma travessa de vidro, os pais segurando vinhos de presente embalados em papel celofane vermelho amarrado com uma fita. Pareciam felizes, mas eu não teria inveja de ninguém no Natal, um feriado mais adequado àqueles que se refestelam com autopiedade e ressentimento. Afinal de contas, é para isso que servem tanta gemada com álcool e tanto vinho. O vinho que eu tinha comprado para Rebecca estava no assento ao meu lado, ainda no miserável saco de papel pardo da loja de bebidas. Eu devia tê-lo enfeitado de algum jeito, pensei. Realmente devia ter procurado algum papel de presente, alguma fita. De repente, pareceu uma desgraça, um insulto, na verdade, chegar com um presente tão tosco. Rebecca merecia mais, não merecia? Pensei em bater na casa de alguém ou remexer em uma lata de lixo em busca de papéis com estampas listradas ou de azevinho, mas eu jamais faria isso. Ainda assim, o saco de papel estava muito aquém do ideal.

Como se Deus estivesse escutando, quando passei pela rua Bayer, um longo facho de luz se acendeu e caiu sobre um presépio montado na neve ao pé de uma pequena colina. Observei uma senhora de idade lá no alto, abrindo a porta pesada em forma de arco da igreja de Santa Maria e desaparecendo para dentro. Era a igreja que meu pai frequentava todos os domingos. Encostei para olhar melhor a cena, sem saber muito bem o motivo da minha curiosidade. O presépio era simples, apenas bonecos enfiados na neve na frente de um pedaço de cerca marrom com pouco mais de meio metro de altura. Maria estava ajoelhada ao lado de José. Os dois usavam vestes cor de vinho amarradas com barbante. Havia algo enrolado em um pano dourado nos braços de Maria. Eu desci do carro. Fiquei inspirada.

As figuras do presépio eram feitas de madeira pintada e, para falar a verdade, eram bem bonitas, pensei. Eu adorava bonecas quando era criança, mas, quando completei seis anos, minha mãe juntou todas as que eu tinha e jogou fora. A figura de Maria tinha um sorriso aberto no rosto. Quando me aproximei e parei na calçada livre de neve, vi que a boca tinha sido deturpada. Alguém a tinha pintado com algo que parecia um batom bem vermelho. Rabiscos de canetinha preta dentro dos lábios transformaram o sorriso dela em uma boca desdentada. Aquilo me fez dar risada. Eu escutava pessoas entoando hinos dentro da igreja, um piano batucando alegre por cima das vozes suaves e trêmulas. Uma criança chorou. Eu me aproximei do presépio deixando pegadas na neve. O pano enrolado em algo que tinha a intenção de ser o Menino Jesus era de material sintético grosso de cor mostarda e estava preso aos braços estendidos de Maria com fita-crepe. Tirei as luvas e toquei na fita-crepe. Estava pegajosa por causa da umidade, mas o tecido era macio e acetinado. A música da igreja cessou. Escutei quando o padre começou a rezar a liturgia. Aquele som me encheu de temor, mas não me impediu de descolar a fita-crepe dos braços de Maria e puxar o pano dourado. Embaixo dele havia uma lata vazia de óleo de motor. Fiquei satisfeita. No carro, enrolei o vinho com a manta de Jesus. Pareceu apropriado. Consultei o mapa e segui em frente.

Certas imagens me voltam agora. Por exemplo, o cemitério coberto de neve, uma luz azul iridescente brilhando na superfície, o padrão irregular formado pelo alto das lápides arredondadas que se projetavam da cobertura de gelo, e as sombras longas das árvores que iam se encolhendo. Como o sol tinha acabado de se pôr, as ruas iam ficando mais escuras à medida que eu atravessava a cidade, os postes de luz amarelos e enevoados, algumas lâmpadas apenas tremeluzindo. As casas foram ficando menores e mais próximas. Não eram mais do tipo colonial grandioso e de tijolinhos como as do meu bairro, mas sim as casas desbotadas do tamanho de um trailer dos menos abastados — dos pobres, para ser direta. Aquelas casas mais pareciam casebres, na verdade, no estilo das favelas e das moradias baratas construídas no litoral. Passei por um mercadinho cujas vitrines exibiam anúncios antiquados de cigarros e cartazes escritos à mão proclamando o preço do pão, da cerveja, dos ovos.

Quando cheguei à rua de Rebecca, só encontrei algumas luzes acesas nas casas tristes e estreitas. Aquela área era mais próxima do mar, com mais vento do que meu bairro, e as casas pareciam acabrunhadas, bem encolhidinhas perto do solo, escondidas. Havia alambrados cercando cada quintal, poucos carros nas garagens. Contei os números das casas. Não conseguia imaginar por que Rebecca iria querer morar em um bairro daqueles. Certamente a prisão pagava bem o bastante para ela alugar um apartamento em algum local bacana. Ela parecia ser uma mulher de posses: as roupas dela eram da moda e aparentavam ser caras. Mas, mesmo que ela se vestisse com farrapos, ficaria claro que Rebecca não era uma mulher pobre. Dá para ver a riqueza nas pessoas independentemente do que estiverem vestindo. Está no corte do queixo, em um certo brilho da pele, no arrastado e na pausa de suas reações. Quando gente pobre escuta um estrondo, vira a cabeça de supetão. Pessoas ricas terminam a frase e depois dão uma olhada para trás. Rebecca era rica, e eu sabia disso. Só o fato de ela morar na Cidadezinha X já parecia estranho. Eu esperaria que ela preferisse morar em um lugar mais central, Boston ou Cambridge, onde haveria gente jovem, inteligente e sofisticada, e arte, coisas para fazer. Talvez ela detestasse o longo trajeto até o trabalho. Mas, bom, o que eu sabia? Talvez Rebecca não fosse esnobe, e eu estivesse errada ao achar que ela iria querer viver com tanto conforto. Rodando pelo quarteirão dela, disse a mim mesma que a rua de fato tinha um charme obscuro. E concluí que uma mulher rica como Rebecca precisava ter coragem e um grande coração para viver entre pessoas que trabalhavam em fábricas e em postos de gasolina e em barcos pesqueiros, ou que nem trabalhavam. Imaginei que o bairro fosse o lugar em que meu pai tinha feito seu melhor trabalho, surrando adolescentes, irrompendo em casas cheias de bêbados aos gritos, uma sala cheia de crianças aos berros, homens de cabelo comprido e mulheres gordas enrugadas com dentes cariados e tatuagens, vestidas só com a roupa de baixo.

E então encontrei a casa de Rebecca, uma construção marrom-escura de dois andares, com molduras brancas e uma planta decrépita congelada no alto dos degraus da frente. Era um pouquinho menos digna de pena do que as outras casas do quarteirão, pelo menos. Havia luzes acesas em todas as janelas e, lá dentro, a música era alta o suficiente para eu poder ouvir de fora, no carro. Estacionei, fechei a janela, conferi meu visual no retrovisor e saí com o vinho. Aqui, a minha memória se interrompe como em um filme em câmera lenta. Abri o portão e entrei na área. Minhas botas de neve pretas encontraram um caminho estreito de onde alguém tinha varrido a neve às pressas e ainda estava coberto de gelo. Caminhei com cuidado para não escorregar e cair e quebrar o vinho nem parecer boba. Eu estava nervosa. Fazia muito tempo que não ia a nenhum lugar em que eu gostaria de estar. No alto dos degraus, vi uma sombra se mover atrás de cortinas amarelas. Segurei a grade com o quadril e bati na porta de compensado pintado, que se abriu assim que toquei nela.

"Você veio!"

Ali estava ela. A minha Rebecca. Ela segurava nos braços um gato branco e sujo que brincava com seu cabelo, que então olhou para mim e sibilou. "Não ligue para ela, ele", ela disse. "Está aborrecido porque a dona passou o dia todo um pouco histérica."

"Oi", eu disse, sem jeito. "Feliz Natal."

"Sabe que eu quase me esqueci que era Natal? Entre", ela disse.

Rebecca largou o gato com um baque pesado no piso de madeira gasta e ele se esgueirou para longe, sem parar de sibilar. Ela, Rebecca, também parecia agitada, desde o início. Eu me senti como uma intrusa. Procurei um lugar para colocar as minhas coisas. O hall de entrada tinha paredes estreitas, cor de vinho, descascando. Um corrimão de metal feio acompanhava a escada acarpetada que estava especialmente suja, com fiapos do carpete pendurados nos pontos em que o gato tinha arranhado.

"Trouxe vinho", eu disse, desenrolei o pano dourado da garrafa e virei o rótulo para que Rebecca pudesse ver.

"Ora, mas você não é um doce?", ela disse. Ela estava com um jeito estranho. Parecia tensa e falsa, mas apreciei o que ela dizia. "É muita consideração da sua parte." Ela tirou um cigarro do bolso do roupão de banho branco atoalhado e manchado, que estava usando por cima da roupa feito um avental. Achei aquilo bizarro. Talvez eu tivesse chegado cedo demais? "Não se incomode comigo", ela disse. "Eu não queria sujar a roupa." Ela fez um gesto para o roupão. "Quer um?", ela perguntou, acendeu um cigarro e me entregou o maço. Peguei um, desajeitada com as luvas, o vinho e a bolsa. Rebecca acendeu para mim, a mão dela tremia segurando o isqueiro, os olhos fixos na chama trepidante quando ergui os olhos para ela. O cheiro no ar era de mijo de gato e de fumaça de cigarro fresca e de suor antigo. Me lembrou da poltrona do meu pai. Também fazia frio naquela casa. Não tirei o casaco.

"Sinto muito pela bagunça", ela disse. "Eu mal comecei a limpar, mas, venha por aqui", ela apontou na direção da cozinha. "Vamos nos sentar e abrir aquele vinho."

Passamos pelo que parecia ser a sala — uma mesinha de centro de madeira com pilhas de tralhas e correspondência sem abrir, uma TV com estática, uma pilha de roupa suja espalhada por cima do sofá. As paredes estavam nuas, a não ser por várias marcas quadradas mais claras no papel de parede sem graça, onde era óbvio que quadros estiveram pendurados no passado. A vitrola tocava algo ridículo. Rachmaninoff ou até *Die Walküre* me vêm à mente, mas era mais provavelmente Pat Boone, canções de amor cafonas. O efeito, ainda assim, era estranhamente mórbido, pressagioso. Um telefone estava fixado na parede ao lado da porta da cozinha, pela qual eu enxerguei uma cadeira e uma pequena mesa esmaltada, uma pia cheia de louça suja, um pacote aberto de pão de fôrma espalhado por cima da pia de linóleo amarelado. Um relógio tiquetaqueava no alto da parede, acima de um calendário aberto em maio de 1962, e a foto de um soldado da Marinha batendo continência com o queixo definido. Uma lata de lixo estava instalada ao lado da mesa, pronta para recolher o excesso de cascas de amendoim empilhadas ao lado de latas vazias de cerveja Schlitz. Não parecia muito diferente da minha própria casa. Meus sentidos estavam aguçados, mas o caos do lugar tinia com algo que eu não fui capaz de identificar imediatamente. Rebecca remexia no cabelo. Ela parecia diferente. Parecia horrivelmente sem jeito. Eu me sentia como se tivesse entrado em uma cena de filme em que alguém estava enlouquecendo, o ar carregado de suspense. Fiz o que pude para agir com naturalidade, sorrir, decifrar as dicas afetadas de Rebecca.

"Aqui, sente-se", ela disse ao bater a cinza do cigarro no piso azulejado. "Deixe-me limpar isto aqui." Com um gesto gracioso, ela jogou as cascas de amendoim e as latas de cerveja na lata de lixo, deu tapinhas no assento da cadeira de metal com uma almofada amarela. "Sente-se."

Desde que eu entrara pela porta, Rebecca não tinha me olhado nos olhos. Toquei no rosto para me assegurar de que não havia nada de nojento nele — uma espinha repentina ou uma remela de sono, uma meleca pendurada no nariz. Mas não havia nada. Eu me sentei. Ficamos quietas e sem jeito, acanhadas por um momento, Rebecca avaliando a mesa recém-limpa, agitando o cigarro em gestos nervosos, eu dobrando as luvas, desabotoando e voltando a abotoar o casaco. Finalmente, apontei a garrafa de vinho com a cabeça.

"Espero que seja do tipo que você gosta", comecei a dizer.

"Bom, para mim está ótimo", Rebecca disse e se voltou, confusa, para os armários da cozinha. "Eu provavelmente não vou precisar de muito, então você pode beber. Então, vamos ver onde o saca-rolhas se escondeu." Ela abriu um armário e revelou prateleiras de temperos e algumas latas de comida, outra com pratos e pires. Abriu uma gaveta que fez barulho, então bateu para fechá-la. "Deve haver um em algum lugar no meio de toda essa bagunça, hein?" Ela experimentou outra gaveta e remexeu entre colheres e garfos. Outra gaveta estava completamente vazia. "Bom, estou sem sorte. Dê aqui a garrafa, vamos fazer assim."

Os anéis de Rebecca tilintaram contra o vidro quando ela caminhou até a pia, parou, hesitou, e então segurou a garrafa pela parte de baixo e bateu o gargalo na beira da pia. Fez um barulhão. "Quase." Ela bateu a garrafa de novo, o gargalo quebrou e o vinho se espalhou pelo chão azulejado sujo. "Vai ter que ser assim", ela disse e jogou um pano na poça vermelha, limpando com o pé calçado naquela bota alta de couro. "Eu vi fazerem isso uma vez sem derramar. Talvez ele tenha usado um martelo. Não sei."

"Ele?" Eu gostaria de ter perguntado. "Muito criativo", foi a única coisa em que consegui pensar para dizer. Sorri, mas, por dentro, eu estava perturbada pela bagunça nefasta da casa e pelo desprezo de Rebecca ao decoro, para dizer o mínimo. Ela caminhou de um lado para outro por um momento, lambendo os dedos. Ela estava com alguma coisa na cabeça, mas eu não tive coragem de perguntar o quê. Finalmente me olhou nos olhos e franziu a testa.

"Sou uma péssima anfitriã", suspirou.

"Não seja boba", eu lhe disse. "Devia ver onde eu moro." A iluminação do teto não passava de uma lâmpada pendurada em um fio. Através da janela da cozinha, avistei um carro coberto de neve, e outro atrás dele, o duas portas de Rebecca, coberto apenas por uma fina camada de branco. Era tudo muito estranho. Será que esta era a casa do namorado dela? Fiquei imaginando. Será que ela tinha se juntado com um local? Era possível, avaliei. Por acaso eu estava decepcionada? Com certeza. Estava esperando porcelana, mogno, espelhos lapidados, damasco, almofadas fofas, veludo, conforto e decadência, coisas de revista. Esta era a casa de uma pessoa pobre. E, mais ainda, de uma pessoa pobre e em péssimo estado. Todos nós já vimos casas assim, caindo aos pedaços e deprimentes, sem qualquer vida, sem cor, como a tela granulada de uma TV em branco e preto. Morei em inúmeros lugares assim durante a vida adulta, lugares em que eu não colocaria o pé hoje. É impressionante as coisas que as pessoas não enxergam quando estão imersas em tal escuridão. O único conforto que encontrei naquela casa é que tudo ali estava em situação ainda pior do que na minha.

Vou dizer o seguinte a respeito de casas. Aquelas casas coloniais perfeitas e arrumadinhas por onde passei mais cedo naquela noite, cruzando a Cidadezinha X, são as máscaras mortuárias das pessoas normais. Na realidade ninguém é assim tão organizado, tão perfeito. Ter uma casa assim diz mais a respeito do que há de errado com você do que qualquer lixão decrépito. As pessoas que têm casas perfeitas simplesmente estão obcecadas pela morte. Uma casa tão bem cuidada, mobiliada com peças bonitas de alta qualidade, decoradas com bom gosto, com tudo no lugar certo, transforma-se em um túmulo vivo. As pessoas realmente envolvidas com a vida têm a casa bagunçada. Eu sabia disso, de maneira implícita, aos vinte e quatro anos. Claro que, aos vinte e quatro anos, eu também era obcecada pela morte. Tinha tentado me distrair do meu pavor não cuidando da casa, como as donas de casa da Cidadezinha X faziam, mas por meio da minha alimentação bizarra, dos meus hábitos compulsivos, da minha ambivalência incansável, de Randy e assim por diante. Eu não tinha me dado conta disso até me sentar à mesa da cozinha de Rebecca, ao observá-la quebrar a casca de um amendoim, lamber os dedos: eu ia morrer um dia, mas não ainda. Ali estava eu.

Uma frase feita boba me volta à mente: "Se você me amasse, não enxergaria os meus defeitos". Experimentei essa frase com muitos homens na minha vida, e a resposta geralmente tem sido: "Então, acho que não amo você". Me faz dar risada cada vez que eu lembro. Concedi a Rebecca o benefício da dúvida, tentei justificar seu desleixo do mesmo jeito que justificava o meu próprio. A imundice da mesa da cozinha significava que ela não podia se dar ao trabalho de limpar. Bom, eu também não. E aquilo fazia sentido para mim. Certamente Rebecca tinha dinheiro para pagar alguém para limpar para ela, mas ainda não tinha providenciado a contratação de alguém. Afinal de contas, ela estava em uma cidade nova. Eu achava que ela era maravilhosa. O nervosismo, o cabelo desgrenhado, os lábios rachados, essas peculiaridades só faziam com que ela fosse mais bonita. Eu a observei se virar e começar a abrir e fechar vários armários e gavetas. O roupão dela se abriu nos ombros como se fosse uma estola de pele. Não havia nada que não caísse bem naquela mulher.

"A-ha", ela exclamou e colocou na mesa duas canecas. Eram canecas de café baratas, do tipo que se encontra em lanchonetes, lascadas e manchadas de marrom na parte de dentro. Ela, desajeitada, serviu o vinho da garrafa quebrada. "Está gostando da música?", ela perguntou com o dedo comprido apontando para o ar. Ela estava sobressaltada. É possível que tivesse tomado algo antes de eu chegar, pensei na ocasião. Tantas mulheres tomavam bolinha naquela época para manter a silhueta. Fazia com que ficassem nervosas, esquisitas. Não suponho que Rebecca estivesse acima disso. Quando me lembro da sua postura ereta, do cabelo comprido e indomável, das roupas estranhamente monocromáticas, ela me parece incrivelmente fútil.

"Claro", eu disse, erguendo os olhos como se pudesse enxergar a música flutuando no ar. "Estou adorando."

Rebecca empurrou uma cumbuca cheia de cascas de amendoim na minha direção por cima da mesa. "Pode usar como cinzeiro", ela disse. "Só tome cuidado com o vinho. Pode ter vidro quebrado ali dentro."

"Obrigada", eu disse e espiei dentro do líquido escuro. O cheiro era bem parecido com o do vômito no meu carro.

"Mmm", Rebecca ronronou ao experimentar. "Isto é simplesmente maravilhoso. Espero que não tenha gastado muito dinheiro com ele. Saúde." Ela se aproximou de mim e estendeu a caneca. "A Jesus Cristo, feliz aniversário." Brindamos. Ela deu risada, pareceu relaxar um pouco. "Como está sendo a sua véspera de Natal, srta. Eileen?"

"Bem boa", respondi. "Passei a manhã com meu pai." Eu queria parecer bem ajustada.

"O seu pai?", ela disse. "Eu não sabia que você tinha família aqui. Ele mora na região?"

"Não muito longe", respondi. Eu podia ter contado a ela a verdade — que tinha sido a escrava complacente dele até ela aparecer, que ele era um bêbado louco e que eu o odiava tanto que às vezes desejava que ele morresse —, mas o ar já estava carregado de dor. "Posso ir a pé até a casa dele", eu disse a ela. "Isso é bom, porque ele está aposentado. Ele fica muito solitário."

"Que amor", Rebecca disse. "Você passar um tempo com ele, não o fato de ele ser solitário, quero dizer", ela deu risada. Tentei dar uma risadinha tímida, mas falhei completamente. "Você mora aqui sozinha?", perguntei, contente de mudar o foco de atenção para ela.

"Ah, claro", ela disse, para o meu grande alívio. "Eu simplesmente não posso dividir a casa com ninguém. Gosto de ter o meu próprio espaço. E gosto de fazer muito barulho. Posso tocar minha música tão alto quanto eu quiser."

"Eu também", menti. "Não suporto morar com ninguém. Na faculdade, eu..."

"As pessoas são como são e fazem o que querem fazer, não é verdade?" Rebecca me interrompeu, debruçada sobre a pia. Ela não parecia estar interessada em uma resposta. Ficou olhando fixo, com intensidade, para o vinho, os lábios já manchados, o rosto um pouco corado. Eu realmente fiquei me perguntando qual era a daquele roupão que ela vestia. Era velho e gasto e desbotado, não exatamente algo que uma pessoa usaria na presença de visitas. Será que eu não era digna de nada melhor? "Não acredito que façamos coisas que não queremos fazer", ela disse de um jeito estranho, em um tom de voz agora grave e contido. "Não a menos que haja uma arma apontada para a nossa cabeça. E, mesmo assim, a gente tem escolha. No entanto, ninguém tem vontade de admitir que deseja ser mau, fazer coisas ruins. As pessoas simplesmente adoram o pudor. Este país inteiro é viciado nisso, se quer saber a minha opinião. Deixe-me perguntar uma coisa, Eileen", ela se virou para mim. Pousei minha caneca — já quase vazia — e ergui os olhos para ela, com o olhar brilhando de tanta expectativa. "Os meninos na nossa prisão são pessoas más?", ela perguntou.

Essa não era a pergunta que eu esperava ouvir. Tentei mascarar a minha decepção erguendo as sobrancelhas em uma expressão pensativa, como se estivesse considerando com seriedade a pergunta dela sobre os meninos. "Acho que muitos deles só tiveram má sorte, para começo de conversa. Péssima sorte, mais do que tudo", respondi.

"Acho que você tem razão." Ela pousou a caneca, largou a bituca de cigarro ali dentro. Cruzou os braços e olhou bem nos meus olhos. "Mas, diga-me uma coisa, srta. Eileen, você alguma vez desejou ser má de verdade, fazer algo que sabia ser errado?"

"Na verdade, não", menti. Não sei por que neguei isso. Senti que Rebecca era capaz de enxergar através da minha desonestidade, então fiquei tensa e me escondi atrás da caneca, engolindo o resto do meu vinho. Eu queria ser compreendida e respeitada, pode-se dizer, no entanto, continuava sentindo que podia ser castigada se exprimisse meus sentimentos verdadeiros. Eu não fazia ideia de como os meus pensamentos e sentimentos vergonhosos eram triviais. "Posso usar o banheiro, por favor?", perguntei.

Rebecca apontou na direção do teto. "Tem um no andar de cima."

Levei minha bolsa ao subir os degraus acarpetados e sujos, segurando no corrimão de ferro para me equilibrar. Fiquei reconfortada com o peso da arma no meu ombro. Eu só queria segurá-la nas mãos por um instante, me recompor. Enquanto subia, lamentei minha covardia. Como é que algum dia poderia ser feliz, perguntei a mim mesma, se eu não permitia que Rebecca me conhecesse a fundo, por dentro? Era bobagem minha, claro, levar tudo isso tão a sério. Ainda assim, me castiguei por ser tão rígida. Rebecca tinha me convidado para ir à casa dela, tinha me permitido vê-la em seu estado natural, por mais desmazelado e nervoso que fosse. Isso era amizade. Eu não queria decepcioná-la. Mas, se tivesse que revelar meu verdadeiro eu naquela noite, se fôssemos criar laços profundos, eu precisaria de mais álcool, pensei.

A porta do banheiro no alto da escada estava escancarada. O cheiro lá dentro era ruim. Era um banheiro de azulejos cor-de-rosa, torneiras velhas de metal alaranjadas nas juntas pela ferrugem, uma cortina de chuveiro de plástico enrugada e escurecida pelo mofo. A maçaneta da porta estava solta e não fechava, a torneira da banheira pingava e a banheira em si tinha um anel esverdeado e fedia a bolor. A pia também era esverdeada, e na beirada havia uma escova de dentes vermelha toda gasta, um tubo de pasta de dentes barata enrolado e amassado. Um batom estava postado embaixo do espelho engordurado. Abri para ver: cor-de-rosa forte, quase no fim. Uma meia-calça cor da pele estava pendurada na haste da cortina do chuveiro. Um sabonete exibia pelinhos enrolados que secaram na superfície áspera. Deviam ser os pelos púbicos de Rebecca, pensei comigo mesma. Peguei o sabonete e esfreguei no rosto, joguei água na espuma e me senti um pouco melhor. Sequei as mãos em um pano, então tirei a arma da bolsa. O toque liso da madeira e do metal me acalmou. Apontei para meu reflexo no espelho. Encostei no rosto, frio e duro. Eu era capaz de sentir o cheiro do meu pai na arma, não a loucura azeda de gim que ele exalava na época, mas o cheiro defumado, caloroso e reconfortante de uísque da minha infância, e eu não tinha nenhuma outra referência senão a dele. Guardei-a de volta na bolsa e arrumei o cabelo no espelho.

Antes de voltar para a cozinha, dei a volta no corrimão sem fazer barulho e espiei dentro dos cômodos com a luz acesa no andar de cima. Um era um quarto: colcha floral verde e cor-de-rosa, uma luminária de mesa barata sobre uma penteadeira caindo aos pedaços, brincos dourados feios em um pires azul-clarinho, uma lata de cerveja vazia. Havia um espelho pendurado na porta do armário. Eu queria ver o guarda-roupa de Rebecca por dentro, mas não tive coragem de bisbilhotar tanto assim. Se ela fosse na verdade uma desleixada e sua elegância e refinamento fossem um engodo, talvez, no final das contas, houvesse esperança para mim. Talvez eu pudesse ser um engodo e também parecer elegante e refinada. O quarto seguinte não significou muito para mim na hora: uma escrivaninha de madeira pequena, uma cama de solteiro com um colchão nu por cima, um ventilador na mesinha de cabeceira ao lado de um urso de pelúcia, um mapa dos Estados Unidos na parede. Nada disso fazia muito sentido, mas concluí que Rebecca devia ter alugado a casa mobiliada e nunca arrumou nada. Olhei no espelho. Um rosto fechado e acabado olhou de volta para mim. Eu parecia uma senhora de idade, um cadáver, um zumbi. Parecia um pouco menos morta quando tentava sorrir. Parecia um absurdo essa mulher linda me querer por perto. Quando voltei a descer a escada, vesti uma máscara igual à de Leonard Polk: contente, confiante, totalmente à vontade.

Quando me sentei mais uma vez à mesa da cozinha, Rebecca estava ocupada procurando alguma coisa nos armários de novo. "A-ha!", ela exclamou e se virou com um saca-rolhas na mão. "Tarde demais, sinto muito. Por favor, tome mais um pouco de vinho." Ela me serviu o resto da bebida. "Obrigada por trazer vinho", ela disse de novo.

"Acho que também é um tipo de festa de inauguração da casa, não é mesmo? Já que você acabou de mudar?" Tentei parecer animada.

"Adorei. Inauguração da casa, é sim. Obrigada", Rebecca respondeu. "Isso é muito apropriado. Esta casa precisa de um pouco de festa. Que lugar velho e sem graça." Ela puxou para cima a gola do roupão e abriu a boca como se fosse falar mais, porém se deteve e cruzou os braços sobre o peito.

"Há quanto tempo você mora aqui?", perguntei. "Se não se incomoda de eu perguntar."

"Cheguei aqui só faz algumas semanas", ela respondeu e ajeitou o roupão. "Devo dizer que estava esperando frio, mas nada assim. O frio de vocês é bastante brutal. Pior do que em Cambridge. Mas a neve é bonita, você não acha?"

A conversa continuou assim, superficial. A magia tinha desaparecido. Parecia que tínhamos quebrado o gelo, mas as águas gélidas nos deixaram lerdas e falsas por causa da hipotermia. Eu perdera a chance, avaliei, de ser uma amiga de verdade para ela. Rebecca tinha aberto a porta para mim e eu a fechei na cara dela. Eu era chata. Não tinha nada com que contribuir. Tentei, de um jeito agora patético, compensar o fato de eu ser sem graça e ter pena de mim mesma. "Eu não saio muito", eu disse a ela. "Não tem muita coisa para fazer aqui no inverno. Ou em qualquer outra estação."

"Você patina no gelo?", Rebecca perguntou com falso entusiasmo, senti.

Sacudi a cabeça para dizer que não, sorri, então me corrigi. "Mas eu gostaria de patinar, se você quiser."

"Ah, tudo bem", Rebecca disse. Foi totalmente constrangedor. A cadeira era tão dura, a casa era tão fria. Mesmo assim, continuei bebendo o meu vinho, assentindo e sorrindo da melhor maneira possível. Eu sabia o que estava escondendo: minha decepção, minhas fantasias destruídas, meu anseio. O que Rebecca estava escondendo, e por quê, era absolutamente misterioso para mim. Ela falou com muitos detalhes sobre a queimadura de sol que teve no verão, sobre como ficava com cãibras nas mãos quando dirigia, sobre quais eram seus pintores preferidos — todos expressionistas abstratos, pelo que me lembro. Combinamos viajar juntas a Boston na primavera, para visitar os museus de arte, mas ela parecia ter se retraído para um lugar tão distante em sua mente que só tinha sobrado a superfície de si mesma para interagir comigo. Talvez eu só merecesse olhar para ela de longe, pensei. Quem era eu para achar que uma mulher como Rebecca — linda, inteligente, profissional — poderia em algum momento se dar ao trabalho de me conhecer? E, aliás, o que eu tinha a dizer por mim mesma? Eu era uma ninguém, uma esquisitona. Devia estar contente por ela ter ficado falando sozinha. "Você nada? Você esquia? Onde comprou aquele gorro de pele?" Fiquei com a sensação de que ela só estivesse tentando me agradar, sentindo pena, até fazendo troça de mim e da minha vida sem graça, tentando me deixar à vontade com suas perguntas asininas.

Finalmente, eu disse: "Preciso ir andando". Haveria outras noites, eu disse a mim mesma. Amizade verdadeira não se cria em uma noite, de todo modo. Melhor terminar com uma nota de tédio do que de desentendimento. Eu me levantei da cadeira e comecei a calçar as luvas. Foi aí que Rebecca se levantou da banqueta em que estava sentada.

"Eileen", ela disse e se aproximou de mim com a voz de repente grave e séria e sóbria. "Antes de você ir, preciso da sua ajuda com uma coisa." Achei que ela fosse me pedir para levar o lixo para fora ou erguer um móvel pesado, mas ela disse, simplesmente: "Fique. Converse comigo mais um pouco".

Ela parecia preocupada. Talvez esteja doente, pensei, ou esperando a visita de um amante ciumento. Eu ficaria, claro, estava desesperada para tomar mais vinho. E estava com fome. Como se tivesse lido a minha mente, Rebecca se levantou e abriu a geladeira. Pegou um bloco de queijo, um pote de cebolas em conserva, um pouco de presunto.

"Vou fazer sanduíches para nós", ela disse. "Sou mesmo uma péssima anfitriã, eu sei." Observei enquanto ela lavava dois pratos e os secava com a beirada do roupão. "Vamos nos sentir melhor se comermos algo."

"Estou me sentindo bem", eu disse na defensiva. Aquilo simplesmente saiu de mim e soou na cozinha fria como algo cortante, grosso e falso. Comecei a me desculpar, balbuciando um pouco, mas Rebecca me interrompeu.

"Você sabe tão bem quanto eu que tem um pouquinho de tensão no ar", ela disse. "Você está sentindo e eu estou sentindo. Está presente, então, por que negar?" Ela sacudiu a cabeça, deu de ombros, abriu um meio-sorriso, então deu as costas para mim e empilhou as fatias de pão na pia.

Soltei uma risada neurótica e estridente. Eu não sabia dizer se Rebecca estava irritada ou se ela se divertia com aquilo. "Sinto muito", balbuciei. Mas ela me ignorou. Deixando de lado o mau jeito que se interpunha entre nós, ela retornou ao assunto de Moorehead enquanto trabalhava diante da pia. Observei enquanto suas mãos instáveis compunham nossos sanduíches. Cutuquei meus lábios rachados, toquei na arma dentro da bolsa, escutei ela falar. Ela pareceu relaxar um pouco, a voz agora passando para os registros mais baixos. Virada de costas, ela fazia uma pausa de vez em quando, pontuando o ar com a faca enquanto falava.

"Fui contratada para desenvolver algum tipo de currículo comum para os meninos, um plano diário para todos eles, como se tivessem a mesma idade e estivessem no mesmo nível. Como se fosse possível simplesmente repetir lições uma vez atrás da outra. É uma ideia ridícula. Eu não sou algum tipo de professora de escola rural do século XIX. E os meninos são capazes de aprender. A maior parte deles já é alfabetizada. Claro que serão necessários testes, tentativa e erro da minha parte, para saber o que funciona, e depois as grandes questões: quais são os objetivos, qual é a razão? Eu não estou aqui para ensinar a eles como consertar motor de carro, afinal de contas. Eles precisam aprender literatura, história, filosofia, ciências. É o que eu acho. É um trabalho grande o bastante para uma dúzia de pessoas. Robert não entende que os meninos têm cérebro, que têm consciência, até. Para ele, não passam de gado."

"Robert?", perguntei. "Está falando do diretor?"

"O diretor", ela sacudiu a cabeça. "A única coisa que ele faz é castigar os meninos por baterem punheta." Eu tinha uma boa ideia do que isso queria dizer. "Você já sabia disso, não sabia?" Rebecca se virou um pouco e me mostrou a seriedade de seu perfil. "Aquele sujeito é mesmo uma peça. Sua retórica cristã ridícula é completamente inapropriada. Daí eu descubro que Leonard Polk foi enfiado na caverna por 'tocar-se de maneira inapropriada'." Ela sacudiu a cabeça. "Se eu fosse aqueles meninos, ficaria me tocando o tempo todo. É mais ou menos a única diversão possível em um lugar como Moorehead, você não acha?" Ela se virou para mim, o nariz franzido, os olhos brilhantes, de repente cheia de alegria, animação e intriga.

"Ah, claro que sim", eu disse, girando as mãos no ar para indicar que eu era flexível, tinha a cabeça aberta e nenhum pudor.

"Juro", Rebecca prosseguiu. "Eu simplesmente não entendo qual é o grande problema." Ela sacudiu a cabeça. Tentei imaginar Rebecca tocando em si mesma, que tipo de toque ela fazia e como era diferente do meu tipo, já que parecia — tendo em vista o que eu sabia sobre ela — que ela não tinha nenhuma vergonha. Fiquei me perguntando que tipo de êxtase poderia existir sem que houvesse vergonha de incitá-lo. Eu não conseguia imaginar. Me senti um tanto estupefata ali sentada, naquele momento, e fiquei agradecida por ela falar sem parar. Ela contou que estava feliz de trabalhar na prisão, que estava aliviada por ter terminado a pós-graduação.

Disse que tinha certeza de poder obter um ótimo efeito e que já se preocupava tanto com os meninos. "Como se fossem meus próprios irmãos" é uma frase de que me lembro com clareza. Ela me entregou um prato, jogou um sanduíche nele. Ficamos lá sentadas, comendo em silêncio.

"Como você provavelmente já deduziu a esta altura, Eileen", ela disse, depois de um tempo, "eu vivo de um jeito diferente da maior parte das pessoas."

"Ah, de jeito nenhum", eu afirmei. "A sua casa é muito bacana."

"Por favor, não seja tão educada", ela disse. "Não estou falando da casa." Ela olhou para mim e se levantou enquanto mastigava uma cebola. "Quero dizer que tenho ideias próprias. Não sou igual àquelas mulheres com quem você trabalha." Isso era óbvio. "Nem igual às professoras na escola, nem à sua mãe." Ela colocou o prato de volta na pia. "Dá para ver que você também tem ideias próprias. Talvez você e eu tenhamos algumas ideias em comum."

Agora senti que ela estava me testando: Será que eu era uma discípula como "a maior parte das pessoas" ou será que eu era "diferente" como ela? Mal consegui comer o sanduíche que ela tinha me dado. O pão estava rançoso, o presunto, borrachudo. Ainda assim, como uma boa moça, eu mastiguei e assenti.

"Eu percebi algumas coisas com o passar dos anos", ela disse, e lambeu os dedos. "Não acredito em bem e mal." Ela me ofereceu um cigarro. Aceitei, agradecida por ter uma desculpa para largar o sanduíche. "Aqueles meninos de Moorehead, o lugar deles não é lá. Não dou a mínima para o que eles fizeram. Nenhuma criança merece aquele tipo de castigo."

Eu mal tinha bebido duas canecas de vinho, e como não era da minha natureza discutir quando não estava bêbada, o que eu disse em seguida me surpreendeu. Talvez tenha sido o espírito do meu pai se movendo em mim, porque eu realmente não me incomodava muito com a questão. "Mas aqueles meninos são todos criminosos. Precisam ser castigados de algum modo", eu disse. Rebecca ficou em silêncio. Terminei o vinho. Alguns momentos se passaram, em que minha cabeça ficou pesada e começou a girar de arrependimento. Parecia claro que eu a tinha ofendido. Me senti enjoada.

"Preciso ir", eu disse. "Você deve estar cansada." Àquela altura, acredito, eu devia ter estado naquela casa havia menos de uma hora. Minha pele parecia oleosa e quente. O ar na cozinha parecia estar rodando com poeira e fumaça e cheiro de comida podre. Apaguei o cigarro. Rebecca parecia estar pensando profundamente — parti do princípio de que os pensamentos dela giravam em torno de mim, da minha falta de visão ou de compaixão. Como eu era quadrada. Que porca. Fiquei com medo de vomitar. Parecia imperativo que eu voltasse para casa imediatamente. Mas Rebecca tinha outros planos.

"Posso fazer uma confidência?", ela perguntou, com a voz de repente suave, mas cheia de urgência. Ela se agachou na minha direção com um braço apoiado na mesa.

Ninguém jamais tinha feito confidência nenhuma a mim. Olhei bem no rosto dela, prendi a respiração. Ela realmente era linda. De repente estava com os olhos vivos e imóvel e vulnerável, feito uma criança amedrontada na floresta. Ela pegou na minha mão sem prestar atenção, os dedos frios e macios contra a minha pele áspera. Tentei relaxar, demonstrar que eu estava aberta, pronta para aceitar, disponível. Mas senti a minha máscara mortuária se instalando mais uma vez. Assenti com os olhos fechados, pensado que isso seria um gesto sóbrio e confiável de lealdade. Se ela tivesse tentado me beijar naquela hora, acho que eu teria entrado no embalo.

"É a respeito de Lee Polk", ela disse.

Eu realmente achei que fosse vomitar naquele momento. Comecei a me levantar e fiz menção de pegar a bolsa, torcendo para que ela perdesse a coragem antes que tivesse a chance de me contar que eles tinham se beijado ou feito coisa pior. Mas ela voltou a segurar a minha mão com força, e eu me sentei de novo.

Como fiquei aliviada quando ela não disse: "Estou apaixonada por ele", mas sim: "Ele falou comigo". Ainda assim, havia um tipo de expressão de orgulho e prazer em seu rosto. Me lembrei da satisfação de Joanie quando me contou, tantos anos antes: "Ele gosta de experimentar o meu gosto". Rebecca apertou os meus dedos, engoliu em seco. "Ele me contou tudo. O que aconteceu e o que ele fez e como foi parar em Moorehead. Olhe só." Ela tirou uma fotografia velha do bolso do roupão. Era uma foto da cena do crime. O pai de Lee Polk estava estirado no tapete escurecido pelo sangue, uma parte do corpo enrolado em um lençol emaranhado, uma cama desarrumada ao lado dele.

"Esse é o pai", Rebecca prosseguiu. "As pessoas sempre pensam que é complexo de Édipo. Mata o pai, casa com a mãe. Foi o que eu achei que fosse."

"Que nojo", eu disse. Olhei para a foto mais uma vez. Os olhos do homem estavam entreabertos, como se estivesse olhando para baixo de um jeito furtivo, lascivo. Estava com os braços por cima da cabeça, os dedos presos e juntos, colados à mesinha de cabeceira. Eu tinha visto fotos de cadáveres antes em diversos livros e revistas, na maior parte de personagens importantes expostos em mausoléus ou em fotos de guerra: soldados caídos em campos de batalha, cadáveres emaciados. Depois, é claro, havia Jesus morto na cruz em todo o lugar para onde eu olhava. Havia algumas fotos de cenas de crimes na ficha de outros presos de Moorehead, mas nenhuma tinha conseguido capturar a essência da morte como aquela foto do sr. Polk. Nem o cadáver da minha mãe me atingira com tanta força. Ela, na verdade, simplesmente se esvaiu, um pouquinho a cada dia, até que não sobrou mais nada. Mas a vida tinha sido arrancada do sr. Polk. A morte estava ali, viva na foto. Me desvencilhei da mão de Rebecca, levantei e me lancei na direção da pia, vomitando aquele sanduíche horrível, todo aquele vinho.

"Desculpe", eu disse.

Rebecca se aproximou por trás de mim e esfregou as minhas costas. "Não se desculpe", ela respondeu. Ela me entregou um pano de prato frio, úmido e mofado. "A foto deve *mesmo* fazer a gente querer vomitar." Abri a torneira, enxaguei o vômito dos pratos. "Não se preocupe", Rebecca disse.

"Desculpe", repeti. Não sei se eu estava mesmo arrependida. Ter vomitado daquele jeito me deixou animada. Não consigo me lembrar de mais nenhuma vez que eu tenha vomitado só por ver alguma coisa. Queria olhar para a foto de novo. Havia algo nela que eu não consegui decifrar totalmente. Entre os lençóis amarfanhados, a camisa de dormir com listras fininhas, a mancha escura empoçada no tapete e o sr. Polk, com o rosto murcho e flácido, havia algo a ser dito. Outro tipo de vida se estendia por trás da expressão vazia capturada naquela foto. Eu queria poder entrar dentro dela, examinar a garganta onde estava cortada, tocar o sangue, investigar a ferida como se um segredo estivesse incrustrado ali, mas a garganta não estava visível na foto. O que aqueles olhos sabiam? Qual foi a última coisa que o sr. Polk viu? Lee, a faca, a escuridão, a mulher, seu próprio espírito se erguendo do corpo? Gostei da aparência daqueles olhos parados, furtivos. O sr. Polk, eu sabia, tinha um segredo que eu estava querendo compreender. Ele conhecia a morte, suponho. Talvez fosse assim tão simples.

"Onde você conseguiu isso?", perguntei a Rebecca.

"Na ficha de Lee", ela respondeu. "Assustador, não é?"

Voltei a me sentar na cadeira, agora sóbria, calma. "Não exatamente", menti sem motivo algum.

"Lee se esgueirou para dentro do quarto dos pais com uma faca de cozinha e cortou a garganta do pai. A mãe alega que entrou em choque. Ela não ligou para a polícia imediatamente. Disse que acordou e encontrou o marido morto, achou que a casa tinha sido invadida. Como é que alguém não acorda enquanto uma coisa dessas acontece, é o que eu quero saber. Dá para imaginar? Encontraram a faca na pia da cozinha e Lee na cama, agarrado a seu ursinho de pelúcia."

A expressão de Rebecca endureceu enquanto ela falava. Olhei com atenção para seu rosto, para as ruguinhas delicadas ao redor dos olhos, a pele fina, fresca e rosada. Em um momento, ela parecia uma mulher madura, no seguinte, uma menininha. Meus olhos pareciam estar me enganando, como se eu estivesse olhando em um espelho distorcido, como se tudo aquilo fosse um sonho. Ela deu alguns tapinhas na minha mão para chamar a minha atenção. "Mas Lee não é responsável por isso", Rebecca prosseguiu. "Foi isso que ele me explicou ontem. Pela provação toda. É demais para uma criança guardar para si." Ela se virou para o outro lado, como se tivesse sido arrebatada pela emoção, mas, quando voltou a se virar para mim, estava calma, firme, até sorrindo. "É algo terrível, esta foto, sim. É perturbadora. Quando eu vi, e depois estive com Lee, simplesmente não consegui ligar os pontos. Um menino inteligente, tímido como ele fazer uma coisa assim. Não fazia sentido. Perguntei a ele se realmente tinha feito aquilo, matado o pai." Ela bateu com o dedo na foto, por cima do rosto do homem morto. "Ele disse que sim, que tinha feito aquilo. Ou, na verdade, só assentiu. Perguntei a ele por quê, mas ele só deu de ombros. Não se abriu comigo de cara, sabe? Tive que fazer a pergunta certa. No começo, eu só estava dando tiros no escuro. O pai dele batia na mãe? A mãe fez com que ele matasse o pai pelo dinheiro do seguro? Qual tinha sido o motivo? Eu apenas tinha a sensação de que algo de podre estava acontecendo naquela família. Está tudo estampado no rosto da mãe, de todo modo. Você viu a mulher. Eu sabia que tinha alguma coisa ali. Foi por isso que liguei para ela e disse que fizesse uma visita. Eu disse a ela: 'Acho que seu filho gostaria de conversar com a senhora'. Você viu os dois juntos. O coitado do menino mal conseguia olhar nos olhos dela. Então, depois, eu simplesmente perguntei, na lata. 'O que o seu pai fez com você? Ele passou a mão em você?' E ele falou. Soltou tudo em questão de minutos. Aquele homem, o sr. Polk, estava estuprando o menino, seu próprio filho. Ninguém nunca se deu ao trabalho de perguntar a Lee antes. Ninguém quis saber."

A essa altura, Rebecca estava com os olhos loucos de entusiasmo, daria para dizer, quase salivando, as mãos já não seguravam os meus pulsos e antebraços, e sim os meus ombros. Fiquei espevitada com o cor-de-rosa da boca e das gengivas dela, da marca preta do vinho nos cantos rachados de seus lábios. Eu já tinha ouvido histórias iguais à que ela contava. Tinha uma vaga ideia do que aquilo tudo significava. "Não precisa ter diploma de psicologia para chegar à verdade", ela prosseguiu, toda orgulhosa de si mesma. Soltou meus ombros. "E não precisa de uma sentença de prisão para endireitar as coisas. Os diretores de prisão e os psiquiatras deste mundo são mais loucos do que a maior parte dos assassinos, juro. As pessoas contam a verdade, se você estiver mesmo disposta a ouvir. Pense bem, Eileen", ela disse e voltou a apertar as minhas mãos. "O que levaria alguém a matar o próprio pai?" Ela olhou para mim com ar de súplica, os olhos disparando de um lado para outro entre os meus. "O quê?", ela insistiu.

Eu tinha passado anos debatendo uma pergunta semelhante. "Matar", eu respondi, "teria que ser a única saída."

"O único recurso, sim", Rebecca assentiu.

Olhamos mais uma vez para a foto, a cabeça dela próxima à minha, tão perto que nossas bochechas se tocavam. Ela se apoiou no meu ombro, me abraçou. O vento sacudiu a casa, fazendo vibrar as janelas da cozinha cheias de frestas. Fechei os olhos. Fazia anos que eu não ficava tão próxima de alguém. Dava para sentir a respiração de Rebecca na minha mão, quente e rápida e firme.

"A gente tem que se perguntar", ela prosseguiu, "por que a mãe não fez *nada*."

Ergui os olhos para ela. Sua expressão estranha, instável, tensa sob a luz forte, as sobrancelhas erguidas, os olhos arregalados, a boca aberta em prazer ou expectativa, eu não sabia dizer. Ela parecia animada, agitada, excitada e cheia de espanto. Eu me remexi. "Minha mãe morreu", eu disse na defensiva. Rebecca não se aborreceu com minha conclusão sem lógica nenhuma. Prendi a respiração.

"Mães são muito difíceis", Rebecca respondeu. Ela se levantou de repente e ficou olhando para mim enquanto falava. "A maior parte das mulheres detesta as outras mulheres. Isso é natural, todas nós competindo, mães e filhas principalmente. Não que eu odeie você, claro. Não considero você como a concorrência. Considero você minha aliada, uma parceira no crime, como dizem por aí. Você é especial", ela disse, com mais suavidade. Eu poderia ter chorado ao escutar essas palavras. Pisquei com força, apesar de os meus olhos estarem secos. Ela voltou a fazer sua afirmação ao apertar as minhas mãos mais uma vez e se agachou de novo para ficar no mesmo nível dos meus olhos. "Aquela mãe", ela continuou, "a sra. Polk, você se lembra dela, não lembra?"

"Ela era gorda", eu disse e assenti.

"Quieta", Rebecca sussurrou de repente. Ela se levantou, ergueu um dedo no ar para me calar. O vento fazia barulho, mas fora isso, a casa estava em silêncio. A música tinha parado de tocar sem que eu tivesse me dado conta. Prendi a respiração. "A mãe de Lee", ela prosseguiu, pontuando as palavras ao bater as unhas na mesa, "é o verdadeiro mistério. Não tem um jeito amável de dizer isso, Eileen. Fiquei com o coração partido ao escutar o menino contar a história dele. Mas, como você e eu sabemos, é tão importante colocar a verdade para fora. Lee me disse que, toda noite, depois do jantar, a mãe o levava para cima para fazer um enema antes de dormir. Daí ela só ficava assistindo uma série de TV ou pintando as unhas ou dormindo ou fazendo qualquer coisa até os dois terminarem. Por que ela não impediu? A resposta bem simples é que ela não teve vontade. Devia estar se beneficiando daquilo tudo de algum modo. Só não entendo como."

Fiquei enojada, claro. Mas também não acreditei muito. "É mesmo um horror", eu disse, sacudindo a cabeça de um lado para outro. "Que nojo", eu disse mais uma vez. Observei Rebecca se afastar da mesa e se apoiar na pia. Ela cruzou os braços e olhou para o teto. Eu de repente fiquei com frio e me senti solitária com ela tão longe. A minha vontade era me levantar e ir até ela, me aninhar dentro do seu roupão, me encolher em seus braços feito uma criança.

"Você realmente tem que imaginar, Eileen", ela prosseguiu. "Você não passa de uma criança sentada à mesa da cozinha." Ela repassou em detalhes toda a rotina noturna na casa dos Polk de acordo com sua imaginação, descrevendo com profundidade como um enema funciona, o tamanho da anatomia infantil, como as regiões íntimas se dilaceram durante o ato sexual, e depois a psicologia do pai: como ele deve ter sofrido a vida toda com um desejo que não era capaz de satisfazer. "A motivação do pai é bastante óbvia", ela disse. Ele tinha algum mal-entendido. Para ele, fazer isso com o filho devia ser amor. Por mais horrível que isso pareça, o amor às vezes é assim. Faz você estuprar o próprio filho. Não é algo que a gente acha que vai fazer algum dia, mas o sr. Polk não devia conhecer nenhum outro jeito." Pensei no meu próprio pai, e na minha mãe também, aliás, como tinham me dado pouco afeto a não ser um beliscão ou um cutucão de vez em quando na minha infância. Talvez eu tenha tido sorte, no final das contas. É muito difícil medir, pensando bem, quem esteve em pior situação.

"Mas a mãe — Rita é o nome dela —, eu simplesmente não entendo as motivações dela." Rebecca estava determinada a chegar a uma conclusão. Eu, na verdade, não estava nem aí para os Polk: agora eu tinha Rebecca. Éramos parceiras no crime. Ela tinha dito essas exatas palavras. Teria cortado a palma da mão com a faca de cozinha e feito um pacto de sangue ali mesmo, naquela hora, para sermos amigas, irmãs, para todo o sempre. Mas fiquei lá sentada, ouvindo com atenção, fingindo interesse da melhor maneira possível, assentindo e franzindo a testa e batendo as pestanas e tudo o mais.

"Não tenho a sensação de que o pai ameaçava a mãe", Rebecca continuou. "Ela não me passa essa impressão." Na verdade, eu sabia o que ela queria dizer. Quando a sra. Polk tinha ido à prisão antes, naquela mesma semana, ela não pareceu fazer o papel de uma vítima. Estava com a cabeça erguida, parecia mais brava do que pesarosa, tinha um ar de julgamento na maneira como olhava para nós: eu, Randy, Rebecca, Leonard. E ela não parecia ser o tipo de mulher que se esforçava muito para agradar aos outros. Era gorda.

Usava roupas feias. "Acredito que algo fundamental precise ser resolvido com aquela mulher", Rebecca prosseguiu, "antes que Lee possa de fato seguir em frente. E, como eu disse, não acredito em castigo, mas acredito em revanche. O pai de Lee estuprou o menino. Ele fez uma coisa ruim, por isso foi morto. Lee matou o pai, por isso está na prisão. A mãe é culpada de seu próprio crime e não sofreu nenhuma consequência. E, Eileen?" Ela se inclinou para a frente, me pegou pela canela. "Não pode contar isso para ninguém, promete?" Assenti. A mão de Rebecca na minha perna bastava para que eu prometesse o mundo a ela. Até hoje não consigo entender a intensidade dela, a gravidade de sua atitude em relação à família Polk. Que diferença fazia? Por que ela se incomodava? Quando ela esticou seu belo dedo mindinho, enganchei o meu no dela. Fizemos um pacto. Esse gesto pareceu tão sincero, tão puro e, no entanto, tão perverso que meus olhos se encheram de lágrimas.

"Esta casa não é minha, Eileen", Rebecca então disse. "É a casa dos Polk. Amarrei Rita no porão."

Devo dizer que, sendo uma jovem bastante protegida na Cidadezinha X, eu tinha pouca experiência em conflitos diretos entre as pessoas. As brigas dos meus pais na mesa de jantar quando eu era criança eram todas sem motivo, apenas queixas que cobriam a superfície dos ressentimentos mais profundos quaisquer que cada um deles carregava consigo, tenho certeza. Nada jamais passou para o lado físico, ainda que, nos últimos anos que passei com meu pai, ele de vez em quando envolvesse minha garganta fina como um lápis com as mãos fracas e ameaçasse ser capaz de me tirar a vida a qualquer momento que desejasse. Não doía, suas mãos no meu pescoço eram, na verdade, uma espécie de bálsamo: eram todo o afeto que eu recebia naquela época. Me lembro de quando eu tinha doze anos e uma menina de uma cidadezinha próxima desapareceu e encontraram seu corpo nu lavado pelo mar nas pedras da praia da Cidadezinha X. "Não pegue carona com desconhecidos" e "Grite se alguém tentar agarrar você", os professores diziam na escola, mas a preocupação deles nunca me assustou. Ao contrário, ser sequestrada era um desejo secreto que eu tinha. Pelo menos assim eu saberia que era importante para alguém, que tinha valor. Violência fazia muito mais sentido para mim do que qualquer conversa forçada. Se houvesse mais briga na minha família quando eu era criança na Cidadezinha X, as coisas poderiam ter terminado de outro jeito. Eu poderia ter ficado por lá.

Devo parecer horrivelmente cheia de autocomiseração, reclamando que meu pai não me amava o suficiente para me bater. Mas e daí? Agora eu sou velha. Meus ossos afinaram, meu cabelo ficou branco, minha respiração tornou-se lenta e superficial, meu apetite, parco. Recebi mais do que a minha dose justa de arranhões e feridas, e já vivi o suficiente a ponto de a autopiedade não ser mais um vício ridículo da psique, mas algo como uma toalha úmida e fria na minha testa para baixar a febre do medo de meu próprio fim mortal inevitável. Coitada de mim, sim, coitada de mim. Quando eu era nova, não me importava nem um pouco com o meu bem-estar físico. Todos os jovens acreditam ser invencíveis, sabem muito bem que não precisam levar a sério nenhum aviso bobo. Foi esse tipo de estupidez cheia de coragem que me fez sair da Cidadezinha X. Se soubesse como o lugar para onde eu estava fugindo era perigoso, talvez nunca tivesse ido embora. Nova York não era lugar para uma moça completamente sozinha naquela época, principalmente uma moça como eu: impressionável, impotente, cheia de raiva e culpa e preocupação. Se alguém tivesse me dito o número de vezes que alguém passaria a mão em mim ou me agarraria no metrô, a frequência com que meu coração seria partido, com que portas seriam fechadas na minha cara, e meu espírito seria esmagado, eu poderia ter ficado em casa com meu pai.

Quando estava na Cidadezinha X, eu lia histórias de violência nas fichas da prisão — um negócio horroroso. Ataque, destruição, traição; desde que não me envolvesse, não me incomodava. Aquelas histórias eram iguais a reportagens na *National Geographic*. Os detalhes só alimentavam minhas próprias fantasias e imaginação distorcidas, mas nunca me fizeram temer pela minha segurança. Eu era ingênua e era insensível. Não me importava com o bem-estar dos outros. Só me importava em conseguir o que eu queria. Então, quando a revelação de Rebecca me chegou, não fiquei tão horrorizada quanto seria de esperar. Mas me senti insultada. De repente, ficou óbvio para mim que a amizade dela não era motivada só por admiração e afeto, como eu preferiria pensar. Rebecca tinha forjado uma relação, estava claro, como parte de uma estratégia. Partiu do princípio de que eu seria útil para ela, e suponho que, no fim, tenha sido.

"Sinto muito", gaguejei, tentando esconder minha decepção. "Eu realmente não estou me sentindo bem." Eu poderia ter dito que ela era louca, que eu não queria me envolver com ela, que ela devia ser internada, mas fiquei tão magoada, tão decepcionada com sua tramoia para me seduzir e me transformar em uma espécie de cúmplice que não consegui proferir nenhum tipo de palavra ou de frase cortante. "Boa sorte", poderia ter bastado, suponho. Mas, bom, eu é que não ia revelar a minha decepção para ela: já estava me sentindo bem humilhada. Eu tinha sido tão boba. Claro que Rebecca não gostava de mim de verdade. Eu era ridícula, feia, fraca, esquisita. Por que alguém como ela teria alguém feito eu como amiga? "Preciso mesmo ir andando", eu disse, me levantei e caminhei na direção da porta. Mas, no corredor, Rebecca agarrou meu braço.

"Por favor", ela disse. "Não vá embora assim tão rápido. Eu meio que estou em um pequeno aperto." Dava para ver, só de olhar para ela, que estava com medo. Pensei em me desvencilhar, ir para casa para contar para o meu pai, chamar a polícia. Mas, com Rebecca olhando para mim daquele jeito, como se eu pudesse salvá-la, dizendo: "Por favor, eu preciso de você de verdade, Eileen. Seja minha amiga", eu comecei a ceder. Ela estendeu um cigarro para mim, acendeu com as mãos trêmulas. "Você é a única pessoa em quem eu confio", ela disse. Isso bastou para me fisgar de volta. No fim das contas, ela me respeitava, preferi acreditar. Ela queria que eu ficasse ao seu lado. Lágrimas encheram seus olhos e escorregaram pelas bochechas. Ela as enxugou com o punho do roupão, soltou a respiração, estremeceu, ergueu os olhos para mim como quem implora.

"Tudo bem", eu disse. Nunca ninguém tinha chorado para mim. "Vou ajudar."

"Obrigada, Eileen", ela disse e sorriu por entre as lágrimas. Ela assoou o nariz na manga. "Sinto muito", ela disse. "Estou confusa." Fiquei contente de ver Rebecca amedrontada e vulnerável daquele jeito. Pegou outra fatia de pão da pia, ficou remexendo nela sem prestar atenção por um momento. "Não sei como me meti nisso. Mas, agora que estamos aqui, temos que terminar o que começamos."

Eu me sentei, endireitei as costas na cadeira, cruzei as pernas feito uma dama, juntei as mãos no colo. "Podemos chamar a polícia e simplesmente explicar o que aconteceu", eu disse baixinho. "Foi um acidente, podemos dizer." Eu sabia muito bem que essa sugestão era mirabolante. Só queria aliviar todo o desespero que ela podia estar sentindo. Eu merecia pelo menos isso em troca da minha lealdade, pensei.

"E dizer o quê?", Rebecca respondeu. "Que eu amarrei a mulher sem querer? Iriam me levar para a cadeia", ela choramingou.

"Meu pai foi policial", eu disse a ela. Rebecca baixou os olhos arregalados para mim. "Claro que não vou contar para ele, mas estou dizendo, se falarmos que a sra. Polk ameaçou você…"

"A última coisa de que precisamos é o envolvimento da polícia. O sr. Polk era policial, sabia? Se a polícia realmente se importasse com a justiça, eu não precisaria vir aqui, para começo de conversa. Não posso ir para a cadeia, Eileen. As pessoas não vão entender o bem que estou tentando fazer." Ela sacudiu a fatia de pão e a jogou na pia, acendeu um cigarro. Deu uma olhada na garrafa de vinho quebrada. Estava vazia. "Eu bem que estou precisando de uma bebida", ela disse.

"Nada de bebida", eu disse, satisfeita por ela estar tão desesperada a ponto de não me julgar. "Precisamos manter a cabeça no lugar. Temos uma confissão a extrair." Tentei parecer diligente. Apaguei o cigarro e uni as mãos. "Temos um trabalho a fazer." Rebecca deu um sorriso fraco. "Conte o que aconteceu", eu disse. "Conte tudo para mim." Fiquei excitada ao vê-la se contorcer. Suas mãos dispararam na direção do cabelo, puxando e torcendo enquanto ela andava de um lado para outro na cozinha.

"Começou ontem à tarde. Eu me convidei para vir à casa da sra. Polk", ela disse. Firmou a voz como que para parecer inabalada, composta, crível, como se estivesse ensaiando o que diria a um juiz ou júri. "Eu a confrontei a respeito dela e das ações do marido, repetindo o que Lee me contou a respeito dos enemas, do abuso sexual, tudo aquilo." Ela fez um gesto com a mãos como se apontasse para o andar de cima, onde o estupro rotineiro acontecia. Da maneira como ela o descrevera, eu mal tinha compreendido o abuso: que parte entrava onde, para que serviam os enemas. O significado de tudo aquilo ainda não estava claro. Eu era ingênua e eu era pervertida e eu sabia o que era homossexualidade em teoria, mas não tinha experiência e não era capaz de imaginar o ato sexual bem o bastante para compreendê-lo em sua forma distorcida: o estupro de um menino.

"O que exatamente o pai fazia com ele?", perguntei. Rebecca parou de andar de um lado para outro e olhou para mim como se eu fosse idiota. "Só para ficar claro", completei.

"Sodomia", ela disse. "Penetração anal. Está claro o suficiente?"

Assenti, apesar de aquilo parecer implausível. "Prossiga." Limpei a garganta. "Estou escutando."

"A sra. Polk negou tudo, claro", Rebecca continuou. "Chamou o marido de santo, disse que ela nunca tinha ouvido a palavra 'enema' antes de eu dizer. 'Não saberia para que serve isso, em primeiro lugar.' Mas continuei perguntando: 'Por que não pegou Leonard e fugiu? Por que permitiu que isso continuasse? Como pôde ser cúmplice de uma tortura assim?'. E ela simplesmente não respondia. Eu disse a ela para pensar bem. Deixei meu número de telefone. Mas sabia que ela não ia ligar. Não consegui dormir nada a noite passada. O jeito como aquela mulher tinha mentido na minha cara estava me consumindo. Então voltei hoje de manhã. Ela não tinha nada de novo a dizer, claro. Se fechou ainda mais. *Me* chamou de louca. Ameacei delatar o que ela tinha feito. E briguei com ela porque o que eu disse a deixou irritada. Tentei lhe dizer que eu estava ali em nome de Lee e que queria ajudar a ela também. Mas ela nem quis escutar. Ficou louca. Ela me atacou. Está vendo?" Rebecca abriu o roupão e ergueu a blusa para me mostrar um leve arranhão no peito, nada grave, nada que deixaria marca. O torso dela era tão estreito e puro, a pele branca parecia reluzir de dentro, as costelas eram como as teclas de marfim de um piano, o abdômen duro em sua musculatura rígida. O sutiã era de cetim preto com renda delicada por cima do busto pequeno. "Eu precisei deter a mulher", Rebecca disse, sacudindo a cabeça. "Não havia outra opção. Ela ameaçou chamar a polícia. O que eu diria aos policiais?"

"Você fez o certo", eu disse. Firmei os olhos e deixei o rosto relaxar, na esperança de transmitir a Rebecca que eu era destemida, calma e contida, tinha desdém pelo crime terrível contra a criança e trabalharia com diligência para que aquilo fosse resolvido, até o fim, apesar de não fazer ideia do que isso significasse. A exasperação de Rebecca arrefeceu um pouco. Ela puxou o cabelo para trás.

"Eu, na verdade, não machuquei a mulher", ela disse. "Ela não está sofrendo. Passou muito tempo gritando, por isso aumentei o som. Mas agora ela está quieta. Achei que no final ela contaria a verdade, aceitaria sua parte da culpa, e daí nós poderíamos acertar a situação. Mas ela não quer saber de confessar nada. Ela se recusa a falar. Não posso deixar a mulher amarrada mais muito tempo e obrigar que ela fique lá embaixo, no frio. Não sou criminosa. Ela merece coisa muito pior, mas não sou uma vilã. Entende o que eu quero dizer?"

Não sei dizer com certeza por que Rebecca precisou me arrastar para dentro de sua tramoia. Será que ela achava mesmo que eu podia ajudar? Ou será que eu só estava presente para testemunhar seu projeto brilhante, absolvê-la de sua culpa? Debati comigo mesma, vez após outra, a sinceridade da compaixão dela. Qual era exatamente sua motivação para se envolver no drama da família Polk? Será que ela sinceramente achava que tinha o poder de reparar os pecados de outra pessoa, que era capaz de fazer justiça com sua astúcia, seu raciocínio superior? Pessoas que nascem privilegiadas às vezes se confundem dessa maneira. Mas agora ela estava com medo. Talvez a sra. Polk fosse mais maléfica do que Rebecca esperava.

"Deixe a mulher lá embaixo por mais algumas horas", sugeri. "Assim ela vai ser castigada. Vai falar."

"Mas ela não disse nenhuma palavra!", Rebecca exclamou. Ela voltou a se jogar contra a pia, cruzou os braços. "A desgraçada da mulher se recusa a confessar. Ela é simplesmente incorrigível. Está tão muda quanto o filho estava antes."

"Faça com que fique bêbada", propus. "As pessoas sempre dizem coisas que não têm a intenção de dizer quando estão bêbadas."

"Isso não vem ao caso." Rebecca expirou. "De todo modo, as lojas de bebida estão fechadas a esta altura. Precisamos de uma confissão assinada. Algo que ela não possa negar depois. Mas ela não está apavorada o suficiente para reconhecer nada. Até parece que vou dar uma surra nela." Ela olhou bem para mim. "Você já deu uma surra em alguém?", ela perguntou, com uma dificuldade hesitante de pronunciar as palavras.

"Não", respondi, "mas já imaginei fazer isso."

"Claro que não, claro." Ela andou de um lado para outro mais uma vez, amassando uma nova fatia de pão entre os dedos, transformando em bolinhas. Meu estômago revirou. "Precisamos pensar. Pensar bem." Alguns momentos se passaram. Então a solução me veio, tão simples e fácil que quase dei risada. Eu me virei para a minha bolsa pendurada nas costas da cadeira, tirei o revólver de dentro com cuidado e pousei em cima da mesa.

"É do meu pai", eu disse com uma agitação incontrolável no rosto, apesar de tentar manter a boca fechada. Tentei não sorrir.

"Minha nossa", Rebecca murmurou, os olhos arregalados, o roupão caindo dos ombros. Ao se aproximar da mesa, ela deixou a barra do roupão se arrastar atrás de si como se fosse uma rainha. "É de verdade?" Os olhos dela estavam vidrados, estupefatos.

"É de verdade", eu disse. Ela estendeu a mão para tocá-la, mas recolhi a arma e a segurei firme na mão direita. "É melhor você não manusear", eu disse. "Pode estar carregada", disse a ela, mas achava que não estava. Como poderia estar? Meu pai não era assim tão louco, pensei.

"Isto é incrível", disse Rebecca. Mas, daí, ela perguntou: "Por que você está com esta arma? Por que a trouxe para cá?".

O que eu poderia ter dito? No que ela acreditaria? Disse a ela a verdade. "Meu pai é doente", eu disse, batendo na têmpora com o indicador, "e eu me preocupo com o que ele pode fazer se ficar sozinho com a arma."

Rebecca assentiu com uma expressão grave. "Compreendo. Você é a guardiã de seu pai. Protege a ele de si mesmo."

"Protejo os outros", corrigi. Eu não queria que Rebecca me enxergasse como mártir. Eu queria ser herói.

"Uma mulher e tanto", Rebecca disse e me lançou aquele olhar conspiratório, com os olhos matreiros, que eu tinha visto no O'Hara's algumas noites antes. "Formamos um bom time", ela disse. Dava para imaginar nós duas como uma espécie de dupla sem lei: Rebecca com sua arrogância e sua visão moral, e eu com meu olhar de peixe morto e minha arma. Voltei a colocá-la em cima da mesa. Ela pareceu ansiosa para pegá-la. "Vamos lá embaixo", ela disse e ergueu o roupão do chão. Torceu o nariz e amarrou a cinta do roupão bem apertada ao redor da cintura. "Lá embaixo é uma imundice", ela falou. Mas eu hesitei. Se havia mesmo uma mulher amarrada lá embaixo, meu tempo sozinha com Rebecca estava chegando ao fim.

"E se Lee estiver mentindo?", perguntei. "E se ele inventou tudo? Ele teve anos para pensar em um bom motivo para matar o pai, culpar a mãe. A sra. Polk pode ser inocente. Não acha?"

"Eileen." Rebecca baixou os olhos para mim com uma expressão rígida, cruzou as mãos sobre o coração. "Se você visse as lágrimas do menino, se ouvisse a história nas palavras dele, se o sentisse estremecer e chorar, não duvidaria nem por um segundo. Olhe", ela disse e deslizou a fotografia do sr. Polk para o lado da arma. "Esse homem merecia coisa muito pior do que recebeu. Não percebe?"

Olhei mais uma vez para a foto, aqueles olhos traiçoeiros, virados para o lado. O cadáver era tão estranho, tão desconcertante, eu precisava acreditar que ele recebeu o que merecia. Acreditar em outra coisa seria demais. Na época, eu acreditava no que pudesse para evitar a realidade apavorante de tudo. A juventude é assim. "Tudo bem", assenti. "Então, acha que a arma vai funcionar?"

"A memória é uma coisa inconstante", Rebecca respondeu. Ela então estava mais calma, suas ansiedades pareciam domadas. "A sra. Polk está em estado de profunda negação. Guardou seu segredo tão bem, provavelmente nunca contou para ninguém, pode ser que tenha dificuldade até para se lembrar da verdade em si. As pessoas têm pena dela, sabe? Acham que ela é apenas triste e solitária. Ninguém vai querer desafiar uma mulher nesse estado. Ninguém nem quer se aproximar de alguém como ela, de uma vítima assim. Partimos do princípio de que ela é patética, de dar dó. Mas ninguém nunca fez as perguntas certas. Eu sou a primeira a me incomodar." Rebecca puxou o cabelo para trás, fez uma trança habilidosa com dedos ligeiros. Ela era tão linda, até na luz implacável da cozinha, até com os olhos vermelhos e inchados. "Ela não tinha visitado

Lee nenhuma vez desde que ele foi mandado para Moorehead", ela disse. "Não até eu ligar para ela, depois de ler a ficha dele." Ela pareceu devanear por um momento, pensando e olhando fixo para a porta do porão. "Eileen", ela finalmente disse, virando-se e batendo de leve com o punho na mesa. "Se a sra. Polk acreditar que a vida dela está em jogo, não vai ter motivo para negar nada. Estará livre para confessar. Dessa forma podemos libertá-la, independentemente de ela achar que deseja isso ou não. Ela vai nos agradecer depois. Estamos fazendo uma coisa boa. Você vai ver. Pronto." Rebecca puxou o meu cachecol do meu pescoço. "Vamos cobrir o seu rosto. Assim vai dar mais medo nela, e ela não vai saber quem você é. Ela não vai poder reconhecer você de Moorehead. Se reconhecer, as coisas podem ficar confusas." Ela amarrou o cachecol na minha cabeça e puxou por cima do meu rosto, de modo que só os meus olhos apareciam. Meu corpo formigou com o seu toque quando ela tirou o cabelo dos meus olhos. Ela deu uma risadinha. "Você está ótima", ela disse. "Agora, levante a arma. Mostre para mim como você segura." Fiz o que ela pediu, segurei a arma com as duas mãos, estendi os braços retos, com o rosto baixo. "Está muito bom, Eileen." Rebecca sorriu, colocou as mãos na cintura e estalou a língua. "Uma mulher e tanto", ela disse mais uma vez.

Observei quando ela foi até a porta do porão, deslizou a corrente para fora da tranca e revelou uma escada escura e íngreme. Tateou o ar e puxou uma cordinha suja. A luz acendeu. Ela se virou, sem fôlego e sorridente, e agarrou meu ombro. "Vamos", ela disse. Peguei a bolsa com a mão livre e fui atrás dela escada abaixo.

"Rita? Sou eu", Rebecca chamou. O tom de sua voz era cauteloso, gentil, a voz de uma enfermeira ou professora, pensei.

Fiquei surpresa. O cachecol por cima da minha boca deixava meu rosto suado e fazia cócegas no meu nariz, mas eu enxergava bem. A escada era tão íngreme, demorou tanto para descer que parecia que estávamos entrando no fundo de um navio antigo ou de uma tumba. A luz da lâmpada nua balançava de um lado para outro, lançando sombras negras bem definidas que se esticavam e se contraíam no piso simples de terra batida. Eu caminhava com cuidado, passo a passo, sem querer cair e me fazer de boba. Uma calma renovada se instalou em mim ali. A umidade fria e escura do porão deteve minhas ansiedades em disparada, amenizou as batidas ruidosas do meu coração. Pensei nos livros de mistério que Joanie tinha — histórias da detetive mirim Nancy Drew, as capas duras destruídas. *O porão dos segredos*. Claro que eu tinha sido pessimamente elencada para o meu papel de Eileen, a conspiradora, Eileen, a cúmplice brandindo uma arma, mas, quando cheguei ao porão, me acalmei. Aquele porão era, de algum modo, o meu domínio. No pé da escada, finquei os saltos, cheia de resolução, no piso de terra. "Fique fria", Rebecca me disse. Mas eu estava fria. A arma na minha mão estava nivelada e firme. Quando fiz uma curva, vi a sra. Polk. Lá estava ela no chão, as pernas abertas, as costas apoiadas na parede. Ela vestia apenas meias soquetes brancas sujas e uma camisola amarelada com renda na garganta. O cabelo estava solto e frisado, o rosto molhado de lágrimas. Tenho essa imagem embrenhada no fundo da minha mente. Ela parecia uma Cinderela gorda e velha, os olhos pálidos disparavam de um lado para outro, inocentes, do rosto de Rebecca para o meu. Rebecca tinha amarrado os pulsos da mulher com a cinta do seu avental, que prendeu em um cano no teto. Não havia muitas outras coisas em que fosse possível amarar algo ali — um cortador de grama com lâmina giratória velho e enferrujado, uma cadeira de madeira quebrada, uma pilha de peças de madeira que pareciam móveis desmontados: uma mesa de jantar ou um berço, talvez.

"Não atire", a mulher gritou, tentando cobrir o rosto com as mãos atadas em um gesto inútil. "Por favor", ela suplicou. "Não me mate." Pareceu ridículo na hora. Claro que eu não ia atirar nela, pensei. Fiquei contente por meu rosto estar coberto. Isso impedia que eu consolasse a sra. Polk com uma careta ou um sorriso reconfortante. Ainda assim, mantive a arma erguida, apontada em sua direção.

"Ela pode muito bem atirar em você", disse Rebecca em tom suave, convincente, "a menos que nos conte a verdade."

"Qual verdade?", a mulher exclamou. "Não sei o que você quer. Por favor." Ela lançou um olhar para mim, como se eu tivesse uma resposta. Permaneci quieta. Apesar de estar ali no porão, apontando a arma para a coitada da mulher, a situação continha um elemento curioso de faz de conta. Eu podia muito bem estar participando de uma brincadeira de festa, sete minutos no céu, tateando no escuro, fazendo coisas que jamais faria à luz do dia. Eu nunca tinha feito aquelas brincadeiras de pegação, mas imaginei que, quando se saía do armário, você agia como se nada tivesse mudado. Nenhum dano havia sido causado. Tudo parecia voltar ao normal. Sob a superfície, no entanto, ou a sua popularidade e prestígio cresciam ou, se a sua performance não tivesse sido boa, a sua reputação sofria. O que estava em jogo ali no porão era ainda o nível de estima que Rebecca tinha por mim, minha própria felicidade. No entanto, eu acreditava que seu plano ia funcionar: a sra. Polk se sentiria tão aliviada quando admitisse o que ela e o marido tinham feito com o filho, que de fato iria agradecer a Rebecca por extrair aquela verdade havia tanto tempo enterrada, salvando-a de um mundo assombrado de segredos e mentiras. Ela poderia se reunir com o filho sob novos termos. Poderia voltar a viver. E Rebecca e eu seríamos melhores amigas para sempre. Tudo seria lindo.

"Por favor", disse a sra. Polk. "O que você quer de mim?"

"Uma explicação." Rebecca inchou o peito, colocou as mãos na cintura. "Sabemos que não foi fácil para você, Rita, ser casada com um homem que gostava de menininhos. Compreendemos que você vinha sofrendo sozinha nesta casa com a sua consciência cheia de culpa. É óbvio que você está passando por dificuldades. Apenas conte para nós por que ajudou seu marido a fazer o que ele fazia: Por que aplicava os enemas em Lee. Por que não contou a ninguém o que estava acontecendo? Diga para nós. Coloque tudo para fora."

"Não sei do que você está falando", a sra. Polk afirmou, desviando os olhos. "Nunca faria nada para magoar Lee. Ele é meu filho. Minha carne e meu sangue. Eu sou a mãe dele, pelo amor de Deus."

"Eileen", Rebecca disse. Eu me sobressaltei com o meu nome. "Faça alguma coisa."

Com a arma em punho, me aproximei da sra. Polk. Ela soltou um grito trêmulo estranho, depois berrou repetidas vezes, pedindo ajuda. Um cachorro começou a latir em algum lugar na superfície e o som ecoou pelo porão entre os gritos da mulher. Rebecca cobriu as orelhas com as mãos.

"Quieta", eu disse. Mas o berreiro da sra. Polk era ruidoso demais para que ela me escutasse. "Berrar não vai ajudar em nada", gritei, amplificando minha voz como nunca tinha precisado fazer antes. "Cale a boca!" Ela parou de berrar e olhou para mim, respirando em arroubos rápidos e curtos, a boca transbordando de saliva. Dei um passo mais para perto, a arma apontada bem para o rosto dela. Tentei pensar no que meu pai diria e faria na minha situação. "Não duvide que eu não vá puxar o gatilho", comecei a dizer. "Quem sentiria a sua falta? Poderia apodrecer aqui para sempre. Poderíamos enterrar você aqui mesmo", bati o pé no chão de terra, "e ninguém viria escavar porque ninguém se importa se você está viva ou morta." Só posso dizer que, levando em conta a minha casa e a minha vida profissional, eu tinha tido anos para aprender a falar de um jeito que fizesse com que a pessoa sentisse que não tinha opção além de obedecer. Na verdade, eu tinha preparação e qualificação ímpares, por experiência própria, para espremer a verdade nojenta dessa mulher, pensei. Olhei para Rebecca. Ela parecia estar profundamente impressionada com meu desempenho. Deu um passo para trás, a boca um pouco aberta, e agitou a mão como se dissesse para eu prosseguir. Foi emocionante. Ajustei o cachecol por cima do nariz e me abaixei até a sra. Polk. Seu rosto estava molhado de lágrimas, vermelho feito um leitão assado.

"A morte seria uma bênção para alguém como você", eu prossegui. "Admita, você tem orgulho demais para assumir a responsabilidade pelo que fez com seu filho. Preferiria morrer a confessar que fez algo de errado. Patético", eu disse e chutei os pés dela. "Porquinha", completei. Minha voz ricocheteou nas paredes com um estranho eco ligeiro. A sra. Polk virou para o outro lado, o rosto tenso de medo, os olhos fechados bem apertados, mas abrindo um pouquinho para dar uma olhada na arma às vezes enquanto eu falava. Ela choramingou. "Quer morrer?" De repente me aproximei dela com rapidez, fazendo com que a arma ficasse a apenas um dedo do seu rosto. Ergui os olhos para Rebecca. Ela estava entre as sombras rodopiantes, de olhos arregalados e sorrindo. "Admita!", berrei para a sra. Polk, minha voz mais alta do que nunca. Eu me senti tão estimulada pela minha demonstração convincente de raiva que de fato comecei a me sentir enraivecida. Meu coração batia forte. O porão pareceu ficar preto, a não ser pelo corpo cheio de gordura da sra. Polk, que vibrava no chão. Como se estivesse bêbada, fui para cima dela com violência mais uma vez. Eu me agachei e tentei acertá-la com a arma em cima da cabeça, mas mal relei. A coronha na minha mão roçou o cabelo dela. Mesmo assim o gesto fez com que ela arfasse e chorasse ainda mais.

Rebecca se adiantou. "Não posso proteger você, a menos que confesse", ela disse. "Eileen já matou antes", ela completou. "É isso mesmo", eu disse. Era uma cena ridícula. Duas moças inventando coisas no embalo dos acontecimentos. Se eu tivesse que repetir, teria pressionado o cano da arma com toda a calma no coração da mulher e deixado Rebecca falar. Eu não teria perdido a paciência do jeito que perdi. Pensando bem, isso até hoje me deixa envergonhada. Mas por mais boba que eu parecesse brandindo a arma, a peça estava surtindo seu efeito sobre a sra. Polk. Seu rosto perdeu o bico arrogante e, quando ela abriu os olhos, estavam apavorados e prontos. "Conte para nós o que aconteceu nesta casa", eu disse de um jeito horroroso. Encostei a arma em sua têmpora.

"Por favor, não me machuque", ela choramingou, tremendo.

"Eu não vou machucá-la se você falar", concordei. Mas, ainda assim, ela só ficou uivando e soluçando. Meu braço cansou depois de alguns minutos e eu baixei a arma. Cada vez que a sra. Polk abria os olhos, eu voltava a erguê-la. Ela finalmente levantou o queixo, rangeu os dentes.

"Tudo bem", ela disse. "Vocês venceram."

"Está pronta para falar?", perguntei a ela, com a voz elevada sem necessidade.

"Ah, que bom", disse Rebecca, juntando as mãos. "Graças a Deus."

Eu me afastei da sra. Polk e me sentei no chão frio de terra, levei os joelhos para perto do peito, dentro do calor do meu casaco. O vapor da minha respiração deixava meu rosto úmido sob o cachecol. Observei a mulher recuperar o fôlego, se recompor. A arma tinha esquentado na minha mão. "Estamos esperando", incitei. Ela assentiu. Fiquei imaginando se meu pai conhecia bem os Polk quando era policial, se o sr. Polk e ele tinham jogado conversa fora na hora do café, reclamando da mulher, dos filhos. Não me lembro de alguma vez ter encontrado o sr. Polk, mas, se encontrei, ele não me causou nenhuma impressão. Acho que é assim que esse tipo de pessoa doente segue na vida. Parecem uns ninguéns, mas, atrás de portas fechadas, se transformam em monstros. Sentada ali, imaginei que se a sra. Polk fosse confessar tudo para a polícia, iriam ignorá-la como sendo apenas uma mulher de imaginação doentia. Os grilhões do casamento fazendo com que inventasse alguma história inacreditável para fazer o marido ficar feio na cena. Um lixo. Essa teria sido a explicação do meu pai. Tenho certeza.

"Já volto", Rebecca sussurrou.

Sobressaltada, voltei a erguer a arma. "Aonde você vai?", perguntei, observado enquanto ela atravessava o piso do porão. A sra. Polk chiou e fungou, olhou ao redor, confusa.

"Vou pegar algo para escrever", Rebecca respondeu baixinho. "Você vai nos dar uma confissão assinada", ela disse mais alto, para sra. Polk. "E vamos combinar, você e eu, que nunca vamos procurar a polícia por causa de nada disso. Vamos colocar por escrito", disse. Ela se virou e fez um gesto para eu apontar a arma para a sra. Polk, e foi o que fiz. Ela então subiu rapidinho os degraus íngremes da escada do porão e fechou a porta que dava para a cozinha atrás de si. Eu ouvia os passos dela pela casa, mais fracos quando subiu para o andar de cima. Apoiei a arma nos joelhos, olhei para a sra. Polk.

"Eu realmente não me incomodo com o que você fez", eu disse a ela. "Apenas confesse e ela vai soltar você, e nunca mais vai nos ver." Achei que a batalha tivesse chegado ao fim.

A sra. Polk tinha se rendido. Eu esperava que Rebecca fosse voltar e a desamarrasse, esfregasse as costas da mulher enquanto ela escrevia e soluçava, implorava a Deus que a perdoasse. Apontei a arma na direção dela, esperando mais gritinhos amedrontados. Mas ela só olhou para mim com a testa franzida.

"Eu conto as coisas para vocês, e daí, o que acontece?", ela perguntou. "O que eu devo fazer?"

"Não sei", respondi com sinceridade. "Fugir?" Ela chorou mais um pouco, sem fazer barulho, o rosto melecado de ranho.

"Não tenho para onde fugir", ela disse. "Não tenho dinheiro nenhum. Não tenho nenhum outro lugar para ir."

Dei de ombros. Pensei no meu dinheiro escondido no sótão, em casa. Será que eu daria o meu dinheiro para a sra. Polk, abriria mão da minha própria fuga para que ela se libertasse e as autoridades não fossem atrás dela — nem de Rebecca e de mim? A ideia passou pela minha mente. No andar de cima, ouvi os passos pesados de Rebecca se movendo de um lado para outro, fazendo as tábuas do assoalho rangerem. Eu ansiava por seu retorno, para que me enchesse de elogios, para que me agradecesse do fundo do coração, para que me dissesse que eu era a sua heroína, um anjo, uma santa. Daí, poderíamos fugir juntas. Em Nova York, as pessoas se beijavam embaixo do azevinho, dançando e servindo champanhe e se apaixonando. E onde eu estava? Estava sozinha em um porão com uma mulher presa a um cano. Eu não queria mais ficar assistindo ao choro da sra. Polk. Tinha desempenhado bem o meu papel, pensei. Eu me levantei, bati a terra do traseiro e fiz um gesto com a arma para o teto. "Ela só quer ajudar", eu disse. Percebi que podia ir para a cadeia se algo desse errado. Ainda assim, eu não estava com medo. Voltei a baixar a arma.

"Ela está certa, sabe?", a sra. Polk começou a dizer. "Aquela moça? A sua amiga?" Sua voz era estridente e monótona e estalava com o catarro enquanto ela falava. "O meu menino não mentiu a respeito do pai. Mitch, meu marido, ele tinha maus hábitos. Sabe, gostos estranhos. Eu achava que alguns homens simplesmente eram assim. Nunca me acostumei com aquilo, mas você precisa compreender. Eu não podia simplesmente ir embora. Você faz um juramento quando se casa, para honrar e obedecer ao marido. Foi o que eu fiz. Para onde eu podia ir?" Seus olhos brilhavam sob a luz fraca. Ela engoliu em seco, ergueu os olhos para o teto e limpou a garganta. Onde Rebecca tinha se enfiado? "No começo, só achei que Mitch ia lá ver se ele estava dormindo, como um bom pai faria", a sra. Polk prosseguiu. "Como se ele só quisesse ter certeza de que o filho estava são e salvo na cama. Todos nós fazemos isso. Mas ele demorava um tanto. Pouco a pouco, demorava mais tempo a cada vez, acho. Não sei qual era a frequência. Às vezes eu sentia quando ele saía da cama, outras vezes eu só sentia quando ele voltava, e me beijava ou me abraçava, e você sabe. Não tínhamos mais ficado juntos de verdade desde que Lee nascera. Eu tinha perdido o interesse. Nós tínhamos perdido o interesse. Mas, de repente, Mitch queria estar comigo mais uma vez. Fiquei lisonjeada. Mas comecei a ter infecções lá embaixo. Ai, meu Deus", ela suspirou, "nas minhas partes íntimas. Os médicos diziam que eu precisava me lavar mais. Achei que fosse culpa minha. E daí fiquei imaginando se Mitch tinha trazido para casa algo de uma viagem que fez em um verão para visitar o irmão em Toronto, ou pelo menos foi o que ele disse. Gonorreia? Não sei o que eu estava pensando. Mas ficava tendo infecções. Então, uma noite, acordei no meio da madrugada e entrei no quarto do menino e vi Mitch na cama de Lee. No começo, não fazia ideia do que eles estavam fazendo e apenas voltei para a cama. Não me bateu imediatamente, juro para você. Você não acha que seu marido vá fazer uma coisa daquelas. É algo difícil de acreditar. Mas, com o passar do tempo, passei a aceitar. Não podia doer tanto assim, eu disse a mim mesma. Não podia ser tão ruim assim, pensei. E Lee nunca disse nada, então achei que tudo bem. Talvez eu sempre tivesse sido confusa em relação aos homens, pensei. Talvez todos os homens façam isso com os filhos. Você começa a pensar assim. Podia ser verdade. Como eu podia saber? E Lee parecia bem. Um menino quieto, um menino bom, notas decentes, um menino doce. Mal dizia uma palavra, era bonzinho com os vizinhos, nada fora da ordem. Então eu me acostumei. E daí achei que, se ele estivesse limpo, seria melhor para todos nós. Talvez eu não pegasse aquelas infecções. Doía, sabe, quando Mitch e eu ficávamos juntos. Lee não comia muito mesmo, sabe, e eu aprendi que ele processava as comidas de um jeito", ela disse, "para facilitar os enemas. Parece estranho, eu sei. Sabia que o que eu estava fazendo não era bem certo. Mas Lee era um menino tão doce, corajoso, sabe, ele não questionava. Ele sempre só queria fazer todo mundo feliz. Ele dizia: 'Só não quero que ninguém fique bravo comigo'. Fazia todo o tipo de cartões bonitos para o Natal e para o Dia de São Valentim. Um bom menino, naquela época. Eu pensava. Então, eu fazia cara de contente. O que mais eu podia fazer? Ninguém fala para a gente dessas coisas. Ninguém prepara a gente para problemas assim."

"Ninguém quem?", perguntei.

A sra. Polk não respondeu. Só se inclinou para a frente, balançou a cabeça para a frente e para trás, abalada, parecia, por suas próprias palavras. Ouvi os passos de Rebecca pela casa mais uma vez, ritmados, mas lentos. A sra. Polk ergueu os olhos para o teto, bufou, tentou segurar as lágrimas. "Para quem contar? Eu não ia contar para ninguém. A gente faz o melhor que pode. Sabe o que acontece quando você tem filho? Seu marido nunca mais olha para você do mesmo jeito. Eu me culpo, sabe? Eu comia demais. E o Mitch não me achava mais atraente. Fazia anos que não ficávamos juntos antes de aquilo começar, com o Lee. Daí simplesmente se tornou um hábito, o jeito como as coisas eram. Eu passava o dia inteiro sozinha, sabe? Eu era dona de casa. Não tinha mais ninguém, compreende? O Mitch não conversava comigo, ele só chegava em casa, jantava, bebia, e eu não passava de uma estranha na sala, um incômodo. Ele mal me suportava. Mas, depois que ia para a cama com Lee, vinha me procurar. E era como se um enorme fardo tivesse sido retirado. Ele ficava relaxado. E era gostoso, o jeito como ele me abraçava. Ele então me amava. Era carinhoso. Eu sabia que ele me amava. Ele demonstrava. Ele sussurrava e me beijava e dizia coisas boas. Passou a ser do jeito como era antes, quando éramos jovens e felizes e apaixonados, e eu me sentia bem com aquilo. Será que é tão errado assim? Querer se sentir desse jeito? Eu até fiquei grávida uma vez, mas perdi. Eu não me incomodei. Tinha o meu marido de volta. Você não tem como entender", ela disse e ergueu os olhos para mim. "Você é jovem. Ninguém nunca partiu seu coração."

Mas compreendi perfeitamente. Claro que sim. Quem não compreenderia?

Ela começou a chorar mais uma vez, agora com solenidade.

"Pronto, pronto", eu disse, a primeira vez na vida que tentava reconfortar alguém com sinceridade. Ficamos lá em silêncio por um momento. Então ouvimos a porta se abrir, passos. Nós duas nos viramos para ver Rebecca flutuar escada abaixo, segurando um bloco de papel e uma caneta.

"Pode me desamarrar agora?", a sra. Polk olhou para mim. "Eu já disse tudo."

Rebecca olhou para mim toda desconfiada. Assenti. "É verdade", eu disse, minha raiva toda agora desaparecida. Os olhos da sra. Polk disparavam nervosos do rosto de Rebecca para o meu, depois para a arma no chão.

"Vamos desamarrar você depois que concordar com os nossos termos", Rebecca disse. "E assinar um contrato. Eileen", ela olhou para mim, incrédula. "O que ela disse?" Eu não ia repetir para Rebecca o que a sra. Polk tinha dito. Não havia maneira educada de colocar aquilo. Rebecca grunhiu de frustração. "Eileen", ela choramingou. Para a sra. Polk, ela disse: "Vai ter que escrever tudo, senão nosso acordo está cancelado".

"Que acordo?" A sra. Polk agora estava com os olhos límpidos, mais corada de raiva do que de medo.

"O acordo é que você reconhece o que fez e nós não matamos você." Rebecca agora também estava irritada, com a sra. Polk e comigo, parecia. "Entregue a arma para mim, Eileen", Rebecca disse, mal-humorada. Eu fiz o que ela mandou. Não queria que se voltasse contra mim. Ela ficou afastada, com os olhos baixos para a sra. Polk, como eu tinha feito antes. "Conte para mim o que você contou para ela", ela insistiu, segurando a arma desajeitada, os cotovelos dobrados para fora, os dedos fechados sobre o cano. A sra. Polk olhou para mim, como se eu pudesse salvá-la.

"Tome cuidado", eu disse a Rebecca. Ela revirou os olhos.

"Rita", ela disse. "Não seja idiota."

"Pode atirar em mim!", a mulher exclamou. "Eu não me importo mais." Eu mal conseguia respirar sob o cachecol de lã. Baixei o cachecol do rosto e enxuguei as bochechas com o punho do casaco. "Eu conheço você", disse a sra. Polk de repente, desolada. "Você é a moça de Moorehead."

Rebecca se virou para mim, chocada. "O que está fazendo, Eileen?" Eu me apressei a voltar a subir o cachecol.

"Ela já sabia o meu nome", eu disse para me defender. "Rebecca."

O que aconteceu a seguir continua nada claro, mas, até onde sei, Rebecca tirou uma mão da arma para arregaçar os punhos do roupão e, quando voltou a segurar a arma, suas mãos tremeram, ela ficou desajeitada e a arma caiu e disparou ao bater no chão. A explosão fez com que todas nós parássemos de respirar. Eu me agachei e fiquei paralisada. Rebecca escondeu o rosto nas mãos e se virou de costas para nós. A sra. Polk ficou em silêncio, levou as pernas gordas ao peito largo, exibindo as canelas e os joelhos carnudos. Do lado de fora, o cachorro começou a latir mais uma vez. E então, com a explosão ainda ecoando nos meus ouvidos, nós três nos entreolhamos.

"Merda", disse Rebecca. Ela apontou para o braço direito da sra. Polk, uma escuridão que se espalhava rápido, penetrando seu robe de matelassê.

"Você atirou em mim?", a sra. Polk perguntou, sua voz de repente infantil de descrença.

"Merda", Rebecca disse mais uma vez.

A sra. Polk começou a berrar de novo, debatendo-se contra suas amarras. "Estou sangrando!", ela exclamou. "Chamem um médico!" Ela ficou histérica, como qualquer pessoa ficaria.

"Quieta", disse Rebecca, e foi até o lado da sra. Polk. "Os vizinhos vão escutar. Não faça com que as coisas fiquem piores ainda. Pare de dar chilique", ela disse, cobrindo a boca da mulher com a mão. Eu tinha prevenido Rebecca a respeito da arma. A sra. Polk ficaria bem, garanti a mim mesma. Achei que ela só tivesse sofrido um ferimento superficial na carne. Seu braço era grosso e gordo. Nenhum grande dano tinha ocorrido, pensei. Mas não havia como acalmar a mulher. Ela arfava igual a um animal enlouquecido e sacudia a cabeça com violência contra as mãos de Rebecca, tentando gritar para pedir ajuda. Recolhi a arma e, ao sentir o calor estranho da empunhadura, uma ideia me veio.

Você pode pensar o que quiser, que eu era cruel e cheia de tramoias, que eu era egoísta, iludida, tão deturpada e paranoica que apenas a morte e a destruição poderiam me satisfazer, me deixar feliz. Pode dizer que eu tinha uma mente criminosa, que só me deleitava com o sofrimento dos outros, o que preferir. Em um instante, vislumbrei como resolver os problemas de todos: os meus, os de Rebecca, os da sra. Polk, os do meu pai. Tracei um plano para levar a sra. Polk para minha casa, atirar nela, esperar até ela morrer, deixar a arma nas mãos do meu pai — que estaria desmaiado de bêbado — e depois ir embora na direção do pôr do sol. Sim, é claro que eu queria fugir e, além do mais, Rebecca seria minha companheira. E, sim, achei que matar a sra. Polk era a única maneira de salvar a mim e a Rebecca das consequências de sua tramoia. Se a sra. Polk estivesse morta, ninguém saberia que Rebecca e eu estávamos envolvidas, concluí. Estaríamos livres.

Mas eu também estava pensando no meu pai. Nada que eu pudesse fazer jamais daria inspiração a ele para parar de beber para sempre, ficar sóbrio, ser o pai que eu queria. Ele nem conseguia enxergar como estava doente. Só iria acordar com um choque enorme. Se ele acreditasse ter matado uma mulher inocente, isso poderia ser suficiente para lhe dar um chacoalhão. Então ele poderia enxergar a realidade de sua condição. Poderia mudar de ideia. Se perguntassem ao meu pai por que ele tinha atirado na sra. Polk, talvez ele resmungasse alguma coisa a respeito de Lee e eu, sugerindo que ele achava que Lee era meu namorado. A polícia veria que ele realmente tinha perdido a cabeça. Ele talvez fosse mandado para a prisão, mas o mais provável era que fosse levado a um hospital, recebesse bom tratamento, recuperasse a saúde. Eu já teria desaparecido muito tempo antes, claro, mas ele pelo menos teria presença de espírito para sentir a minha falta, para se arrepender do que tinha me feito passar, para desejar que, de algum modo, pudesse se redimir.

Quanto a mim, eu já tinha postergado demais minha fuga da Cidadezinha X, meu desejo de fugir sempre ultrapassado pela minha preguiça e pelo meu medo. Se eu matasse a sra. Polk, seria forçada a abandonar a Cidadezinha X de uma vez por todas. Teria que mudar de nome. Teria que desaparecer por completo. Só o medo da prisão, da indenização, poderia me incentivar a partir. Eu podia ficar na Cidadezinha X e encarar o inferno, ou podia desaparecer. Eu não me dei escolha. Matar a sra. Polk a tiros era a única opção.

Mas como levaríamos a sra. Polk até a minha casa sem que ela berrasse durante todo o trajeto? Foi o que fiquei pensando enquanto girava a arma nas mãos. Ela se remexia e se debatia, choramingando e rangendo os dentes enquanto Rebecca dizia para ela ficar quieta e tentava abafar os berros pressionando as mãos por cima da boca da mulher, mas era como tentar deter uma barragem de represa rompida: a sra. Polk se recusava a se acalmar. Seu braço estava sangrando, mas não em profusão. Rebecca olhou para mim, desesperada.

"O que a gente faz?"

Remexi na minha bolsa, procurando os comprimidos da minha mãe. "Tenho isto aqui", eu disse e sacudi o frasco. "São para dor."

"Tranquilizantes?" O rosto de Rebecca se iluminou. Ela tirou os comprimidos da minha mão. "O que mais tem na sua bolsa, Eileen?", ela perguntou. No começo, não captei seu sarcasmo.

"Batom", respondi.

Observei enquanto Rebecca se aproximava da sra. Polk mais uma vez, agora com cuidado e frieza, como se ela fosse um animal assustado. A mulher torceu o pescoço e desviou a cabeça quando Rebecca estendeu a mão para pegar o rosto dela, um punho embaixo da mandíbula, segurando os comprimidos na outra mão. Ela lutou com a cabeça da mulher feito um fazendeiro com uma vaca, prendeu o nariz dela. Ao vê-la se mover daquele jeito, eu ainda fiquei pensando: De onde Rebecca tinha vindo? Talvez ela fosse uma moça do interior, uma filha de fazendeiro, uma latifundiária. Na verdade, eu estava cada vez menos preocupada em entendê-la. Observei a sra. Polk travar a mandíbula, prender a respiração, olhar bem desafiadora nos olhos de Rebecca. Seus lábios finalmente se abriram, e Rebecca abriu o punho e pegou os comprimidos na outra mão e os enfiou na boca da sra. Polk. Eu estava agachada um pouco longe, observando as duas. Senti um impulso estranhamente cômico de rezar ou cantar. Pensei nos rituais de passagem sobre os quais eu tinha lido na *National Geographic*, cerimônias bizarras em que as pessoas são amarradas e amordaçadas, deixadas no deserto, presas em jaulas durante dias sem comida nem água, forçadas a tomar drogas alucinógenas tão fortes a ponto de esquecerem a infância, o nome. Voltam para seus vilarejos como pessoas totalmente diferentes, imbuídas do espírito de Deus, sem medo da morte e respeitadas por todos. Talvez essa experiência no porão, pensei, fosse semelhante a isso. Depois que ela terminasse, eu viveria em um plano mais elevado. Ninguém jamais poderia me ferir, imaginei. Eu seria imune.

"Você vai se arrepender!", a sra. Polk exclamou quando os comprimidos desceram. "Agora eu conheço você. Vou contar para todo mundo o que fez."

"Ninguém vai acreditar em você", disse Rebecca em um tom já não tão seguro ou confiante quanto deveria ter sido.

"Inferno", disse a sra. Polk, olhando para mim. Não houve nenhuma rendição sincera no porão naquela noite, só nós três, o rosto brilhando de suor ou lágrimas na luz trêmula. Rebecca e eu nos recostamos e esperamos. A mancha de sangue no braço da sra. Polk pareceu parar de se espalhar. A respiração dela começou a ficar mais lenta. "Saia daqui, vá embora", ela choramingou. "Saia daqui, inferno!" À medida que os comprimidos iam fazendo efeito, sua voz se arrastava como um disco que ia girando mais devagar. Quando ela adormeceu, escorada na parede, a boca babando, as lágrimas secando em uma crosta em volta dos olhos, Rebecca e eu começamos a cochichar. Demorou menos de dez minutos, eu diria, para convencê-la de que meu plano era bom. "O meu pai é um bêbado", eu disse. "Se ele matar alguém, a culpa vai ser da polícia: devia ter sido preso anos atrás. Talvez encontrem a sra. Polk e varram a coisa toda para debaixo do tapete. Não tem importância. Vai ficar tudo bem com a gente." O rosto de Rebecca tinha perdido a expressão e endurecido, os nós dos dedos brancos enquanto ela agarrava a barra suja do roupão. "Vamos ter que nos esconder em algum lugar", completei, tentando manter a compostura. "Eu estava pensando em Nova York."

"Como é que a gente chega até a casa do seu pai?", foi a única coisa que Rebecca me perguntou.

"Vamos ter que carregar ela até o carro." Parecia fácil.

"E você vai atirar nela?"

"Meu pai é que vai", eu disse. "Mas nós vamos puxar o gatilho."

"Nós?" As sobrancelhas de Rebecca se ergueram. Ela tirou o cabelo do rosto.

"Eu vou puxar", assenti. Não parecia nada assim tão terrível. A mulher não tinha motivos para viver, de todo modo. Ou ela podia morrer rápido e sem dor ou ficar naquela casa horrorosa, com seu passado obscuro lhe pesando dia após dia. "Não vai doer", eu disse. "Olhe." Chutei o pé gordo da mulher. "Ela apagou."

Depois de alguns momentos mordendo os lábios e torcendo as mãos, Rebecca concordou. Juntas, desamarramos as mãos da sra. Polk e a erguemos do chão. É notável o quanto um ser humano é capaz de pesar, me lembro de pensar. Eu a peguei por baixo dos ombros e Rebecca segurou os pés, e nós a guinchamos pouco a pouco pelos degraus, eu andando de costas e carregando a maior parte do peso. Aquilo consumiu todas as reservas de energia que eu tinha, e quando chegamos ao alto da escada, meus joelhos tremiam e meus braços queimavam. "Vamos parar um pouco", eu disse. Mas Rebecca insistiu para que nos apressássemos.

"Vamos tirar esta mulher daqui. Daí você vai na frente para a casa do seu pai. Prepara o homem. Eu limpo tudo aqui. Não podemos deixar nenhuma evidência para trás." Ela voltou a agarrar os pés da sra. Polk. O peso do corpo dela era igual ao de uma banheira cheia de água. A cabeça pendeu para trás, na minha direção, a boca abriu. Quando olhei lá dentro, seus dentes eram marrons, as gengivas, quase brancas. Ela já estava praticamente morta, pensei. Rebecca parou para cobri-la com o roupão antes de a carregarmos porta afora. Nós nos movíamos com cuidado, mas era impossível não bater o traseiro dela nos degraus congelados. Algumas vezes, Rebecca escorregou e deixou as pernas da sra. Polk baterem na neve no caminho até a calçada. Era um pastelão, ridículo, e eu me lembro do júbilo que subiu do meu peito até a garganta. Quando a mulher estava dentro do carro, fiz uma pausa para expirar, ergui os olhos para o céu, as estrelas brilhando na escuridão feito tinta respingada. Achei que eu iria explodir em risadas histéricas sob a calma daquela noite, uma quietude tão linda. Eu era capaz de sentir o universo todo girando ao meu redor naquele momento. Rebecca parecia tensa. Então fechei a porta do carro e vesti minha máscara mortuária, tentei conter a minha excitação. Não sei dizer o que eu estava pensando. Não estou aqui para inventar desculpas.

"A gente se vê", Rebecca disse de repente e se virou para disparar de volta para dentro da casa.

Eu gritei atrás dela: "Vou estar esperando!". Minha voz ecoou alta no quintal coberto de neve. Rebecca se virou e levou o dedo aos lábios para me calar. "Podemos ir para onde a gente quiser", eu disse, sussurrando. "Só nós duas. Eu tenho dinheiro. Ninguém nunca vai nos encontrar." Dei a ela meu endereço. "A um quarteirão da escola de ensino fundamental. Você consegue achar?"

Ela apenas acenou, subiu os degraus gelados saltitando e fechou a porta atrás de si.

Fim

Saí da Cidadezinha X sem nenhuma foto de família, então só tenho minhas memórias instáveis em que me basear. Eu me lembro do meu pai quando o abandonei: abatido e inconsciente na cama. Joanie, penso nela como uma mocinha, sensual e bonitinha e desmiolada. Minha mãe, como eu já disse, é mais difícil de visualizar. Imagino seu cabelo fofinho e grisalho quando estava estirada e morta na cama, eu encolhida ao seu lado, esperando retomar o fôlego antes de sair para contar para meu pai, que já estava bêbado havia semanas, que ela tinha ido embora. "Tem certeza?", foi o que ele perguntou enquanto fiquei ali parada no sol quente da manhã abafada. Eu me lembro daquilo: daquela imagem de solidão, olhando para a porta entreaberta do quarto onde a minha mãe já não dormia mais. O banheiro foi o lugar que eu escolhi para chorar. Eu me lembro do meu reflexo com nitidez, os olhos inchados e vermelhos no espelho. Tirei a roupa, ainda trêmula, os braços moles e inúteis enquanto abraçava a mim mesma e soluçava no chuveiro. Ela morreu quando eu tinha só dezenove anos, magra feito um palito naquela época, coisa que tinha arrancado elogios da minha mãe.

Nunca gostei de olhar fotos minhas. Eu tinha sido uma criança gorducha: aquela menina pálida e rechonchuda da escola que nunca conseguia subir na corda nem correr como as outras crianças na aula de educação física. Coxas gordas e com dobrinhas que me faziam sofrer dentro de roupas que a minha mãe comprava um tamanho menor do que o adequado na esperança de que eu, de algum modo, mudasse para caber nelas. E à medida que fui ficando mais velha, continuei baixinha, mas encolhi para uma estatura pequena, de passarinho. Durante um tempo, continuei com uma barriguinha, massuda e oblonga, igual a uma barriga de criança. Mas, quando parti da Cidadezinha X, eu era um espantalho, mal tinha um grama de carne para beliscar, e era assim que eu gostava. Sabia que aquilo não era bem certo, claro. Jurei comer melhor, me vestir melhor, quando eu crescesse. Seria uma verdadeira dama, pensei. Suponho que achasse que, quando fosse embora da Cidadezinha X, eu cresceria quinze centímetros, ganharia curvas e ficaria bonita. Pensei em Rebecca, imaginei-a de maiô, quadril estreito e coxas longas, elegantes, iguais às das modelos nas revistas de moda. Um brilho saudável. Talvez Rebecca pudesse me ajudar de alguma maneira, eu desejei, dizer para onde eu devia ir, como me vestir, o que fazer, como viver. A imagem de futuro que eu tinha em mente antes de conhecer Rebecca se revelou um tanto precisa: eu me mudaria para algum apartamento qualquer caindo aos pedaços, talvez um pensionato feminino onde teria liberdade para fazer coisas maravilhosas como ler jornais, comer uma banana madura, sair para dar uma caminhada no parque, me sentar em uma sala feito uma pessoa normal. Mas estar com Rebecca poderia me colocar em um caminho diferente, eu esperava. Eu queria fazer algo fantástico com a minha vida. Queria tanto ser alguém importante, olhar para o mundo lá embaixo da janela de um arranha-céu e esmagar qualquer pessoa que me irritasse como uma barata sob meu sapato.

Eis como passo meus dias hoje. Moro em um lugar bonito. Durmo em uma cama bonita. Como comida bonita. Saio para fazer caminhadas em lugares bonitos. Eu me preocupo profundamente com as pessoas. À noite, minha cama é cheia de amor, porque estou sozinha nela. Choro com facilidade, de dor e de prazer, e não me desculpo por isso. De manhã, saio de casa e fico feliz por mais um dia. Demorei muitos anos a chegar a esta vida. Quando tinha vinte e quatro anos, o máximo que eu queria era uma tarde confinada entre desconhecidos, ou caminhar por uma calçada sem meu pai estar esperando por mim, estar segura em algum lugar distante, sentir-me em casa em algum lugar. Como eu disse, meu desaparecimento não foi a solução para todos os meus problemas, mas de fato me permitiu recomeçar. Quando cheguei a Nova York no dia de Natal, estava sóbria e faminta, meu corpo estava cheio de cãibras, e meu rosto, inchado. Caminhei pela Times Square a noite toda e fui assistir a um filme de sacanagem porque eu estava com frio e nervosa demais para ir para um hotel, preocupada que a polícia estivesse atrás de mim. Eu tinha medo de falar com qualquer pessoa, tinha medo de respirar. Foi ali que conheci meu primeiro marido: no fundo daquele cinema. Então, como pode ver, o que veio depois do fim desta história não foi uma linha direta para o paraíso, mas acredito que eu tenha tomado a rota certa, com todos os tropeços e desvios adequados.

Na escuridão silenciosa daquela manhã de Natal fria na Cidadezinha X, estacionei o Dodge na garagem de casa, deixei a sra. Polk largada no banco do passageiro, desbravei a neve na frente da casa e entrei. Não pensei em fazer uma mala, apesar de saber que aqueles seriam meus últimos momentos naquela casa. Meu pai acordou quando desci a escada do sótão enfiando a arma e meu dinheiro, tudo que eu tinha, na bolsa. Não cheguei a esvaziar a conta do meu pai nem descontar meu último pagamento. Imaginei durante um longo tempo se eu poderia herdar a casa quando meu pai morresse, mas, depois de uma ou duas décadas, acreditando que ele tinha morrido, resolvi esquecer. Não havia nada naquela casa, nenhuma parte dela que eu desejasse o suficiente para retornar e reclamar para mim. De todo modo, estou morta na Cidadezinha X, um fantasma, uma alma perdida, uma causa perdida. Quando encontrei meu pai parado no meio da escada naquela manhã, ele já estava bêbado. Usava um chapéu e um casaco por cima dos ombros, do roupão e da cueca samba-canção de sempre. Parecia que tinha visto um fantasma.

"Algo está nos espionando de trás da casa", ele disse. "Eu ouvi a respiração a noite toda, enfiada na neve. Um arruaceiro, não era." Ele sacudiu a cabeça. "Algum tipo de animal selvagem. Um lobo, talvez."

"Vá para a cama, pai", eu disse a ele. Havia uma garrafa no chão. Eu a recolhi.

"Você viu?", ele perguntou, esforçando-se para baixar o corpo e se sentar no alto da escada, um rei decrépito em seu trono cheio de farpas. Eu me sentei ao seu lado, entreguei-lhe a garrafa e me virei para ficar de frente para ele, observei enquanto bebia, os olhos leitosos, as mãos trêmulas.

"Não tem lobo nenhum", eu disse a ele. "Só ratos."

Ele só demorou um ou dois minutos para engolir todo o gim. Eu me lembro de como ficou sonolento — o efeito do gim recaía sobre ele feito um espírito penetrando seu corpo — e, igual a uma criança, sua cabeça pendeu, a boca franzida, as pálpebras como mariposas morrendo. Eu o ajudei a se levantar, segurando os braços pelos cotovelos, e ele caiu em cima de mim, o pescoço suado contra a minha bochecha. "Ratos?", ele balbuciou. Eu o conduzi até o quarto da minha mãe, fiz com que se deitasse na cama, dei um beijo em sua mão inchada e coberta de manchas.

"Boa noite, pai", foi como me despedi, e fiquei lá parada, olhando enquanto ele remexeu, desajeitado, uma garrafa vazia na mesinha de cabeceira, apertou os olhos para ela, jogando-a no tapete empoeirado, suspirando, fechando os olhos e adormecendo. Fechei a porta.

Foi isso. Não houve nenhum desfecho grandioso. Ele era meu pai, e não era mais nada para mim além disso. Eu poderia ter me sentado e passado horas esperando até que Rebecca aparecesse. Mas não havia motivo. Eu sabia que ela não viria. Sabia que ela já tinha ido embora fazia muito tempo. No fim, ela era uma covarde. Idealismo sem consequências é o sonho ridículo de todo pirralho mimado, suponho. Se eu guardo rancor dela? De verdade, não. Ela era uma mulher estranha, Rebecca, e entrou na minha vida em um momento peculiar, bem quando eu mais precisava fugir. Eu poderia falar mais dela, mas, no final das contas, esta é a minha história, não a dela.

Antes de sair, usei o banheiro, deixei a água quente correr sobre os meus dedos congelados. No espelho, eu era uma garota diferente. Não sou capaz de explicar a certeza que vi no meu rosto. Havia uma aparência totalmente nova nos meus olhos, na minha boca. Eu me despedi da casa ali onde eu estava, parada diante da pia do banheiro. Vou dizer que me senti estranhamente calma. O peso da arma, o dinheiro na minha bolsa me diziam que, sim, está na hora. Saia daqui. Tive meu último momento comigo mesma naquele lugar, na frente do espelho com os olhos fechados. Era doloroso ir embora. Aquele era o meu lar, afinal de contas, e tinha algum significado para mim, cada um dos cômodos, cada cadeira e estante e abajur, as paredes, as tábuas do assoalho que rangiam, o corredor desgastado. Eu choraria até não poder mais por causa disso nas semanas e nos meses seguintes, mas, naquele dia, só fiz uma despedida solene. Eu realmente me vi pela primeira vez naquela noite, uma pequena criatura nas garras da vida, transformando-se. Senti um enorme anseio de olhar fotos da minha infância, beijar e acariciar os rostos jovens naqueles instantâneos. Eu me beijei no espelho — coisa que costumava fazer quando era criança — e desci a escada uma última vez. Gostaria de ter ido até o carro e carregado de volta todos os sapatos que pudesse segurar nos braços, largá-los no hall de entrada, um presente de despedida para meu pai moribundo, na esperança de que ele arrebatasse a Cidadezinha X feito um tornado, criasse o máximo de caos que seu coração fraco permitisse. Mas não fiz isso. Não podia fazer. Imaginei-o mais cedo naquela mesma manhã, tropeçando pela neve feito um menininho, todo animado com seu casacão, só que sem alegria e todo esfarrapado, os olhos arregalados de pânico em vez de júbilo quando nos dirigimos à loja de bebidas. Ele tinha perdido a cabeça e, agora, a filha.

Não sei o que deu de errado na minha família. Não éramos pessoas horríveis, não éramos piores do que nenhum de vocês. Suponho que seja questão de sorte, aonde vamos parar, o que acontece. Fechei aquela porta da frente para sempre. Então, como se o próprio Deus tivesse desejado, quando me virei de frente para o jardim, um daqueles pingentes de gelo quebrou e me acertou a bochecha, cortando feito uma lâmina fina do olho ao maxilar. Não doeu. Só ardeu um pouco. Senti o sangue sair e o frio entrar na ferida como um fantasma. Homens mais tarde diriam que aquela cicatriz me dava caráter. Um disse que a linha desenhada no meu rosto era igual a um túmulo vazio. Outro a chamou de trilha das lágrimas. Para mim, era apenas a marca de já ter sido uma outra pessoa, aquela moça, Eileen: aquela que escapou.

Foi um último passeio gostoso no Dodge pela Cidadezinha X antes de o sol nascer. Eu só tinha comigo a arma e o dinheiro na bolsa e o mapa no bolso. Eu tinha traçado a minha rota para longe da Cidadezinha X até Rutland repetidas vezes. Não havia razão para não seguir o meu plano, afinal de contas. Achei que teria sido legal desaparecer na véspera de ano-novo, perdida na confusão e na animação de se livrar de tudo que é velho para dar lugar ao novo. Mas o Natal era um dia tão fácil como aquele para desaparecer, coincidentemente. Pensando bem, talvez os trens nem estivessem rodando naquele dia. Nunca vou saber, porque nunca cheguei a Rutland.

Eu às vezes gosto de imaginar a conversa que Rebecca teria tido com meu pai se, de algum modo, ele tivesse tropeçado abaixo pela escada do porão da nossa casa e a encontrado amarrada e assustada, como eu tinha encontrado a sra. Polk. Talvez ele só a desamarrasse, perguntasse se ela tinha alguma bebida, cambaleasse de volta para cima, desviando de seus fantasmas. Ou talvez escutasse enquanto ela explicava sua história, toda sua filosofia, e depois a deixasse lá para tremer ou passar fome durante alguns dias, ou para sempre. Talvez ele fosse chamar a polícia, mandar os cachorros atrás de mim, sua filha ferida, usando o cheiro complexo do meu suor nas roupas imundas da minha mãe para me rastrear pelas colinas cobertas de neve. Eu fantasiei tudo que é tipo de situação. Ninguém jamais saiu à minha procura. Ou isso, ou eu me escondi bem o suficiente para nunca ser encontrada. Disse aos outros que me chamassem de Lena. E eu de fato mudei meu sobrenome quando me casei naquela primavera. Esse é um benefício do casamento. A mulher se torna uma pessoa nova.

Talvez uma semana antes eu tivesse ansiado por um Natal normal, desejando poder bater na porta de alguém, sentar-me a uma mesa farta — um peru ou tender ou cordeiro, ou pato assado cortado por um pai velho, bonito e sorridente. Eu posso ter ansiado por uma mãe amorosa com brincos de pérola, um avô gentil usando um suéter tricotado à mão, um cachorro com orelhas grandes caídas, um fogo crepitante na lareira. Talvez, se nunca tivesse conhecido Rebecca, eu nunca tivesse ido embora da Cidadezinha X cheia de arrependimentos. Talvez eu tivesse chorado pela minha incapacidade de me dar bem, jurado a Deus que ia mudar, ser uma dama de verdade, fazer três boas refeições por dia, ficar sentada quietinha como uma boa moça, escrever um diário, ir à igreja, rezar, usar roupas limpas, ter amigas legais, namorar garotos, ter uma relação séria, lavar a roupa suja e assim por diante — qualquer coisa, se isso significasse que eu não tinha que traçar meu caminho sozinha, uma órfã indo embora de carro naquela manhã de Natal fria.

Mas do jeito como as coisas aconteceram, quando saí da Cidadezinha X, não tinha arrependimentos e não estava sozinha. Rita Polk estava largada ao meu lado no Dodge, quase reverente em seu silêncio completo. Suas mãos — largas, azuladas de frio — caíram no assento entre nós quando fiz uma curva. Ergui suas mãos e as pousei gentilmente em seu colo.

Dirigi devagar pelas ruas desertas, passando pela escola de ensino fundamental, a escola de ensino médio da Cidadezinha X, a prefeitura. Fiz um caminho que passava pela delegacia de polícia, dei tchauzinho para todo aquele cobre esverdeado, aquelas janelas grandes, as luzes fluorescentes e o linóleo sujo do lado de dentro. Desci a rua principal, cinzenta e vazia na manhã escura. Pontas de sol amarelo caíam do horizonte passando pelos prédios baixos e iluminavam o interior da barbearia, o letreiro dourado da vitrine da padaria, a neve derretida e depois cristalizada na sarjeta em frente à agência de correio da Cidadezinha X. Na minha saída da cidade, a luz provocava e sumia, como se compreendesse que eu não podia olhar para o lugar todo de uma vez só, mas apenas em vislumbres, em detalhes, e o vento uivava e mordia meu rosto e dizia para mim que me lembrasse da Cidadezinha X assim, rodopiando na luz e no vento, apenas um lugar na Terra, uma cidadezinha como outra qualquer, paredes e janelas, nada de que sentir falta ou que amar ou pelo que ansiar. Tentei ligar o rádio, passei por todas as musiquinhas de Natal, depois voltei a desligar.

Eu gostaria de poder sentir mais uma vez a breve paz que encontrei naquela estrada rumo ao norte. Minha mente estava vazia, os olhos arregalados de maravilhamento com as florestas e os pastos cobertos de neve que passavam. O sol brilhava estridente através das árvores e, em uma curva específica da estrada, me cegou. Quando voltei a enxergar, havia um cervo parado alguns metros à frente, bloqueando meu caminho. Diminuí a velocidade, observando o animal ali paralisado, me olhando bem de frente, como se estivesse esperando por mim e eu estivesse atrasada. Encostei e subi a janela do carro.

A sra. Polk dormia pesado quando eu a abandonei no carro, ainda ligado, no acostamento. Havia gasolina de sobra no tanque para funcionar durante horas. Espero que ela tenha aberto os olhos para apreciar o lugar em que a deixei. Se eu tivesse que morrer, aquele trecho lindíssimo de floresta branca iluminado por um azul iridescente no quase amanhecer, imóvel e frio, seria um lugar tão bom quanto outro qualquer. Eu me despedi do Dodge ao caminhar na direção do cervo, imóvel, a respiração formando vapor ao sair das narinas e pairando entre nós como tantos fantasmas. Ergui a mão como que para cumprimentar o animal. Ele só ficou lá parado, grandes olhos negros fixados nos meus, assustados, mas gentis, o rosto marcado pela geada, a galhada flutuando por cima de sua cabeça feito uma coroa. Eu me lembro disso, de como desmoronei na frente daquele animal, seu corpo tremendo e pesado e enorme. Lágrimas finalmente encheram os meus olhos. Abri a boca para falar com ele, mas ele saiu trotando pelo banco de neve bosque adentro. Tudo tinha acabado. Chorei. Esfreguei minhas lágrimas para tirar o sangue do meu rosto e continuei caminhando, meus passos secos e certeiros na neve dura.

Quando peguei uma carona alguns quilômetros adiante, em uma encruzilhada em direção ao sul, disse ao motorista que eu tinha brigado com minha mãe. O homem me entregou sua garrafa térmica cheia de uísque. Virei tudo e chorei um pouco mais.

"Ora, ora", ele disse dando tapinhas na minha coxa com a mão grossa e queimada de frio.

Eu me afundei no assento do passageiro e bebi e olhei através da janela embaçada. Observei aquele velho mundo se afastar para cada vez mais longe, ficando para trás e para trás, até que, como eu, desapareceu.

Eileen © Ottessa Moshfegh, 2018. Publicado originalmente por US PUBLISHER. Direitos de tradução mediante acordo com MB Agencia Literaria SL e The Clegg Agency Inc., Estados Unidos. Todos os direitos reservados.

Todos os direitos desta edição reservados à Todavia.

Grafia atualizada segundo o Acordo Ortográfico da Língua Portuguesa de 1990, que entrou em vigor no Brasil em 2009.

capa e ilustração de capa
Adams Carvalho
preparação
Julia de Souza
revisão
Jane Pessoa
Erika Nogueira Vieira

Dados Internacionais de Catalogação na Publicação (CIP)

Moshfegh, Ottessa (1981-)
  Meu nome era Eileen / Ottessa Moshfegh ; tradução
Ana Ban. — 1. ed. — São Paulo : Todavia, 2021.

  Título original: Eileen
  ISBN 978-65-5692-206-5

  1. Literatura americana. 2. Romance. 3. Alcoolismo.
4. Suspense. 5. Ficção contemporânea. 6. Thriller.
I. Ban, Ana. II. Título.

CDD 813

Índice para catálogo sistemático:
1. Literatura americana : Romance 813

Bruna Heller — Bibliotecária — CRB 10/2348

todavia
Rua Luís Anhaia, 44
05433.020 São Paulo SP
T. 55 11. 3094 0500
www.todavialivros.com.br

fonte
Register*
papel
Munken print cream
80 g/m²
impressão
Geográfica